Chère lectrice,

Ce mois-ci encore, j'ai décidé de vous gâter : je vous ai préparé un nouveau diptyque, de Tina Beckett, qui se déroule… au Brésil !

Deux histoires romanesques et exotiques à souhait, où deux très séduisants médecins de l'hôpital de São Paulo vont chacun faire une rencontre qui va bouleverser leur vie : une belle neurochirurgienne américaine en mission au Brésil pour Marcos, et une charmante infirmière pas tout à fait inconnue pour Lucas…

Romance, secrets et rebondissements incroyables sont au rendez-vous dans ces romans, et j'espère que vous aurez autant de plaisir que moi à les dévorer!

Bonne lecture, et rendez-vous le mois prochain !

La responsable de collection

D1322957

Pour le bonheur d'une famille

*

Folle tentation à la clinique

EMILY FORBES

Pour le bonheur
d'une famille

COLLECTION *Blanche*

éditions HARLEQUIN

Collection : Blanche

*Cet ouvrage a été publié en langue anglaise
sous le titre :*
THE HONORABLE ARMY DOC

Traduction française de
F. JEAN

HARLEQUIN®
est une marque déposée par le Groupe Harlequin

Blanche® est une marque déposée par Harlequin S.A.

ÉDITIONS HARLEQUIN

83-85, boulevard Vincent-Auriol, 75646 PARIS CEDEX 13.
Service Lectrices — Tél. : 01 45 82 47 47
www.harlequin.fr

ISBN 978-2-2803-1023-9 — ISSN 0223-5056

1.

Quinn

Quinn Daniels termina son verre de whisky et fit signe au serveur de lui remettre la même chose. Ce serait le dernier de la soirée. Il était le principal intervenant de la conférence médicale du week-end, et figurait au programme du lendemain matin. Il fallait qu'il garde les idées claires !

Installé au bar, il s'était volontairement placé à l'écart de l'agitation. Les conversations autour de lui ne le dérangeaient pas, mais il les suivait avec une attention toute relative et laissait son regard vagabonder sur les lieux.

Le bar de l'hôtel se trouvait dans ce qui servait à la fois de salle de conférences et de salon de réception. Avec ce décor impersonnel commun aux grands hôtels du monde entier, Quinn aurait pu se trouver n'importe où... Mais la foule, elle, lui prouvait qu'il était bien de retour en Australie : la salle n'était encore qu'à demi pleine, mais, déjà, elle contenait plus de femmes qu'il n'en avait vu depuis longtemps. Et les fréquenter n'était pas strictement interdit !

Après un deuxième séjour en Afghanistan, il se réadaptait à la vie occidentale. Le verre d'alcool qu'il avait à la main et les femmes dans l'assistance n'étaient que deux indices parmi d'autres. Les bruits aussi étaient différents : les voix de basse des hommes se mêlaient à celles, plus haut perchées et légèrement plus fortes, des femmes. Et des odeurs auxquelles il n'était plus habitué flottaient dans l'air. Des senteurs féminines de parfum, de savon, de laque à cheveux et de maquillage… Même les repères visuels n'étaient pas les mêmes. En Afghanistan, les occasions de s'habiller étaient rares et il était, comme la plupart des hommes, presque toujours en uniforme. Mais, ce soir, il était entouré d'une foule en costumes cravate et robes de cocktail. Il y avait beaucoup plus de noir et beaucoup moins de kaki !

Soudain, un éclat rouge attira son attention. Tranchant sur les couleurs sombres, une robe semblait projeter un halo chaleureux sur tout ce qui l'entourait.

La plus belle femme qu'il ait vue depuis longtemps venait d'entrer dans la salle. L'étoffe de sa robe ne couvrait qu'une seule de ses épaules, brune et lisse, moulait ses seins admirablement ronds et marquait sa taille, avant de s'évaser jusqu'aux genoux. Ses bras étaient aussi longs et minces que ses jambes. Elle montrait beaucoup moins de peau que d'autres invitées, mais Quinn laissa son imagination deviner ce que cachait le tissu léger.

La jeune femme s'était arrêtée sur le seuil pour observer la salle. Ses cheveux noirs, longs et brillants, retombaient librement sur ses épaules.

Elle s'était fardé les lèvres d'un rouge brillant assorti à sa robe, qui contrastait joliment avec sa peau mate et sa chevelure sombre. Avec son teint exotique, elle était ravissante.

Retenant sa respiration, il attendit. Trouverait-elle la personne qu'elle cherchait ? Dans quelle direction se dirigerait-elle ?

D'un mouvement calme et élégant, elle tourna la tête vers le bar. Leurs regards se croisèrent, et il sentit un désir brûlant le traverser.

Du désir ! C'était une émotion qu'il avait oubliée

depuis longtemps, et sa force le prit au dépourvu. Son cœur battait à coups redoublés…

L'inconnue soutenait-elle son regard un peu plus longtemps que nécessaire ? Mais non — déjà, elle détournait les yeux. Il avait dû rêver.

Peut-être ne trouverait-elle pas la personne qu'elle cherchait ? Quel dommage que ce ne fût pas lui…

Elle avança d'un pas gracieux dans la salle, semblant fendre la foule. Il n'arrivait pas à détourner les yeux. Il avait toujours apprécié la beauté des silhouettes féminines, et la sienne était sculpturale.

L'inconnue se dirigea vers le bar, particulièrement bondé : il était encore tôt, les gens arrivaient, et leur premier arrêt était généralement au comptoir, pour se donner du courage avant de se mêler à la foule.

Quinn se déplaça légèrement pour créer un espace visible à sa gauche.

Le regard de la jeune femme glissa le long du comptoir et détecta la brèche. Elle eut un sourire délicieux, qui attisa encore le désir de Quinn. Son cœur fit un bond dans sa poitrine.

L'instant d'après, elle se glissait dans la place libre.

— Merci.

Elle avait une voix douce et sensuelle qui lui allait bien. Sa peau mate était lisse, et ses cils noirs mettaient ses yeux gris en valeur. Leur couleur était rare et surprenante, mais ce furent surtout ses lèvres qui subjuguèrent Quinn. Des lèvres pleines, brillantes, et rouges. Soudain, il fut très heureux d'être de retour en Australie.

Quand le serveur lui apporta son whisky, Quinn lui fit signe d'attendre.

— Puis-je avoir aussi…

Du regard, il interrogea la jeune femme.

— Un gin tonic avec une rondelle de citron, s'il vous plaît, répondit-elle.

Sa chevelure arrivait à la hauteur des lèvres de Quinn,

et il perçut une odeur de shampoing, ou d'eau de toilette peut-être. Agréable sans être entêtant, ce parfum lui rappela le gardénia qui poussait sous la fenêtre de sa chambre, dans la maison de son enfance... Autour de lui, la salle se fit plus vague, et les conversations se réduisirent à un bourdonnement sans importance.

Mais il ne fallait pas laisser le désir prendre le pas sur la raison, il l'avait appris à ses dépens et continuait d'en payer le prix. Il ne regrettait rien, car deux filles superbes étaient nées de cette erreur, mais sa vie en avait été totalement bouleversée. Depuis, il ne s'autorisait plus que de brèves liaisons occasionnelles, suffisantes pour assouvir ses besoins mais pas assez longues pour conduire au moindre attachement. De toute façon, cela faisait longtemps qu'il n'en avait plus éprouvé l'envie.

C'était mieux ainsi. A en juger par ce qu'il ressentait en cet instant précis, le désir pouvait étouffer la raison. Avec cette femme-là, par exemple, il pourrait se perdre.

Pourtant, une aventure l'aiderait peut-être à chasser ses souvenirs d'Afghanistan, et à reprendre le fil de sa vie. Le sexe était toujours une bonne distraction, cette belle inconnue était peut-être la solution idéale...

Ali l'avait remarqué à l'instant même où elle était entrée dans la pièce. Il avait un visage intéressant, mais c'étaient surtout ses yeux extraordinaires qui retenaient l'attention. Il l'avait fixée, la défiant presque de détourner le regard la première, puis il s'était très légèrement décalé, juste assez pour lui faire une place au bar. Etait-ce un nouveau défi ou se montrait-il simplement galant ? Peu importait. Elle ne voulait ni errer seule, ni se faire remarquer, et elle lui fut donc reconnaissante de sa proposition silencieuse. De plus, ses yeux l'avaient séduite. Jamais elle n'avait vu d'iris aussi bleus ni aussi vifs — fascinants. Lui avait-il jeté un sort ? Elle avança vers lui comme dans un rêve, jusqu'à le rejoindre et accepter le verre qu'il lui offrait.

A présent, il la fixait avec intensité, comme pour la graver dans sa mémoire. Pourtant, cette attention n'avait rien de pesant et ne la mettait nullement mal à l'aise ; elle était même plutôt flatteuse.

Comme il semblait sûr de lui ! C'était attirant, tant sa propre confiance en elle avait été malmenée ces derniers mois.

L'excitation la gagna. Elle plongea dans ces yeux azur qui paraissaient éclairés de l'intérieur, et fut foudroyée. Le bleu allait s'assombrissant, comme une mer des tropiques à mesure que l'on s'éloignait du rivage.

Il lui tendit un grand verre qui contenait le parfait dosage de citron et de glaçons, et elle le remercia.

— Puis-je vous tenir compagnie le temps que vos amis arrivent ? demanda-t-il.

— Comment savez-vous que je dois retrouver des gens ?

— Je vous ai vue entrer. Vous aviez l'air de celle qui est arrivée la première et qui doit patienter.

Dans cette salle qui se remplissait rapidement, ils s'étaient vus en même temps ! Mais elle n'appellerait plus cela le destin. Elle y avait cru dur comme fer, avant. Plus maintenant. Tout de même, il y avait une jolie symétrie dans cette rencontre absolument fortuite.

Elle eut un sourire.

— C'est une de mes nombreuses mauvaises habitudes, je l'avoue : je suis toujours en avance.

— Je ne vois pas en quoi c'est une mauvaise chose.

— Mes amis se sentent coupables, je leur donne toujours l'impression d'être en retard.

— Eh bien, j'espère qu'ils vont prendre leur temps, ce soir.

Il sourit, et de fines rides apparurent au coin de ses incroyables yeux bleus.

Flirtait-il ? Elle l'espérait, mais n'avait pas une complète confiance en son propre jugement.

Il tendit la main vers elle.

— Quinn Daniels.

Elle savait qui il était ! Le capitaine Quinn Daniels... Elle l'avait vu en photo. C'était un des conférenciers, et elle avait prévu d'assister à sa communication du lendemain sur les maladies infectieuses et la vaccination. Sur le programme de la conférence, sa biographie, succincte, précisait qu'il était médecin militaire. Mais la photo noir et blanc ne rendait pas justice à son physique !

En fait, il mesurait un bon mètre quatre-vingt, peut-être un peu plus. Tout en muscles, il respirait la santé. Ses épaules étaient larges, ses biceps remplissaient les manches de sa veste de costume, et, sous sa chemise, on devinait des pectoraux en acier.

Sa beauté n'était pas ordinaire : un visage large, des cheveux blonds coupés court, une mâchoire ferme et rasée de frais, un menton fort... Son physique était plus rude que beau, mais quelque chose en lui aimantait le regard. Pas seulement ses yeux, mais quelque chose de plus profond. Une force. Une confiance en soi. Sans aucun doute, cet homme savait prendre soin de lui-même, et de toute autre personne qu'il décidait de protéger.

L'arête de son nez était légèrement aplatie, comme si elle avait été cassée. Si cela résultait d'une bagarre, l'adversaire n'avait pas dû avoir le dessus ! Mais, malgré sa stature et l'impression de force physique qu'il dégageait, Ali n'éprouvait aucun sentiment de danger.

Il avait l'air solide. Intéressant. Mue par un courage inattendu, elle serra la main qu'il lui tendait.

— Je m'appelle Ali.

Le contact à la fois ferme et doux de ses doigts fit monter une vague d'excitation en elle. Une sensation absente de sa vie depuis bien longtemps !

— Heureux de faire votre connaissance, dit-il avec conviction. Vous êtes médecin ?

Elle hocha la tête. Mieux valait ne pas parler : il lui tenait toujours la main et cela l'émouvait plus que de raison.

— A Brisbane ? demanda-t-il, la libérant enfin.

Elle secoua la tête, et se résolut à répondre.

— Non. Je viens d'Adélaïde.

— Ah, j'aurais dû m'en douter.

— Pourquoi cela ?

— L'Australie du Sud est connue pour ses jolies femmes.

Aucun doute : il flirtait, mais elle n'y voyait aucun inconvénient — bien au contraire.

— Vous connaissez Adélaïde ? demanda-t-elle.

— J'y suis allé plusieurs fois. Aimez-vous la vie là-bas ?

— Oui. Mais, pour être honnête, j'ai surtout sauté sur l'occasion d'échapper à l'hiver et de monter ici pour le soleil — et la conférence. Il me tarde d'entendre votre communication de demain.

Il eut un sourire.

— Vous ne préféreriez pas une séance de bronzage au bord de la piscine ?

— Pour faire l'école buissonnière, j'attendrai le deuxième jour, répondit-elle avant de siroter son gin-tonic.

Elle flirtait elle aussi, et, bizarrement, sans aucune appréhension !

Le téléphone de Quinn interrompit leur conversation. Il consulta l'écran.

— Vous voulez bien m'excuser ? Il faut que je réponde.

Il s'écarta légèrement du bar. Qui avait donc le pouvoir de l'accaparer de cette façon ?

— Je reviens tout de suite, fit-il.

Il s'éloigna, emportant la délicieuse excitation qu'elle avait éprouvée. La soirée s'assombrit. Allait-il revenir ?

*
* *

Ali était merveilleuse. Belle, évidemment — mais il y avait autre chose. Cela dépassait la simple séduction. Elle avait une grâce fascinante, et son calme était captivant. Après ces longs mois en Afghanistan, Quinn avait besoin de sérénité, il lui tardait de retourner au bar pour laisser cette voix douce et sensuelle apaiser son âme lasse. En l'écoutant, il arrivait à respirer, à se détendre. Il n'avait aucune envie de la quitter — mais il ne pouvait ignorer cet appel. Sa famille passait avant tout le reste.

S'il s'était éloigné du bar, c'était davantage pour se concentrer sur l'appel que pour ne pas être entendu. Près d'Ali, il aurait été distrait. Le devoir primait tout. Il n'avait jamais fui ses responsabilités, et n'allait pas commencer maintenant.

— Allô ?

Il ne s'attendait pas à cette voix-là. Ce n'était pas une de ses filles, mais sa belle-mère.

— Helen ? Qu'est-ce qui se passe ? Il y a un problème avec les jumelles ?

Elle l'appelait rarement. Ils avaient une relation cordiale, mais jamais vraiment de raison de se parler. Ses filles le tenaient au courant, et, quand il y avait quelque chose d'important, il en discutait avec leur mère. Qu'Helen l'appelle était synonyme de mauvaise nouvelle.

Une boule d'inquiétude dans la gorge, il se dirigea vers le hall de l'hôtel.

— C'est Julieanne.

Sa femme… son ex-femme.

Il ne s'agissait donc pas de ses filles. Il respira déjà mieux.

— Elle a eu un accident ?

— Non. C'est à propos de ses migraines.

Julieanne avait toujours souffert de migraines, et, ces derniers temps, elles étaient devenues plus fréquentes et plus fortes. Il lui avait suggéré d'en parler à son médecin traitant mais elle était sûre de pouvoir les traiter par son régime alimentaire et ses exercices physiques habituels.

— Elle a fait un malaise aujourd'hui, dit Helen d'une voix vibrante d'émotion.

C'était grave. Il était atterré. Il aurait dû insister pour qu'elle consulte.

Il y avait une ottomane devant lui, dans un coin du hall. Oppressé, il s'y laissa tomber.

— Où est-elle ? Dites-moi ce qui s'est passé.

A l'autre bout du fil, Helen se mit à sangloter.

— Nous sommes à l'hôpital, dit-elle. Le médecin vient juste de m'annoncer qu'elle a une tumeur au cerveau.

Une tumeur.

Les pensées fusant dans sa tête, il parla avec Helen, puis avec le médecin. Le pronostic était très mauvais.

La conversation terminée, il se leva et remit son téléphone dans sa poche d'une main tremblante. Ses jambes flageolaient et il respirait mal. Il avait besoin d'air. Il avait laissé Ali au bar, mais il se sentait incapable d'y retourner. Pas encore. Il lui fallait de l'air frais.

Il ouvrit la porte d'entrée sans attendre que le portier le fasse. L'hôtel donnait sur la rivière Brisbane. A grandes enjambées, il se dirigea vers la berge. Là, il agrippa la rambarde et, essayant de remettre de l'ordre dans ses pensées, emplit ses poumons de l'air frais du soir. Mais à quoi bon ? La situation était horrible, inimaginable.

Il fixa sans les voir les profondeurs sombres qui tourbillonnaient devant lui. Ayant grandi sur la Sunshine Coast, la côte ensoleillée du Queensland, il avait toujours aimé l'eau, cela aussi lui avait manqué pendant son séjour en Afghanistan. D'ordinaire, il la trouvait apaisante, mais, ce soir, elle ne calmait pas ses peurs. Depuis son retour d'Afghanistan, il éprouvait un besoin viscéral de tranquillité. A présent, comment les choses pourraient-elles redevenir calmes un jour ?

Debout, le regard fixé sur l'eau, il perdit la notion

du temps, puis, peu à peu, il reprit conscience des gens qui l'entouraient. Des couples et des groupes flânaient sur le sentier, glissant des regards dans sa direction. Il desserra ses mains crispées sur la rambarde, et détendit ses épaules. A quoi bon rester là, dehors, avec l'espoir stupide que le fleuve et l'air frais l'aident ? Le temps était un luxe dont il ne disposait plus. Il avait des stratégies à mettre en place, et des responsabilités à assumer.

Il revint sur ses pas. Le portier ouvrit la porte devant lui, et Quinn, le remerciant d'un hochement de tête machinal, se dirigea vers les ascenseurs à côté de la salle de conférences. Près du seuil, il hésita, à la recherche d'une robe rouge vif. Ses yeux parcoururent le bar. Rien. Alors il scruta la salle, et l'aperçut.

Il aurait aimé puiser en Ali un peu de la sérénité qui émanait d'elle, mais elle n'était plus seule. Ses amis étaient arrivés.

De quel droit irait-il l'interrompre et solliciter son attention ? Elle n'avait pas besoin de ses problèmes à lui. Dire que, vingt minutes plus tôt, il trouvait sa vie compliquée ! Il rêva de revenir en arrière : en quelques instants, tout avait basculé. Irrévocablement.

Il regarda une dernière fois les lèvres rouges d'Ali. Comme il aurait adoré y goûter, rien qu'une fois ! Mais il devait avancer. Accomplir son devoir. Ses filles allaient avoir besoin de lui, et, comme toujours, elles seraient sa priorité absolue.

Il tourna donc le dos à la salle et se dirigea vers les ascenseurs.

Quelques instants plus tard, les portes de l'ascenseur se refermaient sur lui, l'emportant loin d'Ali.

2.

Ali

Ali entra dans le cabinet médical et enleva son écharpe. Déjà, l'air de la salle d'attente réchauffait ses joues gelées. Elle en avait plus qu'assez, de cet hiver inhabituellement froid et long, même pour Adélaïde. Les quelques jours qu'elle avait passés dans la douceur de Brisbane lui semblaient déjà très loin. En six semaines, sa peau avait oublié la caresse du soleil du Queensland, et elle attendait l'été avec impatience.

Elle défit les boutons de son nouveau manteau d'hiver en laine rouge vif, un vêtement en trapèze qu'elle avait acheté pour combattre son humeur maussade. Il fallait qu'elle retrouve le moral, qu'elle se fixe des objectifs. Elle adorait son travail, mais, depuis quelque temps, il avait perdu son attrait et n'était plus que routine. La dernière fois qu'elle avait vécu quelque chose d'excitant, c'était à Brisbane — le soir où elle avait rencontré Quinn.

Que, de plusieurs mois, elle ne retienne qu'une conversation de dix minutes était consternant. Sa situation était-elle à ce point désolante ? Mais cela ne faisait aucun doute : elle avait adoré ce moment — et passé beaucoup trop de temps à y repenser. Pourquoi Quinn n'était-il pas revenu au bar ? Que lui était-il arrivé ?

Elle avait eu beau se répéter qu'elle ne croyait plus au destin, elle n'avait pu se débarrasser de l'idée qu'ils étaient faits pour se rencontrer. Mais sans doute enjolivait-elle l'histoire. Quinn n'avait probablement jamais eu l'intention de revenir. Elle avait dû lui sembler ennuyeuse et ordinaire, et il avait trouvé un moyen de s'esquiver.

Obsédée par son souvenir, elle avait cru l'apercevoir plusieurs fois depuis son retour à Adélaïde. Son imagination lui faisait prendre pour Quinn tous les hommes blonds aux cheveux courts et à la carrure solide !

Elle rêvait de trouver l'amour, mais était assez sensée pour savoir que ce ne serait pas Quinn Daniels qui l'entraînerait dans un tourbillon de passion. Et fantasmer là-dessus n'y changerait rien. Il était temps de passer à autre chose. Elle enleva son manteau.

Un couple qu'elle ne connaissait pas était assis dans la salle d'attente. Ce n'était sûrement pas elle qu'ils attendaient car elle avait terminé ses visites à domicile avec une heure d'avance.

— Ali, vous voilà ! dit Tracey, la réceptionniste, en surgissant du couloir. Votre mère veut vous voir.

Malika, la mère d'Ali, avait fondé le cabinet alors qu'Ali et son frère étaient encore bébés. Au début, la famille logeait sur place, mais, quand le cabinet s'était développé, ils avaient déménagé pour une maison voisine et plus grande, et l'activité médicale avait investi toute la bâtisse. Enfant, Ali y avait passé des heures à jouer. En grandissant, elle avait aidé à toutes sortes de petites tâches, avec la certitude qu'elle travaillerait là un jour. Sa mère lui avait prouvé qu'il était possible de concilier carrière et vie de famille, et cela avait été le rêve d'Ali — jusqu'à une date récente.

Longtemps, en effet, son travail de généraliste l'avait satisfaite. Elle aimait connaître ses patients, faire partie de leurs vies, prendre part aux événements locaux. Elle n'avait jamais pensé vouloir davantage. Mais à vingt-six ans, elle se trouvait à un carrefour de sa vie, son avenir lui semblait bouché et bien terne. Comment remédier à cela ? Elle n'en avait aucune idée.

— Me voir ? Savez-vous pourquoi ? demanda-t-elle.

— Malika veut vous présenter le remplaçant. Il est avec elle.

— « Il » ?

Le remplacement était de courte durée et à temps partiel, Malika devant accompagner son mari, le père d'Ali, à une conférence à l'étranger, et prendre quelques jours de vacances. Si tout se passait bien, elle espérait ensuite proposer au remplaçant de rester, afin de réduire son propre temps de travail. Ali avait supposé — apparemment à tort — que le poste irait à une femme médecin. Les temps partiels intéressaient souvent les mères qui travaillaient, mais peut-être le nouveau médecin était-il, comme Malika, proche de la retraite.

— Il est vieux ?

Tracey eut un large sourire, et Deb, l'infirmière, rit de bon cœur.

— Pas vraiment, non, mais il a déjà vieilli de deux minutes depuis que tu es arrivée, alors dépêche-toi.

En se dirigeant vers le bureau de sa mère, Ali jeta un rapide coup d'œil à Tracey et Deb, qui gloussaient comme deux écolières. Qu'avaient-elles donc ?

Elle frappa à la porte et l'ouvrit.

Le remplaçant, qui lui tournait le dos, avait un physique instantanément reconnaissable, et il n'était pas vieux du tout. Le cœur d'Ali s'emballa brusquement.

Il était toujours aussi grand, solide et musclé. Le blond de ses cheveux, moins courts à présent, était mêlé de fils argentés qui n'étaient pas là six mois auparavant. Il avait l'air un peu plus mince et un peu moins jeune, mais, quand il tourna le visage vers elle, ses yeux, eux, n'avaient pas changé le moins du monde — ils étaient toujours d'un bleu azur extraordinaire, intense, et comme éclairé de l'intérieur.

— Quinn ? fit-elle sans même s'en rendre compte.

Il eut l'air étonné. Se souvenait-il d'elle ?...

— Ali ?

— C'est *vous*... le nouveau médecin ?

Il opina de la tête.

— Vous vous connaissez ? demanda Malika.

A regret, Ali reporta son regard sur sa mère.

— Nous nous sommes rencontrés à la conférence de Brisbane.

Si Malika avait remarqué son trouble, elle n'en laissa rien paraître.

— Alisha, j'ai des malades qui attendent. Puis-je te demander de faire visiter les lieux à Quinn et l'installer dans son bureau ? Il commence demain.

Sans attendre la réponse, elle gratifia Quinn d'une énergique poignée de main et sortit en coup de vent appeler son premier patient, laissant sa fille pétrifiée et muette. La tête d'Ali bourdonnait de questions, ce qui ne laissait plus aucune place à ses fonctions motrices !

Que faisait-il là ? Et l'armée — son véritable métier ? Pourquoi diable avait-il accepté un poste de remplaçant dans un petit cabinet médical ? Et, à Brisbane, pourquoi l'avait-il abandonnée au bar ? Pourquoi n'était-il pas revenu ?

Quinn était sidéré. Ali se tenait devant lui, Ali aux cheveux noirs, aux yeux gris et aux lèvres cerise. Après le chaos des semaines précédentes, la revoir était tout simplement incroyable.

Et il venait d'être engagé... par sa mère ? Cette petite Indienne au teint très brun était sa mère ?

Cela expliquait, au moins pour une part, le teint peu ordinaire d'« Alisha » — il avait pensé à des origines méditerranéennes...

Il n'arrivait pas à détacher les yeux de son visage. Encore plus belle que dans son souvenir, elle portait un chemisier de soie rouge assorti à la couleur de ses lèvres. Cette nuance semblait s'être imprimée en lui. A l'avenir, plus jamais il ne pourrait voir cette couleur cerise sans penser à Ali.

A en juger par l'éclat de sa peau mate, qu'il imagina chaude et douce, elle semblait en pleine forme.

Mais elle n'avait pas fait un geste, et était probablement aussi étonnée que lui. Les surprises n'étaient pas toutes agréables, mais, pour lui, celle-là l'était infiniment. Pourvu qu'il en aille de même pour elle.

Finalement, il avait bien fait de se porter candidat pour ce remplacement ! Pour la première fois depuis un mois et demi, il eut l'impression que sa vie n'était pas complètement hors de contrôle. Il se souvint du sentiment de calme qui l'avait envahi lors de leur première rencontre. Et il avait plus que jamais besoin de paix et de sérénité.

Le regard d'Ali se fit interrogateur.

— Je ne comprends pas. Que faites-vous ici ? Vous avez quitté l'armée ?

Sa voix douce et sensuelle le fit frissonner. Il aurait aimé fermer les yeux, se détendre, et laisser cette mélodie chasser quelques-uns de ses problèmes.

— C'est une longue histoire, répondit-il.

Longue et compliquée. Elle était étonnée de le voir, mais elle l'aurait été encore plus si elle avait connu les raisons de sa présence. Il ne pouvait pas les lui exposer en quelques mots.

— Peut-être pourrions-nous aller ailleurs ? Votre mère va avoir besoin de son bureau. Je veux bien vous expliquer, mais pas ici.

Elle acquiesça d'un signe de tête, et le précéda dans le couloir. Quinn la suivait, le regard aimanté par le balancement de ses hanches. Le bas de sa jupe noire dansait à leur rythme, dévoilant le haut de longues bottes noires. Il ne voyait pas ses jambes, mais il se souvint du galbe de ses mollets, de la finesse de ses chevilles, et cela fit naître un pincement de désir au creux de son estomac.

Parvenue de l'autre côté du bâtiment, elle ouvrit la troisième porte du couloir, et se retourna pour lui faire face.

— Voici le bureau qui sera le vôtre pendant votre séjour ici.

Elle semblait dubitative… Comment l'en blâmer ? C'était une situation étrange, et, de toute évidence, ni elle, ni lui-même ne savait très bien comment y faire face. Mais, en tout cas, il fallait qu'il fasse de son mieux pour s'expliquer.

Par une sorte d'accord tacite, il prit le fauteuil devant le bureau. Par la fenêtre, il entrevit un jardin, mais il avait du mal à détourner les yeux d'Ali. Ses cheveux noirs, attachés en queue-de-cheval, retombaient sur ses épaules. Elle s'assit à côté du bureau, croisa les chevilles, et ramena ses pieds sous la chaise. Elle se tenait très droite, dans une posture aussi parfaite que le soir de leur rencontre, mais moins naturelle. Ses épaules semblaient tendues, comme si elle faisait des efforts pour sauver les apparences. Qu'est-ce qui la rendait si nerveuse ?

— Que faites-vous ici ? Vous avez quitté l'armée ? demanda-t-elle de nouveau.

— Pas exactement. J'ai pris un congé pour soins palliatifs.

— Pour soins palliatifs ? Pour qui ?

— Ma femme.

— Vous êtes marié ?

Elle jeta un coup d'œil en direction de l'annulaire de Quinn. Pas plus d'alliance que la fois précédente.

— *Ex*-femme, dit-il à la hâte. Nous sommes divorcés.

Même maintenant, l'« ex » lui posait des problèmes. Non parce qu'il regrettait l'époque de son mariage, mais parce que cela lui rappelait son échec en tant qu'époux. Lui qui était de nature perfectionniste, cela l'ennuyait de ne pas avoir su sauver son couple.

De nouveau, Ali semblait perplexe.

— Vous vous occupez de votre ex-femme ? Pourquoi ?

— C'est compliqué.

— Je m'en doute.

Elle sourit, l'invitant à se confier. Mais s'il lui en disait davantage, ce sourire réconfortant allait s'effacer à coup sûr !

Le silence se prolongeait... Du bout des doigts, il se massa brièvement les tempes, dans l'espoir d'apaiser la tension.

Comment le dire ?

— Ma femme — ex-femme — a une tumeur au cerveau.

A son grand soulagement, Ali n'eut pas la réaction de la plupart des gens. Aucun sursaut d'étonnement, aucune hésitation, aucune phrase bredouillée et vide de sens.

— Quel grade ? demanda-t-elle.

— C'est un glioblastome grade IV.

Elle avait conscience de la gravité du diagnostic, car sa peau mate pâlit légèrement. Sans connaître la malade, elle était pleine de compassion pour elle. Les astrocytomes étaient les tumeurs primaires les plus fréquentes chez les adultes, mais leurs caractéristiques et pronostics variaient largement. Le glioblastome multiforme IV était une tumeur maligne qui s'étendait rapidement. Un mal redoutable.

Mais l'état de son ex-épouse ne suffisait pas à expliquer sa présence à Adélaïde.

— Helen, ma belle-mère, s'est installée chez Julieanne, dit-il, mais elle ne peut pas s'occuper d'elle *et* des enfants, alors c'est moi qui m'en charge, ce qui est bien normal.

— Des enfants ?

Il avait oublié : elle ignorait qu'il était père — elle ne savait pratiquement rien de lui.

— Oui. Deux filles.

Les épaules d'Ali s'affaissèrent, comme si elle baissait la garde. Elle tendit le bras, mais se ravisa, et sa main retomba sur ses genoux. Le cœur de Quinn chavira. Comme il aurait aimé qu'elle le touche…

— C'est terrible pour elles !

Cette réaction le surprit. Il s'attendait à des questions sur les filles, mais, plutôt que de la curiosité, elle faisait preuve d'empathie. Cela le touchait. De plus, elle avait été sur le point de lui témoigner son soutien, et ne s'étonnait pas qu'il laisse tout tomber pour s'occuper de son ex-épouse. Sans doute même aurait-elle été déçue qu'il ne le fasse pas.

Ali avait envie de réconforter Quinn, elle avait même failli lui prendre la main, avant de prendre conscience que cela pouvait être déplacé. Le revoir lui avait fait battre le cœur et une vague d'excitation l'avait submergée, mais ils étaient des étrangers l'un pour l'autre. Il n'avait probablement ni envie ni besoin de son réconfort.

Les problèmes qu'elle rencontrait n'étaient rien en comparaison de ceux de Quinn. Avec le temps, elle se ferait aux événements récents de sa vie, mais, pour Quinn comme pour ses enfants, l'histoire finirait forcément mal. Dans un avenir assez proche, ses deux filles perdraient leur mère. La vie pouvait être d'une injustice insupportable. Comment allaient-elles, si jeunes, se remettre d'une perte pareille ? Quoi qu'il ait pu se passer entre Quinn et son épouse, personne ne méritait cela.

— Comme c'est triste ! Je compatis, vraiment.

Il devait traverser un véritable cauchemar, mais elle ne le connaissait pas assez pour lui dire ce qu'elle éprouvait. Elle allait avoir besoin de temps pour assimiler ce qu'il venait de lui confier, et savoir comment réagir. Pour l'instant, surprise et choquée, elle avait du mal à trouver les mots justes.

Quel choc, en effet, de le revoir, et d'apprendre qu'il était divorcé et père ! Elle n'avait pas prévu ce scénario-là.

Dans ses rêves, il était une espèce de GI Joe intelligent, dynamique. Audacieux, mais sensible, et célibataire — jamais marié.

Certaines choses n'avaient pas changé depuis leur rencontre. Elle ressentait toujours en lui une sexualité brute, une rudesse, une virilité — mais il y avait aussi au coin de ses yeux des rides qu'elle ne se rappelait pas avoir vues. Elle aurait aimé lisser ces fines lignes du bout des doigts, mais cela aurait été trop audacieux.

Elle chercha désespérément comment orienter la conversation vers un terrain moins émotionnel.

— Je ne comprends toujours pas pourquoi vous voulez ce poste, dit-elle. Vous n'aurez pas assez à faire avec votre famille ?

— Les vacances sont finies. Les filles ont repris l'école maintenant. Ma belle-mère et moi allons nous occuper de Julieanne à tour de rôle. Il suffira que je sois à la maison quand mes filles y seront ; je n'ai pas besoin d'y rester en permanence. Et je veux être occupé. J'en ai besoin. Je suis à Adélaïde parce que des gens ont besoin de moi, mais Julieanne et moi n'avons pas besoin de temps en tête à tête. Notre mariage est terminé depuis longtemps, et cela ne changera pas, pas plus que sa situation à elle.

— Pourtant, vous allez vous occuper d'elle...

— Notre mariage a pris fin pour toutes sortes de raisons, les circonstances, trop peu de temps ensemble, des erreurs de jugement, mais nous sommes restés bons amis, et nous nous dévouons pour nos enfants. Je peux faire ça pour elle, et je veux le faire.

De toute évidence, son ex-femme comptait encore pour lui. L'aimait-il encore ? Ali ne connaissait pas beaucoup de personnes qui se seraient portées volontaires pour s'occuper d'un ex-conjoint !

— Est-elle sous traitement ?

— Oui. Radiothérapie.

— Est-ce que ça marche ?

Il eut un haussement d'épaules.

— Les oncologues n'ont pas beaucoup d'espoir.

— Que vous ont-ils dit ?

— Que ce Noël pourrait bien être le dernier.

Ce n'était que le début d'août, Noël était dans cinq mois ! Elle allait prononcer des paroles de réconfort, mais, de nouveau, elle se retint. Six semaines plus tôt, ils avaient bu un verre ensemble. Leurs relations s'arrêtaient là. Même si l'excitation et l'intérêt qu'elle avait ressentis avaient été réciproques, les règles du jeu avaient changé. A présent, avec tous ces problèmes, Quinn était hors d'atteinte. Mais elle pourrait tout de même lui offrir son aide.

Comment ? Pour l'instant, elle n'en avait aucune idée.

— Qu'en penses-tu ? demanda Malika. Ai-je fait le bon choix ?

Plusieurs heures avaient passé et Ali déjeunait avec sa mère. Elle essayait de prendre conscience que Quinn était de retour dans sa vie. Après avoir si souvent revécu leur première conversation en pensée, qu'il soit là, dans sa ville, sur son lieu de travail, lui semblait irréel. Comment réagir, comment faire face à la situation ?

— J'ai été prise au dépourvu, je l'avoue, dit-elle. Je pensais que tu recruterais une femme médecin, avec des enfants, et à la recherche d'un temps partiel.

Malika eut un geste évasif qui fit cliqueter les nombreux joncs en or autour de son poignet.

— Quinn est médecin, et il a des enfants. Ce n'est pas une femme, c'est la seule différence.

Ali sourit, amusée. C'était certain, il n'avait rien d'une femme.

— En plus, ça pourrait être bien d'avoir un médecin homme dans l'équipe. Nous manquons plutôt de personnel masculin, ici.

Ali dut en convenir. Les deux secrétaires étaient des

femmes, comme l'infirmière et l'autre médecin à temps partiel — mais Quinn était-il le *bon* médecin homme ?

— Tu ne crois pas qu'il a assez de choses sur les bras, sans travailler en plus ?

Malika remplit deux tasses de thé au jasmin.

— Cela ne me regarde pas, dit-elle. Tu as des réserves ?

Ali décida de ne pas les exprimer. Elle aurait du mal à garder ses sentiments sous contrôle, mais c'était son problème. Elle ne pouvait pas avouer que la perspective de travailler avec *lui* la rendait nerveuse !

Mais Malika attendait une réponse.

— Il m'a dit qu'il avait pris un congé de l'armée, il n'a apparemment pas le projet de rester ici longtemps, dit Ali.

— Non, en effet, et c'est dommage. J'espérais que le remplacement se transformerait peut-être en poste permanent. Mais je comprends pourquoi cela lui convient en ce moment, et je suis heureuse de l'avoir recruté. Il a de l'expérience, et je veux vraiment faire ça pour lui. Il traverse une période difficile… Déjà, il me permet d'aller à cette conférence avec ton père ; c'est très bien.

— Tu es sûre qu'il a le profil voulu ? Il risque de s'ennuyer à travailler ici, non ? Tu ne le trouves pas un peu surqualifié ?

Mais Malika n'était pas facile à dissuader, quel que soit le sujet.

— Pour l'instant, ce n'est qu'un poste de remplaçant, et je pense qu'il a besoin de faire une pause loin de la pression de l'armée, et sans séjours dans des pays lointains. La routine lui fera du bien. Et avec tout ce stress chez lui, il sera peut-être content de venir travailler ; cela lui fera une parenthèse.

Il était inutile de discuter. Après tout, le cabinet médical appartenait à Malika, et, professionnellement, c'était une bonne décision. Il ne lui restait qu'à s'habituer à l'idée de travailler avec Quinn.

Ali remplit le dernier formulaire, et, repoussant sa chaise, étira les bras au-dessus de sa tête pour détendre ses épaules. Il était grand temps de rentrer à la maison. Il ne restait plus qu'elle au cabinet médical, il faisait nuit, et elle était fatiguée.

Elle prenait son sac à main et son manteau rouge derrière sa porte quand, soudain, elle se figea. Un bruit… Quelqu'un entrait par la porte du fond.

Elle n'attendait personne !

La lumière de son bureau atteignait le couloir, signalant sa présence. Elle entendit deux pas légers et crut que son cœur allait s'arrêter de battre.

— Il y a quelqu'un ?

C'était la voix de Quinn ! Pour un homme de sa stature, il se déplaçait avec une étonnante légèreté.

Cette fois, le cœur d'Ali battit plus vite. L'adrénaline s'était transformée en excitation…

Elle sortit de derrière la porte.

— Quinn. Que faites-vous là ?

Il portait une tenue décontractée — un jean et un chandail en laine dont le bleu faisait ressortir l'éclat de ses yeux. Son jean moulait les muscles de ses cuisses, et son entrejambe manifestement viril fit rougir Ali. Très vite, elle leva le regard vers son visage, espérant qu'il n'avait pas remarqué son coup d'œil audacieux.

— Je voulais déposer quelques affaires et m'organiser un peu avant de commencer mes consultations demain.

Il portait une boîte à archives en carton.

— Je vous dérange ? demanda-t-il. Je ne pensais pas qu'il y aurait quelqu'un.

— Non, j'ai terminé.

Elle entra derrière lui dans son futur bureau, et le regarda déposer la boîte, qui semblait lourde.

Il entreprit aussitôt de la vider.

— Avez-vous besoin d'aide ?

Elle l'avait suivi sans y penser, mais il ne désirait peut-être pas de compagnie…

Il lui tendit un document encadré — son diplôme de médecin.

— Bien sûr. Pouvez-vous trouver un clou pour suspendre ça ?

Il y avait un crochet disponible à gauche de la fenêtre, au-dessus du bureau, et elle y accrocha le diplôme. A cet endroit, les patients le verraient bien.

Quand elle se retourna, il sortait d'autres diplômes encadrés de la boîte, et les empilait sur le bureau. Traumatologie, médecine sous-marine et hyperbare, et défense biologique et chimique. Elle le pensait surqualifié pour le poste, mais pas à ce point-là !

— Vous les emportez partout ? demanda-t-elle.

Il sourit.

— Non. Ils prenaient la poussière dans le grenier de Julieanne. J'étais tout le temps en déplacement, alors je trouvais plus facile de stocker mes affaires chez elle.

Il prit la pile de cadres et les déposa sur le parquet, alignés contre le mur. Puis il sortit une photographie qu'il plaça sur le bureau.

— Ce sont vos filles ? demanda Ali. Elles sont jumelles ?

Il acquiesça de la tête. Elles se ressemblaient beaucoup, avec des cheveux d'un blond très clair et des yeux d'un bleu extraordinaire qui ne laissaient pas le moindre doute sur l'identité de leur père — mais elles étaient plus grandes qu'Ali ne l'aurait imaginé.

— Vous avez commencé tôt, dit-elle.

Sa mère lui avait dit qu'il n'avait que trente-deux ans — six ans de plus qu'elle.

Il laissa ses doigts courir sur le bord du cadre.

— Leur arrivée a été une surprise. Elles ont neuf ans depuis quelques mois.

— Comment s'appellent-elles ?

— Beth et Eliza.

A la manière, si douce, dont il prononça leurs prénoms, elle perçut l'amour qu'il leur portait, et son cœur se serra sous l'effet de la solitude et du manque. Mais ce n'était pas le moment de méditer sur ses sentiments. Elle se pencherait là-dessus plus tard. Il lui faudrait affronter le problème qui la rongeait, car ce n'était pas sain, mais elle n'en avait pas la force. Pas encore.

— Jolis prénoms, dit-elle. Qui est qui ?

La question parut amuser Quinn.

— C'est difficile à dire sur une photo, si on ne les connaît pas. Beth est la plus extravertie, elle est habituellement la première à parler, et vient de se couper les cheveux. Ou, pour être exact, Eliza vient juste de lui couper les cheveux. Beth en avait assez que les gens soient incapables de les distinguer, alors elle a convaincu sa sœur de jouer des ciseaux. Bien sûr, il a fallu aller chez la coiffeuse pour réparer le désastre.

Ali regarda de nouveau la photo. Même plus âgées qu'elle ne l'avait pensé, les jumelles étaient quand même beaucoup trop jeunes pour affronter ce cauchemar — la disparition prochaine de leur mère.

— Comment prennent-elles ce qui se passe ?

— Mieux que moi, je pense, répondit-il tristement.

— Vous en savez presque trop sur l'état de Julieanne. Quelquefois, il vaut largement mieux ne rien savoir.

— Le principal problème pour moi, ce n'est pas Julieanne. C'est la paternité.

— Comment cela ?

— Je n'ai jamais passé beaucoup de temps avec mes filles. Quand elles sont nées, j'étais encore étudiant, ensuite l'armée m'a monopolisé, puis il y a eu le divorce. Jusqu'à une date récente, c'est Julieanne qui s'est occupée d'elles. Maintenant, il faut que j'apprenne en accéléré.

— Vous n'aviez pas la garde conjointe ?

— C'était impossible. Les filles étaient ici, et moi dans le Queensland, ou sur d'autres continents.

— Dans des zones de conflits ?

— Secret défense, répondit-il, l'air malicieux.

— Si vous me le disiez, vous devriez ensuite me réduire au silence ? fit-elle, amusée.

— En quelque sorte, répondit-il, taquin. Disons simplement que je préfère de loin être ici.

« Ici » ? Voulait-il dire ici en Australie, ou ici, avec elle ? Il eut un petit rire.

— Je n'arrive pas à le croire : je pensais à vous, et où étiez-vous, pendant tout ce temps ? Sous mon nez.

Il avait pensé à elle.

— Comment ça, « pendant tout ce temps » ?

— Le soir où nous avons fait connaissance, au bar, j'ai reçu un appel de ma belle-mère qui me mettait au courant pour Julieanne. Je comptais retourner au bar près de vous, mais, subitement, tout le reste est passé au second plan. J'ai pris l'avion le lendemain matin, pour revenir ici.

— C'est pour cela que vous n'avez pas fait le discours d'ouverture de la conférence.

— Oui.

— Vous êtes ici depuis juin ?

— J'ai fait plusieurs allers-retours entre ici et Brisbane, mais cela fait plusieurs semaines que je suis ici.

Toutes ces fois où elle avait cru l'apercevoir… Dire qu'il se trouvait à Adélaïde depuis des semaines !

— Si j'avais su que vous étiez là, je vous aurais cherchée…

— Pourquoi ?

— Parce que je trouve votre présence… cathartique, répondit-il avec un sourire irrésistible. Vous m'aidez à me sentir calme, et, en ce moment, j'ai besoin d'oublier ennuis et stress. Quand je suis avec vous, je respire.

Quelle ironie ! En sa présence, elle oubliait presque de respirer !

— Alors je suis content d'être là, conclut-il.

Cette fois, il était clair. Une hanche appuyée contre le bureau, il fixait ses lèvres.

Il se trouvait presque assez près d'elle pour l'embrasser. Si elle inclinait la tête, leurs lèvres se rejoindraient. Elle aimait beaucoup l'idée d'échapper un instant à la réalité… Mais ce n'était pas le bon moment.

Elle s'écarta légèrement, et changea au plus vite de sujet.

— Pourquoi n'avez-vous pas quitté l'armée pour vivre avec votre famille ? Vous auriez pu travailler n'importe où…

— C'est plus compliqué que cela. L'armée a payé mes études, je ne peux donc pas démissionner. Je dois rembourser chaque année d'études, plus une année, à l'échéance voulue. C'était ça ou racheter mon service, et je n'en avais pas les moyens. Il me reste quatre mois.

— Qu'allez-vous faire, alors ?

— Je n'en sais rien.

Il ne resterait pas… Elle réprima sa déception. Le destin les avait réunis, mais les circonstances les sépareraient inévitablement.

3.

Julieanne

Julieanne était épuisée. La journée n'avait pas été particulièrement fatigante, mais ces jours de rendez-vous étaient stressants : il fallait traverser les collines pour aller de Stirling au centre-ville, attendre l'heure du rendez-vous, puis les résultats. Ce jour-là, elle avait passé des scanners ; la tumeur continuait de grossir malgré la radiothérapie. Cela ne l'avait pas étonnée. Elle sentait bien que son état s'aggravait, tout en s'accrochant à l'espoir qu'elle se trompait. Cela aussi était épuisant — les efforts pour rester positive tout en sachant que les choses ne s'amélioraient pas.

Elle s'était attendue à la mauvaise nouvelle, mais cela ne la rendait pas moins pénible. Même en gardant du recul par rapport aux statistiques, ses chances étaient minces. Pour ce type de tumeur, les taux de survie étaient pratiquement nuls : moins de trois pour cent des malades survivaient plus de cinq ans, et l'espérance de vie moyenne, même avec un traitement, se situait entre sept et neuf mois.

Elle approchait des cinq mois, mais n'était pas encore prête à abandonner.

Allongée sur son lit, elle écoutait les jumelles dans leur bain. Elles avaient eu entraînement de netball, et dîné tard. Elle-même n'avait assisté ni à l'entraînement, ni au dîner. Que de choses elle ratait — et ce n'était que le début ! L'idée qu'elle manquerait le reste de leurs vies lui était odieuse…

Elle était reconnaissante à sa mère et à Quinn d'être venus l'aider. Qu'aurait-elle fait sans eux ? De toute façon, Quinn avait toujours essayé de faire ce qu'il fallait. C'était le genre d'homme qui prenait ses responsabilités au sérieux.

Parfois, elle se demandait pourquoi elle n'avait pas pu être heureuse avec lui, pourquoi il avait fallu qu'elle cherche toujours à s'amuser. Qu'avait-elle donc pour ne pas se satisfaire d'un homme qui n'était pas seulement beau, mais aussi intelligent et gentil — un homme bien ?

Bien, mais souvent absent.

Elle s'était sentie délaissée et s'était lancée dans des aventures extraconjugales. Ecrasée sous le poids des responsabilités maternelles, elle avait eu l'impression de perdre son identité. Quinn était toujours occupé, il faisait ses études, remplissait ses engagements de formation dans le cadre de l'armée, et subissait lui aussi une forte pression. Elle n'avait vu qu'une chose : il échappait au monde des bébés qui pleuraient au lieu de dormir et avaient sans cesse besoin d'être changés et nourris. Maintenant, elle savait qu'elle avait eu des attentes déraisonnables envers Quinn. Il avait terminé ses études tout en assurant un toit à sa famille. Beaucoup d'autres hommes n'auraient jamais endossé cette lourde responsabilité.

Comme il n'avait même pas remarqué sa première aventure, elle s'était lancée dans une autre, puis dans une autre encore, consciente de jouer avec le feu mais incapable de s'arrêter. Elle avait pris de plus en plus de risques, impatiente qu'il comprenne ce qui se passait. Il la supplierait d'arrêter, il lui dirait qu'il l'aimait et que ses infidélités lui brisaient le cœur…

Mais ces mots-là n'étaient jamais venus.

Il avait mis du temps à découvrir la vérité. Ils vivaient

alors dans une résidence de l'armée où il n'y avait pas beaucoup d'intimité, les gens voyaient des choses, ils parlaient, et, finalement, quelqu'un avait mis Quinn au courant. Mais, même à ce moment-là, il ne lui avait pas déclaré son amour. Il lui avait seulement demandé ce qu'elle comptait faire. Il ne lui avait pas jeté au visage qu'il travaillait et étudiait de toutes ses forces pour subvenir à leurs besoins, et qu'elle n'avait trouvé que cela pour l'en remercier ! Il ne l'avait même pas accusée de se comporter comme une gamine ou comme une égoïste !… En fait, peut-être avait-il profité de ses frasques pour rompre ? De toute façon, leur relation aurait-elle duré si elle n'était pas tombée enceinte ?

Le bruit du sèche-cheveux interrompit quelques instants ses pensées — elle avait de plus en plus de difficultés à se concentrer.

Puis la question revint — la question qui l'avait taraudée d'innombrables fois, sans qu'elle puisse y répondre : avait-elle détruit leur mariage, ou aurait-il pris fin de toute manière ?

La seconde hypothèse était probablement la bonne. Ils étaient jeunes. Trop jeunes. Et naïfs. Leur relation n'aurait probablement pas tenu, mais elle n'en aurait jamais la certitude.

En tout cas, elle s'était comportée de manière consternante. Et après le traitement qu'elle avait infligé à Quinn, il était là, à ses côtés, lui apportant aide et soutien ! Même s'il ne lui offrait pas son amour, il lui donnait plus qu'elle ne méritait.

Mais c'était pour les filles qu'il le faisait.

Il n'avait pas toujours été là pour elles. Maintenant, c'était le cas, et elle devait le préparer à ce qui allait arriver. Elle devait préparer tout le monde. Ce serait son dernier cadeau, une tentative de réparer les torts qu'elle avait causés à Quinn. Un moyen de faire amende honorable.

Les gloussements des filles remplacèrent le vrombissement agaçant du sèche-cheveux. Elles entrèrent en sautillant dans la chambre, en pyjama rose, les joues encore rougies par la chaleur du bain. Elles étaient si mignonnes, avec les cheveux du même blond qu'elle, et les yeux bleu vif de Quinn ! Elle se sentit aussitôt rassérénée. Quinn et elle avaient peut-être fait une erreur mais elle n'avait aucun regret. Ces deux petites filles superbes, qu'elle adorait, en étaient nées. Beth et Eliza étaient la plus belle chose qui lui soit arrivée, et, maintenant, il fallait qu'elle fasse de son mieux pour elles.

— Qu'y a-t-il de si drôle ? demanda-t-elle.

— Mamie a appris à Papa à nous laver les cheveux, répondit Beth.

— Il s'en est bien sorti ?

— Non ! Il n'a pas mis assez de shampoing, répondit Beth.

— Il dit que lui, il en met juste un peu parce qu'il a les cheveux très courts, renchérit Eliza.

— Vous avez de jolis cheveux, mes anges.

Leurs cheveux brillants retombaient sur leurs épaules. Ceux d'Eliza étaient plus longs que ceux de Beth.

— Est-ce qu'il a enlevé tous les nœuds ?

— Mamie l'a fait.

— Tu peux nous les brosser, maman ?

— Bien sûr. Je vais commencer par toi, Liza.

Quinn passa la tête dans l'entrebâillement de la porte. Ses yeux bleus lui firent une fois de plus regretter d'avoir tout gâché entre eux.

— Ça va ? demanda-t-il.

— Oui, répondit-elle, brossant avec application les longues mèches blondes.

— Dans ce cas, je vais aller faire la vaisselle. Ensuite, je lirai une histoire aux filles, dit-il.

— Que fait ma mère ?

— Elle repasse les chemisiers des filles, pour l'école.

A eux deux, sa mère et Quinn faisaient tout ce qu'elle

accomplissait seule avant. Certains jours, il lui était arrivé de rêver qu'elle avait quelqu'un avec qui partager ces tâches sans fin, mais elle regrettait désormais de ne plus avoir l'énergie et la force de concentration nécessaires pour faire le repassage ou la vaisselle.

Elle brossa les cheveux de ses filles tout en écoutant leur bavardage, heureuse d'être assise à les écouter — simplement, de faire partie de leurs vies.

Quinn les rejoignit quelques minutes plus tard.

— Qui est prêt pour une histoire ?

— Si ça ne te dérange pas, est-ce que tu pourrais la lire ici ? demanda Julieanne. Les petites peuvent s'allonger avec moi pour écouter.

Elle se sentait mélancolique et n'avait pas envie que les filles la quittent.

Quinn acquiesça de la tête. Dans un coin de la pièce se trouvait un vieux fauteuil à bascule. Il s'y installa, une jambe passée par-dessus l'accoudoir. Il n'avait pas du tout l'air à sa place dans cette chambre mais Julieanne essaya de passer outre. Elle avait refait récemment la décoration, qui était très féminine, avec beaucoup de touches de rose, sa couleur préférée. Quinn était beaucoup trop viril, trop imposant, pour ce fauteuil délicat et ces étoffes raffinées !

Quand il commença à lire, elle ferma les yeux. Elle avait une jumelle de chaque côté, leurs corps chauds étaient blottis contre le sien, et elle respirait le parfum de pomme de leur shampoing.

— On peut dormir ici avec Maman ? demanda Beth quand Quinn termina le deuxième chapitre.

— S'il te plaît, papa. Tu peux dormir sur le canapé, dit Liza.

Les filles n'avaient jamais vraiment remarqué que leurs parents étaient divorcés, ce qui stupéfiait Julieanne. Quinn avait passé si peu de temps dans son pays depuis deux ans qu'elles étaient davantage habituées à son absence qu'à sa présence. Alors divorcé ou absent, cela ne faisait pas de différence. Et comme il se couchait après elles et se levait avant, les jumelles ne remarquaient pas qu'il dormait dans le bureau.

Il acquiesça d'un signe de tête. Prenant la couverture en cachemire qui recouvrait le dossier du fauteuil à bascule, il l'étendit sur les filles et Julieanne.

— Mais je vous porterai dans vos lits tout à l'heure pour que vous ne dérangiez pas votre maman en remuant !

Quand il revint, un moment plus tard, et qu'il repoussa la couverture, Julieanne ouvrit les yeux et le regarda soulever Eliza. La petite fille enfouit son visage dans l'épaule de son père, et il déposa un baiser sur son front. C'était la plus affectueuse des deux filles, celle qui avait le plus besoin de gestes de tendresse. Celle qui ressemblait le plus à sa mère. Beth tenait davantage de Quinn : même détermination, même fermeté dans ses convictions. Une fois qu'elle avait pris une décision, elle changeait rarement d'avis. Elle était loyale mais n'avait pas besoin d'être sans cesse rassurée, et était davantage capable de réconforter les autres.

Pourtant Julieanne espéra que, le moment venu, quand les filles l'auraient perdue, Beth serait soutenue. Elle en aurait besoin car, malgré sa nature indépendante, elle n'avait que neuf ans. Eliza réclamerait réconfort et amour, mais cela n'était pas dans la nature de Beth. Il faudrait sans faute recommander à Quinn de veiller particulièrement sur elle.

Il revint chercher Beth, la prit dans ses bras et l'embrassa aussi sur le front.

Il adorait ses filles. Julieanne le savait. Tous les trois, ils s'en sortiraient. Quinn doutait de ses capacités de parent, mais c'était un bon père.

Elle aurait aimé qu'il reste près d'elle jusqu'à ce qu'elle se rendorme, sans qu'elle ait besoin de le demander. Elle aurait voulu qu'il le lui propose de lui-même. Mais leur heure était passée depuis longtemps.

Si seulement les choses avaient pu être différentes…

Pas encore endormie, Julieanne entendit vaguement des pas feutrés sur le parquet de sa chambre.

— Jul ? Tu ne dors pas encore ? demanda doucement la voix de Quinn.

Un instant, elle crut rêver, puis elle ouvrit les yeux.

— Excuse-moi, dit-il, s'asseyant au bord du lit, mais je voulais te parler de ton rendez-vous aujourd'hui. J'ai lu le compte rendu. Comment te sens-tu ?

— Déçue, et révoltée, mais pas vraiment surprise. Je me croyais prête à accepter mon sort, mais, chaque fois que je passe un scanner, j'ai l'espoir d'une bonne nouvelle… Ça ne va pas arriver, hein ?

Des larmes lui montèrent aux yeux, et cela l'agaça. Elle ne cherchait pas la sympathie de Quinn — il en faisait déjà assez — mais cela ne l'empêchait pas d'espérer que quelque chose jouerait en sa faveur. Elle aurait voulu revenir au temps où elle pouvait sans problème se jeter dans ses bras, où il connaissait les mots qu'elle aimait entendre, où il voulait être le seul à la rassurer. Mais cette époque-là était révolue.

Il lui prit la main. Son contact était réconfortant, mais elle en aurait voulu davantage.

— Est-ce que le spécialiste avait d'autres options de traitements ?

— Non. Il a fait le maximum, et il a commencé de parler d'une prise en charge à l'hôpital. Je ne suis pas prête à l'envisager. Pas encore. J'ai besoin d'avoir des projets, et cela n'en fait pas partie.

— Quels sont-ils ?

— Les filles veulent organiser une fête d'anniversaire pour toi. Je veux les aider.

— Je n'ai pas besoin d'une fête.

— Je sais, mais elles y tiennent. Ça m'ennuie de te demander ça, mais ce serait amusant pour elles. Nous devons faire en sorte qu'elles gardent quelques souvenirs heureux de cette période. Leurs vies, et la tienne, ne doivent pas s'arrêter à cause de moi. S'il te plaît, laisse-nous faire ça pour toi.

— Qu'est-ce que tu as prévu exactement ?

— Rien pour l'instant. C'est ton anniversaire, alors tu auras ton mot à dire.

— Où penses-tu organiser cela ?

— Ici.

Il secoua la tête.

— Non. Tu n'es pas assez en forme.

— Je ne suis pas assez bien pour sortir, mais j'aimerais te voir souffler tes bougies.

— Est-ce que je pourrais y réfléchir ?

— Tu vas téléphoner au spécialiste pour savoir si je peux envisager cela ? Ecoute, ce sera une *petite* fête. Quelque chose de facilement gérable. Les filles seront ravies. J'organiserai tout et ma mère donnera un coup de main. Si c'est simple, ça ne me dérange pas de lui demander ce service. Toi, tu n'auras qu'à nous dire qui tu aimerais inviter.

— Je n'ai personne à inviter.

— Des gens du travail peut-être ?

— Pourquoi auraient-ils envie de venir à une fête pour moi ?

— Et pourquoi pas ? En plus, je suis sûre qu'ils viendraient si les filles les invitaient. Elles peuvent se montrer très persuasives.

Il sourit.

— Je sais. Je suis d'accord pour que les filles fassent un gâteau. Nous fêterons cela en famille.

— O.K., répondit Julieanne, feignant de céder.

C'était un bon début. Les filles parviendraient à le

convaincre. Une fête leur ferait le plus grand bien à tous, ce serait enfin une perspective sympathique.

— Merci.

— Maintenant, il faut que tu dormes.

Il se leva, s'inclina, et déposa un baiser sur le front de Julieanne. Elle ferma les yeux. Evidemment, ce baiser était plus un geste machinal qu'autre chose, mais elle avait besoin du réconfort que pouvait apporter le contact physique.

Quinn avait-il quelqu'un dans sa vie pour le réconforter ? Il faudrait qu'elle pense à le lui demander le lendemain, résolut-elle en sombrant dans le sommeil.

Quinn parvint pendant plusieurs jours à éviter le sujet de son anniversaire. Il y avait des choses beaucoup plus importantes à régler, et il n'avait aucune envie de faire la fête. Il comprenait bien le point de vue de Julieanne, mais comment pourraient-ils organiser une fête, même modeste ? Il se battait avec les tâches domestiques, il jonglait en permanence, et le rôle de parent n'avait encore rien pour lui d'une seconde nature — loin de là.

Le travail était sa seule bouée de sauvetage, l'endroit où il contrôlait encore la situation, et où il se sentait compétent. C'était reposant, d'une certaine façon. Dans le cadre professionnel, il s'occupait sans relâche des problèmes des autres, ce qui ne lui laissait pas le temps de penser aux siens. A la maison, il ne s'en serait pas sorti sans l'aide d'Helen. Tout semblait prendre deux fois plus de temps que la normale, et, sans aide, il ne serait pas arrivé à nourrir les filles ni à gérer leur emploi du temps, leurs déplacements. Dès qu'Helen était occupée ailleurs, tout partait immédiatement à vau-l'eau.

Il raccrocha le téléphone et se frotta pensivement la tempe. Comment régler le problème qui venait de surgir ? Il ferma les yeux avec un soupir las.

— Tout va bien ?

La voix douce et sensuelle d'Ali interrompit le cours de ses pensées. Ouvrant les yeux, il la découvrit sur le seuil.

— Oui, ça va. Rien de très important. Il faut juste que je m'adapte.

— Est-ce que je peux faire quelque chose ?

Elle lui avait déjà proposé son aide mais il ne l'avait pas encore acceptée, pour laisser entendre qu'il maîtrisait la situation.

— Non. Merci. Julieanne et Helen ont été retenues en ville. La radiothérapie de Julieanne prend plus de temps que prévu, je dois simplement prévoir quelque chose pour les filles après l'école. Aujourd'hui, j'ai beaucoup de rendez-vous et c'était Helen qui devait prendre les petites à l'école.

— J'ai commencé à 7 heures ce matin, je finis à 16 heures, dit Ali. Si vous voulez, je peux recevoir vos malades et vous pourrez ramener vos filles à la maison.

— Merci, mais ce serait ennuyeux pour les patients. Certains viennent pour un suivi, et ils sont déjà obligés de me consulter au lieu de votre mère.

Il avait postulé pour cette place avec l'idée qu'il se débrouillerait pour être à la fois père, soignant et employé, il ne voulait pas donner l'impression qu'il était submergé.

— Alors qu'allez-vous faire ?

— Julieanne m'a donné les numéros de deux mamans de l'école qui sont disposées à ramener les filles à la maison.

— C'est donc réglé ? fit-elle, visiblement sceptique.

— Mm.

— Qu'est-ce qui ne va pas ?

— Je n'aime pas me sentir redevable.

— Ecoutez, vous n'êtes pas obligé de tout assumer seul. Les gens proposent leur aide, c'est un geste d'amitié bien naturel. La seule chose qu'on puisse faire pour Julieanne, c'est l'aider à s'occuper de ses enfants. Ses amies seront contentes si vous les autorisez à le faire.

— Cela, je le comprends, mais je devrais être capable de me débrouiller tout seul. Et, en plus, je n'aime pas confier mes filles à des gens que je ne connais pas. J'ai l'impression que je les abandonne.

— Pourquoi ne pas les amener ici, alors ? Elles joueraient dans le jardin et vous pourriez garder un œil sur elles ! Dans le vieux chêne, il y a une balançoire que j'utilisais quand j'étais petite. D'ici, vous la voyez.

Elle traversa la pièce et vint vers lui. Se penchant au-dessus du bureau, elle pointa l'index en direction de la fenêtre, et il se retrouva enveloppé de son parfum de gardénia. Il se rappela son enfance — une période de sa vie qui n'était pas forcément plus heureuse, mais plus calme. Si seulement il avait pu oublier le présent pendant un moment…

— Elles seraient à la fois occupées, et en sécurité, dit-elle, le ramenant à ses responsabilités.

Il trouva l'idée excellente, jusqu'à ce que les filles arrivent, fatiguées, affamées, et maussades. Et il fallait qu'il reprenne ses consultations ! A ce rythme, il allait devoir travailler jusqu'à minuit, et les filles seraient dix fois plus grognons encore !

Ali apparut sur le seuil de la cuisine du cabinet médical, une moue penaude sur son beau visage.

— Je me demande si mon idée était bonne…

— Bonne, elle l'était, mais moi, mauvais père, j'ai oublié de prévoir un goûter.

— Cela, je peux y remédier.

Elle tira une chaise et s'assit à la table de la cuisine qui servait aussi de salle du personnel.

— Bonjour, Beth. Bonjour, Eliza. Je suis Ali, un des médecins qui travaillent ici. J'ai terminé mon travail de la journée. Si je vous emmenais toutes les deux à la boulangerie ? Vous pourriez choisir quelque chose pour le goûter.

Il fut impressionné. Non seulement elle se souvenait

des noms de ses filles, mais en plus, elle attribuait les prénoms sans se tromper !

— Comment vous savez qui est qui ? demanda Beth.

— Votre papa parle tout le temps de vous quand il n'est pas pris par ses malades, et il m'a raconté le jour où tu as demandé à Eliza de te couper les cheveux. Il a beaucoup de travail, nous devrions le laisser finir et aller chercher quelque chose à grignoter.

Ali laissa les filles installer leur goûter sur la table du jardin, près du chêne. L'hiver cédait enfin la place au printemps et il faisait assez doux pour rester dehors. Les premières jonquilles fleurissaient dans les parterres et les filles en avaient cueilli quelques-unes qu'elles avaient mises dans un vieux vase pour décorer la table. Tout le reste était dans différentes nuances de rose — doughnuts roses, biscuits au glaçage rose, et verres de lait-fraise. Le rose, déclarèrent-elles, était leur couleur préférée.

Quand Quinn eut terminé ses consultations, les filles avaient mangé et s'essayaient avec plaisir à la balançoire. Il les rejoignit dans le jardin. Ali prépara deux tasses de thé, et persuada Quinn de s'asseoir pour le boire et laisser les filles jouer encore un moment.

— Cette balançoire a l'air en bon état. Elle est vraiment là depuis votre enfance ? demanda-t-il.

— Qu'est-ce que vous suggérez ? Qu'elle est vieille, ou que *je* suis vieille ?

Elle plaisantait, heureuse de le voir détendu à présent. Puis elle enchaîna :

— Il y a quelques jours, j'ai demandé à George, notre jardinier, de remplacer les cordes, et il a décapé et verni le siège. Je me suis dit que la balançoire pourrait bien servir à brève échéance.

— Vous avez fait ça pour les filles ?

Elle l'avait fait pour lui.

— Je vous l'ai dit, les gens veulent aider. S'il y a des jeux pour occuper les filles ici après l'école, cela facilitera peut-être les choses pour vous tous. George a proposé de replanter le vieux carré de légumes avec elles si ça les intéresse.

— Vous avez passé beaucoup de temps dans ce jardin, quand vous étiez enfant ?

— Oui. C'était notre maison de famille. Maman a commencé à consulter ici à temps partiel quand j'avais deux ans et, adolescente, je travaillais ici pendant les vacances scolaires. Je remplaçais les secrétaires en congé, je mettais les fiches à jour…

— C'est cela qui vous a incitée à devenir médecin ?

— Probablement. En fait, je n'ai rien connu d'autre. Ma mère et mon père sont tous les deux médecins, comme mon frère aîné.

— Où travaillent-ils ?

— Mon père est neurologue en ville. Tomas, lui, vit à Melbourne, il se spécialise en orthopédie.

— Avez-vous envisagé une seule fois de ne *pas* devenir médecin ? demanda-t-il en souriant.

En réaction à ce sourire, le cœur d'Ali bondit dans sa poitrine.

— Non.

— C'était ce qu'on attendait de vous ?

— Non, mais on m'a encouragée. Et j'adore la médecine.

Même si, depuis quelque temps, l'excitation du début s'était atténuée, elle adorait toujours cela, ce qui était une chance. Le métier de généraliste l'avait toujours satisfaite. Elle aimait connaître ses patients et faire partie de leurs vies. A vingt-six ans, elle savait que, sans son métier, elle aurait été très malheureuse. Il fallait qu'elle s'y accroche, car c'était tout ce qu'elle avait.

— Je suis très heureux que vous soyez devenue médecin.

— Ah bon ?

— Parce que autrement, je ne vous aurais pas rencontrée.

Les jumelles quittèrent la balançoire et coururent vers la table, ne laissant pas à Ali le temps de répondre.

— Papa, on pense que, pour ton anniversaire, on devrait organiser une fête l'après-midi, dit Beth.

Eliza s'adressa à Ali.

— C'est dimanche. Vous voulez venir ?

— On mangera du gâteau, ajouta Beth.

— C'est votre anniversaire, Quinn ? demanda Ali.

Il acquiesça et se tourna vers ses filles.

— Mais je croyais qu'il ne devait y avoir que la famille !

Beth lui décocha un regard de reproche.

— Cinq personnes, ce n'est pas une fête !

— Pour votre maman, cela suffirait.

— Mais on devrait faire un goûter, comme on l'a fait avec Ali aujourd'hui. Comme ça, tu n'auras pas besoin de faire la cuisine, dit Eliza.

— Papa fait très mal la cuisine, précisa sa sœur en aparté pour Ali.

— Dans ce cas, nous pourrions acheter de jolies choses roses à manger à la boulangerie, répondit Ali.

— Et un gâteau, fit Quinn.

— Vous ne savez pas faire la cuisine, Quinn ?

— Si, je sais.

— Les barbecues, oui, ça va, dit Beth.

— Vous avez révélé assez de mes secrets pour une journée, vous deux. Encore cinq minutes de balançoire, et nous rentrons à la maison.

Les filles prirent un autre biscuit et retournèrent en courant à la balançoire.

— Qui fait la cuisine, si ce n'est pas vous ? demanda Ali.

— Helen — ma belle-mère. Mais je ne suis pas totalement inutile. Beth avait raison, je sais faire les barbecues, et la vaisselle. Et les amies de Julieanne, les mères de l'école, ont organisé un roulement : deux fois par semaine, l'une d'elles dépose un repas à la maison. C'est très généreux de leur part, mais je me sens un peu coupable. Je sais que les filles veulent fêter mon anniversaire, mais je ne peux pas demander aux amies de Julieanne de me faire un gâteau. De toute façon, je ne suis pas sûr qu'elle soit en état de participer à une fête.

— Qu'est-ce qu'elle en pense ?

— La même chose que les filles, que ce serait bien de fêter un événement heureux.

Elle eut un sourire.

— Donc, vous êtes le seul à émettre des réserves.

Il leva les yeux au ciel.

— Dire qu'avant, je déplorais le manque de femmes dans l'armée ! J'ai oublié à quel point vous êtes fortes, toutes, pour obtenir ce que vous voulez.

— Ce n'est pas ce que je veux. C'est ce que vos filles veulent. Mais est-ce que cela signifie que vous le ferez ?

— Je n'ai personne à inviter.

— Invitez-nous.

— « Nous » ?

— Les gens du cabinet médical. Julieanne pourra rencontrer tout le monde, et elle ne s'inquiétera pas quand les filles viendront ici après l'école. Et ces mères qui aident pour les repas ? Ce sont les mêmes qui prennent les filles à la sortie de l'école ?

— Oui.

— Pourquoi ne les invitez-vous pas, elles aussi ? Julieanne aimerait peut-être les voir, et je parie qu'elles proposeront d'apporter de quoi manger. Nous apporterons toutes quelque chose, et vous ne courrez aucun risque de nous empoisonner.

Elle avait voulu se rendre utile en faisant cette suggestion, mais avait-elle vraiment envie de fréquenter Quinn et ses filles ? Ne compliquait-elle pas les choses pour elle ?

Avait-elle raison de s'impliquer dans leurs vies ?

4.

Finalement, quand Quinn accepta d'organiser la fête, Ali ne put résister à la tentation. Décliner l'invitation n'aurait pas été poli ! Evidemment, cela n'avait rien à voir avec la curiosité, et encore moins avec l'envie de faire la connaissance de Julieanne. Elle se rendrait à la fête *uniquement* pour aider.

Habituée à être en avance, elle fut la première arrivée. Elle attendit dehors jusqu'à ce que sa montre lui indique 15 heures précises, mais, quand Quinn ouvrit la porte un ballon à demi gonflé dans la main, il fut évident qu'il n'était pas tout à fait prêt à recevoir les invités.

— Je suis vraiment confuse, dit-elle. C'est encore trop tôt, on dirait ? Je vous ai dit que j'avais cette mauvaise habitude.

— Non, c'est parfait, les muscles de mes joues commencent à me faire mal. Vous pourriez prendre le relais pour le gonflage des ballons pendant que j'en attacherai quelques-uns à la haie, devant la maison.

Il affichait un large sourire et elle sentit une douce chaleur l'envahir. Il avait l'air content de la voir.

Elle posa son panier au sol et prit un des ballons des mains de Quinn. Leurs doigts se mêlèrent, et elle sentit une étrange chaleur se loger dans son ventre. Il la fixait et, comme par magie, une bulle se forma autour d'eux, où plus rien n'existait à part eux deux.

Elle n'aurait pu dire combien de temps ils restèrent là, debout et silencieux, mais cela dura assez longtemps pour que le manque d'oxygène lui fasse tourner la tête. Elle fut la première à détourner les yeux. A ce moment-là seulement, elle pensa à respirer de nouveau.

Elle regarda distraitement le ballon pincé entre son pouce et son index. Quinn, lui, tenait toujours une poignée de ballons neufs, et tous roses.

— Il y avait un prix sur les ballons roses ? demanda-t-elle. Ça ne fait pas très viril.

Amusé, il eut un haussement d'épaules.

— Je vis dans une maison pleine de femmes, et...

L'arrivée des jumelles l'interrompit.

— Tu as fini, papa ? demanda Beth.

— Tout fini.

— Bonjour, Ali, dit Eliza. Qu'est-ce qu'il y a dans le panier ?

— Bonjour, les filles.

Ali sortit du panier un saladier couvert et le tendit à Eliza. Il contenait des douzaines de sphères roses.

— J'ai fait des burfis à la noix de coco.

— Ils sont roses ! s'exclama Beth.

— Qu'est-ce que c'est ? demanda Eliza.

— Des bonbons indiens. C'est délicieux. On peut en faire de toutes sortes. Parfois, j'en fais au chocolat, mais j'ai pensé que du rose serait plus approprié. Je ne connais pas la couleur préférée de votre papa, alors j'ai choisi la vôtre.

Les filles rentrèrent dans la maison en emportant le saladier, les laissant de nouveau seuls. Ali fouilla dans son panier et en sortit un cadeau.

— C'est pour vous.

Elle lui tendit le paquet. Quand leurs regards se

croisèrent, elle décida que la couleur préférée de Quinn devrait être le bleu, assorti à ses yeux.

Son cadeau était un choix de plantes aromatiques en pot, piment vert, coriandre et menthe. Une enveloppe était posée au milieu des plantes.

— Ouvrez-la, dit-elle.

Il déchira l'enveloppe du pouce et en sortit une feuille de papier.

— Des cours de cuisine ?

— Nous parlions des gens qui veulent se sentir utiles. Je propose de vous apprendre à cuisiner — juste des plats simples que vous pourriez préparer avec les filles.

— Au barbecue ? demanda-t-il, plein d'espoir.

— Peut-être ! répondit-elle, s'esclaffant.

— C'est une superbe idée. J'adore ça, merci.

Il lui sourit et, subjuguée, elle retint de nouveau son souffle.

Cette fois, ce fut l'arrivée des filles du cabinet médical qui rompit le charme. La première pensée d'Ali, quand Tracey et Deb apparurent, fut la déception de ne plus avoir Quinn pour elle seule, mais quand elles entrèrent toutes les trois dans la maison, sa déception se transforma en soulagement. Mieux valait rencontrer Julieanne avec d'autres. Si l'ex-femme de Quinn devinait ce qu'elle éprouvait pour celui-ci, ce serait très embarrassant !

Un poêle réchauffait la pièce décorée de guirlandes de ballons. Au centre de la table poussée contre un mur, trônait un gâteau au chocolat décoré d'éclats de caramel. Ali eut un sourire. C'était peut-être le seul aliment qui n'était pas rose.

Quinn fit les présentations. Julieanne était installée sur un canapé, et elle ne ressemblait pas à ce qu'Ali avait imaginé. Elle était blonde, ce qui n'était pas inattendu étant donné le teint des jumelles, mais petite. Ali avait imaginé quelqu'un d'un peu plus robuste, qui irait bien avec Quinn, sinon par la taille, du moins par l'énergie… Mais soudain, Julieanne sourit, révélant sa force de caractère, et le moral d'Ali descendit en flèche. Si Julieanne était le type de Quinn, il n'y avait guère d'espoir pour elle-même ! Grande, toute en courbes, brune et métisse, elle était pratiquement à l'opposé de cette Américaine typique.

Les jumelles étaient assises sur le canapé de part et d'autre de leur père, et Ali éprouva un pincement d'envie. C'était bizarre d'être jalouse d'une femme malade au stade terminal, mais elle ne pouvait pas s'en empêcher. Elle rêvait d'avoir ce qu'avait Julieanne : des enfants. Même si son mariage n'avait pas duré, elle était mère, et personne ne pouvait le lui enlever. Pour Ali, tous les rêves de maternité avaient volé en éclats. Si elle avait la chance d'avoir une famille un jour, ce serait au prix d'un long et difficile processus. Il lui faudrait trouver quelqu'un qui l'accompagnerait sur cette longue route, car elle ne pourrait pas s'y engager seule.

Elle chercha Quinn du regard. Il accueillait d'autres invitées — les mamans de l'école, probablement. Toutes les femmes présentes avaient connu la maternité, sauf elle, et cette constatation la glaça comme un deuil. Elle avait cru s'être résignée, mais, de toute évidence, elle n'avait fait que mettre le problème entre parenthèses.

Elle sourit, bavarda, et feignit de s'amuser, mais au prix d'un véritable combat intérieur. Seul Quinn la retenait de s'enfuir. Elle se réfugia dans la cuisine en proposant de préparer du thé, mais son répit fut de courte durée.

— Je vais vous remplacer, dit Tracey, entrant dans la pièce. Julieanne voudrait vous parler.

Lui parler ? De quoi ? Elle n'en avait aucune idée, mais ne pouvait guère refuser. Elle regagna donc le salon et s'assit sur un canapé en face de l'ex-épouse de Quinn.

— Je voulais vous remercier d'avoir donné un travail à Quinn, dit Julieanne.

— C'est ma mère qui l'a fait, mais tout le monde

est gagnant, il me semble. Quinn est un médecin très compétent.

Ouf. Elle avait réussi à rester sur un terrain strictement professionnel.

— Vous l'aimez, n'est-ce pas.

C'était une affirmation plus qu'une question.

— Je...

Que dire dans ce genre de situation ?

— Tout va bien, reprit Julieanne, rassurante. J'ai vu comment vous le regardez. C'est un homme très attirant, et il va bientôt avoir besoin d'aide — plus qu'il ne le pense. J'espère que je ne me trompe pas sur vous, mais vos sentiments travailleront peut-être en ma faveur.

— Je ne suis pas sûre de bien comprendre.

— Quinn va avoir besoin d'un travail à temps complet. Serait-il envisageable qu'il reste dans votre cabinet médical ?

— Je le pense...

Cette perspective plaisait à Ali et elle savait que sa mère l'espérait également, mais la décision ne lui revenait pas.

— Et l'armée ?

— Son contrat de service arrive à échéance à la fin de l'année, ce qui signifie qu'il pourra quitter l'armée. Il essaie de décider ce qu'il va faire. Moi, je ne veux pas qu'il continue : ce n'est pas bien pour les filles, et il devra les élever seul. Je voudrais qu'il reste ici. Il aura besoin de ma mère et vice versa. Aucun d'eux ne pourra assumer la tâche seul quand je serai...

Elle n'avait pas besoin de terminer sa phrase.

— Je vais voir ce que je peux faire, répondit Ali.

Que pouvait-elle dire d'autre ?

Au grand soulagement d'Ali, Eliza et Beth rassemblèrent les invitées pour chanter « Joyeux anniversaire » à Quinn, ce qui mit un terme à la conversation. Les filles entraînèrent Julieanne vers le bout de la table pour qu'elle s'y tienne près de leur père. Eprouvant le besoin de prendre ses distances, Ali se plaça à l'autre bout de la table. Malheureusement, cela la mit dans la position idéale pour jouer les photographes. Sur l'insistance des filles, elle prit plusieurs photos de Quinn, de ses enfants et de son ex-femme. Observant la famille Daniels à travers l'objectif, elle sentit la tristesse l'envahir. Elle prit plusieurs portraits de famille parfaits, puis une dernière photo de Quinn quand il souffla les bougies avant de découper le gâteau.

Les jumelles firent passer des assiettes aux invitées. Le gâteau avait l'air délicieux, mais Ali n'y prêta aucune attention. Elle voulait rentrer. Même si elle savait que Quinn avait organisé cette fête pour les filles, elle ne pouvait plus supporter ce moment heureux en famille.

Par chance, tout le monde remarqua que Julianne fatiguait vite, et, quand elle s'excusa pour aller s'allonger, les invitées commencèrent à partir. Ali proposa d'aider Quinn à faire le ménage, mais Helen les chassa de la cuisine.

— C'est l'anniversaire de Quinn, je ferai la vaisselle. Quinn, tu peux raccompagner Ali à sa voiture.

— Je suis venue à pied, ce n'est qu'à quelques rues d'ici, répondit Ali, prenant son panier et son manteau rouge.

— Dans ce cas, je vous raccompagne, dit Quinn. J'ai besoin d'exercice après tout ce sucre… et d'air frais après toutes ces femmes.

— Vous étiez en minorité, c'est vrai !

Ali pouffa, heureuse de l'avoir pour elle seule pendant un court trajet.

Il l'aida à enfiler son manteau. En dégageant ses longs cheveux du col, il lui effleura la nuque, et elle se sentit littéralement fondre. Par chance, il ouvrit la porte d'entrée. Le soleil était bas et la température chutait rapidement. L'air froid calma miraculeusement son pouls affolé et ses joues brûlantes.

Ils tournèrent à l'angle de la rue principale de Stirling.

Les réverbères étaient allumés et les vitrines illuminées, mais il n'y avait pratiquement plus personne sur les trottoirs. La plupart des gens étaient au chaud à l'intérieur. Seul le pub était rempli de gens qui dînaient, ou prenaient un verre.

— Vous savez ce que j'aimerais vraiment faire ? demanda Quinn. Que nous terminions ce verre que nous n'avons jamais réussi à boire ensemble.

— Maintenant ?

— Pourquoi pas ? C'est mon anniversaire, je devrais pouvoir le fêter à ma guise, vous ne croyez pas ?

Il sourit, et sous son intense regard bleu, Ali rougit de nouveau.

— Est-ce que vous voulez bien vous joindre à moi ?

Il lui proposa son bras avec un regard qui la mettait presque au défi d'accepter.

Elle prit aussitôt le bras qu'il lui offrait.

— Avec plaisir.

Il commanda un scotch pour lui, du vin rouge pour elle, et parvint à trouver une table un peu à l'écart. Dans la salle presque remplie, il faisait bon. Un feu brûlait dans la cheminée.

Elle ôta son manteau. Elle portait une robe rouge moulante assortie à son rouge à lèvres, et de longues bottes noires.

— Cette robe vous va à la perfection, dit-il.

Elle nota son regard approbateur et se félicita d'avoir ôté son manteau, car elle avait soudain beaucoup trop chaud. Peut-être aimait-il les femmes avec des courbes…

— Je la portais déjà tout à l'heure ! fit-elle, taquine.

— Je sais. Ne pensez pas que je n'aie pas remarqué, mais je n'ai pas eu l'occasion de vous le dire.

Il se laissa aller dans son fauteuil.

— C'est exactement le souhait que j'ai fait quand j'ai coupé le gâteau : passer un moment avec vous, dit-il.

— C'est vrai ? demanda-t-elle, stupéfaite.

— Vous pensez sûrement que j'aurais dû souhaiter un miracle pour Julieanne, mais son état est désespéré. Si je dois ne faire qu'un vœu par an, j'aime autant qu'il ait une petite chance de se réaliser.

— Vous auriez dû vous montrer un peu plus ambitieux : il vous reste trois cent soixante-quatre jours avant que vous en obteniez un autre !

— Je suis un homme simple.

— C'est pour cette raison que vous êtes entré dans l'armée ?

Il rit de bon cœur et son rire résonna en elle, ajoutant à la bouffée de bonheur qu'elle éprouvait déjà.

— Non. La défense nationale offrait la meilleure solution à la situation difficile dans laquelle nous nous trouvions, Julieanne et moi. Quand nous avons découvert qu'elle était enceinte, j'ai fait une demande pour obtenir une bourse d'études. C'est le meilleur moyen que j'aie trouvé pour pouvoir terminer mes études et subvenir aux besoins d'une famille. Mais cela s'est révélé à la fois une chance et une malédiction.

— Comment ça ?

— Pendant mes dernières années d'études, j'assurais des semaines de quatre-vingts heures, vous savez ce que c'est, et, une fois diplômé, j'ai dû terminer ma formation militaire. Comme j'étais engagé, j'ai dû aller où on m'envoyait. J'ai effectué des missions de secours aux victimes de catastrophes en Australie, et occupé différents postes en Australie et à l'étranger, pendant que Julieanne, elle, restait à Brisbane.

— Comment s'est-elle finalement retrouvée ici ?

— Elle est d'Adélaïde. Nous nous sommes rencontrés quand j'étais en cinquième année de médecine à Brisbane. Julieanne était infirmière. Quand elle a obtenu son diplôme, elle a déménagé dans le Queensland pour changer de cadre de vie, pour s'amuser. Moi, j'étais un étudiant en médecine très sérieux et consciencieux, et

Julieanne a mis un point d'honneur à me faire sortir. Elle était comme une étoile filante, vive et enjouée, je n'avais jamais rencontré personne comme elle avant. Je suppose que j'avais toujours évité ce genre de fille, conscient que je m'y brûlerais. Puis elle est tombée enceinte.

Il prit une gorgée de scotch et continua son récit.

— Julieanne n'avait jamais eu l'intention de s'installer à Brisbane, et une grossesse ne faisait absolument pas partie de ses projets. Après la naissance des bébés, elle a voulu rentrer chez ses parents, en Australie du Sud, mais j'ai refusé. J'étudiais encore, et j'étais engagé dans l'armée, alors elle est restée quelques années à Brisbane. Elle a essayé de maintenir la cohésion de notre famille, mais nous étions tous les deux épuisés et submergés par le fait d'être parents. Mentalement, nous n'étions pas préparés pour cela. Nous ne nous connaissions pas assez bien nous-mêmes, et à plus forte raison, nous ne nous connaissions pas bien l'un l'autre. Je ne pouvais pas lui accorder l'attention, la compagnie ou l'aide dont elle avait besoin, et elle se sentait seule. Ses parents et la plupart de ses amis se trouvaient à Adelaïde.

Il se passa la main dans les cheveux.

— Elle a cherché de la compagnie, et elle en a trouvé. Nous savions tous les deux que notre couple n'aurait pas duré longtemps si Julieanne n'était pas tombée enceinte. A part les filles, nous n'avions pas grand-chose en commun. Nous avons divorcé, elle est revenue ici, et nous essayons de faire au mieux. Mais parlez-moi plutôt de vous.

— Je n'ai rien vécu dans ce genre.

— J'ai du mal à le croire. Pas de fiançailles rompues, pas d'ex-maris, pas de petits amis jaloux ?

— Non. Deux ex-amis, mais c'est de l'histoire ancienne. Ma vie est incroyablement terne. C'en est même déprimant.

Et si elle lui disait que le rencontrer avait été la chose la plus excitante qui lui soit arrivée depuis longtemps, comment réagirait-il ?

— Je pourrais peut-être pimenter la chose.

— Je n'en doute pas, répondit-elle, amusée, en terminant son verre de vin.

Il consulta sa montre.

— J'aimerais bien vous offrir un autre verre, mais je dois rentrer. Est-ce que je pourrais vous inviter une autre fois ? Une vraie invitation — à dîner ?

Il l'invitait à sortir avec lui ! Elle était ravie.

Elle se leva et il l'aida à enfiler son manteau. Le cœur battant, elle fit de son mieux pour dissimuler son excitation.

— Avec plaisir. Mais êtes-vous sûr que vous avez le temps et l'énergie pour cela ?

— Vous me donnez de l'énergie.

Il lui prit la main et la garda pendant tout le reste du trajet.

— Tout m'use petit à petit, et parfois, j'ai peur de craquer. Mais quand je suis avec vous, j'ai l'impression que tout va s'arranger, dit-il quand ils s'arrêtèrent devant la porte d'entrée. Pourrions-nous fixer le rendez-vous au week-end prochain ?

— Bien volontiers.

De sa main libre, il repoussa une mèche de cheveux derrière l'oreille d'Ali, puis inclina la tête. Allait-il l'embrasser ?

Quand leurs lèvres se joignirent, elle ferma les yeux, et s'abandonna, accueillant son baiser avec ferveur. Il avait un goût de whisky. Les lèvres de Quinn étaient en même temps douces et fermes — et exigeantes, mais elle n'avait aucune objection à cela !

Elle se blottit contre lui, leurs corps s'épousèrent, et elle sentit contre son ventre l'excitation virile de Quinn. Elle glissa les mains derrière sa nuque aux cheveux très courts et incroyablement doux, et il approfondit son baiser.

Alors, elle perdit toute notion du temps, et quand il s'écarta, elle demeura pantelante et frustrée.

Il poussa un soupir et la regarda longuement, les yeux sombres sous le ciel nocturne.

— Il faut vraiment que je m'en aille. Je vous verrai au travail demain, mais n'oubliez pas : nous avons rendez-vous le week-end prochain.

Il n'y avait aucun risque qu'elle l'oublie !

5.

Ali

— Bonjour ! Entrez.

Ali ouvrit la porte. Beth, Eliza et Quinn se tenaient sur le seuil. Celui-ci attendit que les filles se soient éloignées en gambadant pour serrer Ali contre lui et l'embrasser avec une passion qui la bouleversa.

— Ça faisait une semaine que j'attendais ce moment, dit-il quand leurs lèvres se séparèrent.

— Moi aussi, répondit-elle, le cœur battant.

Il lui tendit un bouquet de lys magenta.

— Pour vous.

Elle prit un air étonné.

— Ça alors ! Des fleurs qui ne sont pas rose bonbon !

Quand elle saisit le bouquet, sa main tremblait. Elle avait attendu avec impatience cette visite de Quinn chez elle. Tant pis s'ils n'allaient avoir aucune intimité à deux…

— Je les ai choisies sans les filles. La couleur me rappelait celle de vos lèvres. C'est pour vous remercier de nous recevoir tous les trois…

Une semaine avait passé depuis l'anniversaire de Quinn. Ils s'étaient revus, mais au travail. Très occupés tous les deux, ils n'avaient pu échanger que des sourires et des regards pleins de désir inassouvi.

C'était donc leur premier véritable rendez-vous, mais Quinn avait téléphoné pour dire que ses filles seraient avec lui. Elle avait rapidement modifié ses plans : elle allait lui donner son premier cours de cuisine, les jumelles pourraient facilement se joindre à eux.

— … et pour m'excuser de gâcher notre premier rendez-vous, fit-il.

— Ne dites pas de bêtises, ça ne pose aucun problème.

Elle était déçue car elle avait prévu de l'avoir tout à elle, mais c'était mieux que rien, et elle réserva ses projets lascifs pour — espéra-t-elle — une autre fois.

— Comment va Julieanne ?

Parler avec Quinn de son ex-femme était bizarre, mais elle ne pouvait pas ignorer son existence, ni sa maladie…

— Pas bien. Je m'inquiète pour elle.

Julieanne était tombée deux fois au cours des jours précédents, Ali le savait. Son état se détériorait : à présent, la tumeur affectait même son équilibre.

— Voulez-vous laisser les filles avec moi et rentrer ?

— C'est tout le contraire. J'aimerais tant vous avoir rien que pour moi ! Mais Julieanne aspire à un peu de paix et de tranquillité ; elle a besoin de rester à la maison sans les filles pendant un moment. Helen est avec elle.

— C'est une bonne nouvelle pour moi, alors, dit Ali, s'écartant pour le laisser entrer.

Les filles avaient trouvé le chemin du séjour, à l'arrière de la maison, contigu à la grande cuisine moderne. Là, presque partout dans la pièce, étaient disposés des bibelots en forme d'éléphants.

Beth tenait un éléphant dont la tête était ornée d'une couverture rose.

— Tu adores les éléphants, Ali ? demanda-t-elle.

— Ils appartiennent à ma maman.

— Pourquoi ils sont chez toi alors ?

— Ici, c'est la maison de mes parents, répondit Ali, remplissant d'eau un vase pour y mettre le bouquet de Quinn.

— Ils sont où, tes parents ?

— Loin d'ici, en vacances.

Eliza prit un cadre dans une bibliothèque.

— C'est eux là ?

Beth posa l'index sur l'homme debout près d'Ali sur la photo.

— C'est ton mari, Ali ?

— Non, mon frère. Je n'ai pas de mari.

— Pourquoi ?

Quinn intervint.

— Les filles, arrêtez de poser toutes ces questions. Ali n'est pas obligée d'avoir un mari !

— Bien sûr que si ! répondit Beth. Tu ne veux pas avoir des enfants, Ali ?

— Même si on n'a pas de mari, on peut avoir des enfants, dit Eliza à sa sœur.

— Je le sais mais Maman dit que c'est plus facile si on a un mari.

Ce commentaire avait probablement blessé Quinn. Son mariage avait échoué, et cela pesait sur sa conscience, elle le savait. Serait-il disposé, un jour, à emprunter de nouveau cette voie ? Une fois de plus, elle se demanda si elle ne faisait pas une erreur en se rapprochant de lui, et de ses filles. Mais elle se sentait irrésistiblement attirée.

— Votre maman a peut-être raison, mais seulement si c'est le bon mari, dit-il, pensif, une ombre voilant ses yeux bleu vif.

— Le bon mari, c'est quoi ? demanda Eliza.

— Quelqu'un qui n'a pas peur des araignées, répondit Beth.

— Quelqu'un qui arrive à ouvrir les pots de confiture de fraise ! fit Eliza.

Et elles pouffèrent en même temps.

Leurs commentaires avaient amusé Ali et Quinn.

— Et peut-être, aussi, quelqu'un qui sait faire la cuisine, non ?

La suggestion d'Ali fit redoubler d'intensité les rires.

— Papa ne sait pas faire la cuisine ! dit Beth.

— Je crois que c'est justement pour ça que nous sommes ici, fit-il, léger. Si Ali vous apprend à cuisiner, je n'aurai plus besoin d'apprendre.

— Vous allez *tous* m'aider, dit celle-ci.

— Comment ça ? demandèrent les jumelles.

— J'ai choisi des plats délicieux que j'aidais ma maman à préparer quand j'étais beaucoup plus jeune que vous. Ils sont si faciles que même votre papa y arrivera ! répondit-elle, provoquant un nouvel accès d'hilarité chez les jumelles.

Elle avait passé la matinée à décider ce qu'elle allait préparer, et à réunir les ingrédients. Il ne fallait pas que ce soit trop difficile, que cela effraie Quinn, ou que les filles ne veuillent pas le manger.

— Qu'est-ce qu'on va faire comme plat ?

— Des kebabs de poulet avec une sauce, et du naan — du pain indien —, répondit-elle. J'ai pensé que vous pourriez préparer le pain toutes les deux, et que votre père, lui, pourrait faire griller la viande au barbecue.

— Tu peux nous apprendre à faire ces bonbons que tu as apportés à la fête de Papa ?

— Des burfis ? Bien sûr, mais quand nous aurons préparé tout le reste, d'accord ?

Ali tendit un tablier à chacun et envoya tout ce petit monde se laver les mains. Ensuite, elle installa deux postes de travail, un pour les filles et un pour Quinn. Puis elle sortit les ingrédients du réfrigérateur et donna un paquet de cuisses de poulet et deux saladiers de marinade à Quinn. Enfin, elle mit une poignée de piques en bambou à tremper dans l'eau.

— Vous pouvez couper le poulet en dés, Quinn ? demanda-t-elle. Il faudrait des dés réguliers de trois centimètres de côté environ. Ensuite, vous allez enfiler les morceaux sur les brochettes, et les arroser de marinade avec une cuillère.

— Et si j'achetais des brochettes toutes prêtes ?

Elle secoua la tête, affectant un air désespéré.

— Celles-ci seront bien meilleures, et vous aurez la satisfaction d'avoir fait quelque chose vous-même.

Elle avait prévu de partager une bière avec lui pendant qu'il travaillerait, mais elle dut le laisser effectuer ses tâches pour aider les filles à préparer le naan.

— O.K. Il faut laisser reposer la pâte maintenant. Nous allons la déposer dans un endroit chaud où elle va gonfler. En attendant, je vais vous apprendre à préparer la sauce pour tremper les kebabs.

Elle recouvrit la pâte d'un torchon et déposa le tout sur le comptoir de la cuisine.

— Terminé ! dit Quinn en finissant d'arroser les brochettes avec la marinade.

— Bien. Maintenant, vous pouvez passer à la salade verte, dit-elle en couvrant le plat.

— Quoi ? Je comptais préparer le barbecue !

— Pas encore. La viande doit être mise un moment au réfrigérateur pour que les saveurs de la marinade imprègnent bien le poulet.

Elle plaça les plats dans le réfrigérateur et donna à Quinn tout le nécessaire pour confectionner la salade. S'installant au comptoir, elle supervisa la préparation tout en expliquant également aux filles comment confectionner un raïta de concombre.

Elle avait passé des heures à cet endroit, à regarder sa mère faire la cuisine, et à l'aider. Dans sa famille, cuisiner et partager les repas était un moyen d'exprimer son affection. Pour elle, ce qui se passait là était donc un moyen de montrer ses sentiments. Un instant, elle imagina avoir un mari et des enfants. C'était impossible — elle le savait, mais cela ne suffisait pas à tuer le rêve…

La voix de Quinn interrompit ses pensées.

— Est-ce que c'est présentable ?

Elle inspecta la salade.

— Pas mal. Maintenant, vous pouvez passer au barbecue.

Elle lui fournit les ustensiles dont il avait besoin, lui montra où se trouvaient la terrasse et le coin barbecue, et rentra pour montrer aux jumelles comment rouler le pain indien — une tâche simple qu'elles pouvaient réussir sans supervision.

Elle ressortit donc rejoindre Quinn sur la terrasse avec deux bières glacées. Il faisait griller les premières brochettes, et les parfums épicés du tandoori flottaient déjà dans l'air.

— Ça va ? demanda-t-elle tandis qu'il prenait une grande gorgée de bière. Les commentaires des filles ne vous ont pas démoralisé ?

— Sur ce qu'il faut pour être un bon mari ?

Sirotant sa boisson, elle acquiesça d'un signe de tête.

— Je ne crois pas que cela m'était destiné, mais je dois reconnaître que je n'étais pas un très bon mari.

Il eut un haussement d'épaules avant de poursuivre.

— Mais Julieanne n'était pas une épouse formidable. Nous ne formions pas un couple idéal, et nous n'étions probablement pas faits pour nous marier. D'ailleurs, sans la grossesse, nous ne l'aurions pas fait. Nous pensions, ou en tout cas je pensais, faire ce qu'il fallait, mais c'était une erreur — le mariage, pas la grossesse ! Ces naissances n'étaient pas prévues, mais cela, nous ne l'avons jamais dit aux filles. Je ne voulais pas qu'elles grandissent en pensant qu'elles n'avaient pas été désirées, c'est horrible pour des enfants… J'ai tenu à ce que nous nous mariions parce que, depuis ma petite enfance, mon père m'avait transmis le sens du devoir. Il a épousé ma mère parce qu'elle était enceinte et il n'a jamais caché qu'il l'avait épousée par devoir, alors qu'il n'avait jamais prévu d'avoir des enfants. Moi, j'ai passé ma vie à essayer d'être un fils parfait pour me racheter d'avoir gâché sa vie. Ensuite, quand Julieanne est tombée enceinte, je me suis retrouvé piégé par le devoir, exactement de la même façon que mon père avant moi ! Jusqu'alors, j'avais passé mon temps à essayer de me couler dans le moule du fils parfait, le garçon qu'un père pourrait aimer et dont il pourrait être fier. En fin de compte, j'ai commis les mêmes erreurs que lui.

— Mais il doit quand même être fier de vous ?

— Ça, je ne le saurai jamais. Il ne l'a jamais dit. Mes parents sont morts dans un accident d'avion avant la naissance des jumelles. Les filles portent les prénoms de ma mère. Elle aurait adoré être grand-mère, et devenir grand-père aurait peut-être adouci mon père. Je n'en sais rien. Je ne sais pas s'il a été fier de moi mais je ne pense pas l'avoir déçu. En tout cas, moi, j'avais une idée du genre de père que je serais, mais c'est plus dur que je ne l'imaginais. J'espère simplement que je suis meilleur père que mari.

Cela l'avait-il définitivement dégoûté du mariage ? Malheureusement, il n'y avait pas de manière subtile de poser cette question.

— Si cela peut vous rassurer, Julieanne pense que vous êtes un bon père, dit-elle simplement.

— J'espère qu'elle a raison.

— Vous ne voulez pas l'appeler pour savoir comment elle va ?

— Non. Helen m'appellera en cas de problème. Apprécions les instants que nous avons pour nous. J'ai attendu cela toute la semaine !

Elle sourit. C'était incontestable : cet après-midi frôlait la perfection.

Le dîner fut une véritable réussite. Les filles mangèrent avec appétit les brochettes de poulet cuites au barbecue, et du naan trempé dans le raïta de concombre.

Ali s'apprêtait à débarrasser la table quand le téléphone de Quinn sonna.

Il l'ouvrit, écouta, et elle comprit qu'il s'agissait d'Helen. A en juger par le regard sombre de Quinn, il y avait un problème.

— Les filles, vous iriez vous laver les mains pour préparer les burfis ? dit-elle pour les éloigner.

Dans un souci de discrétion, elle se leva à son tour et prit deux assiettes qu'elle emporta dans la cuisine.

Quand elle revint, Quinn refermait son téléphone, l'air inquiet.

— Que se passe-t-il ? demanda-t-elle.

— Julieanne a fait un malaise. L'ambulance est là, on la transporte à l'hôpital.

— Il faut que vous partiez. Voulez-vous que je vous emmène ?

— Non, mais j'aurais un autre service à vous demander. Pourriez-vous garder les filles ?

— Bien sûr, répondit-elle sans hésiter. Laissez-moi la clé de chez vous. Je les ramènerai dans quelque temps et je les mettrai au lit.

Il garda la clé de sa voiture et donna le reste du trousseau à Ali. Elle se haussa sur la pointe des pieds et l'embrassa sur les lèvres. Ce baiser était censé lui donner du courage et lui dire qu'elle était là pour lui. Elle ne pouvait pas traduire ses sentiments par des mots — pas encore. Elle ne pouvait que les lui montrer qu'en l'aidant.

Quand Quinn rentra chez lui, Ali avait mis les filles au lit et était blottie sur le canapé près du poêle. Elle avait allumé le feu et une douce chaleur régnait dans la pièce. Quand il franchit le seuil de la porte de service, visiblement las, elle se leva et le serra entre ses bras.

— Comment va-t-elle ?

— Le spécialiste a demandé un autre scan. Il y a une seconde tumeur.

— La radiothérapie ne marche pas ?

Il secoua la tête avec tristesse.

— Non, pas du tout, apparemment.

— Vous voulez retourner à l'hôpital ? Je peux rester avec les filles.

— Non. Helen a tenu à rester là-bas, et moi, j'ai besoin d'une pause : il me faut du temps pour réfléchir à tout ça, répondit-il d'une voix atone.

Il était épuisé. Que pouvait-elle faire pour l'aider ?

— Vous voulez que je m'en aille ? Vous préférez rester seul ?

— Non. Restez… Je me concentre mieux quand vous êtes près de moi. Je respire, j'ai les idées plus claires.

Le cœur d'Ali dansa dans sa poitrine. Quinn avait besoin d'elle !

— Bien sûr.

— Merci.

Les bras de Quinn retombèrent, et il traversa la pièce pour se diriger vers la cuisine. Sur le comptoir, une bouteille de cabernet sauvignon était débouchée. Il sortit un verre du placard et le remplit de vin.

— Est-ce que je pourrais prendre une douche en vitesse ? Je ne supporte plus l'odeur de l'hôpital sur moi, dit-il en lui tendant le verre de vin rouge, qu'elle prit.

— Voulez-vous que je vous frotte le dos ? demanda-t-elle, ne plaisantant qu'à moitié.

Après tout, ne lui avait-il pas demandé de rester ? Il avait besoin d'elle…

Il sourit et son regard bleu retrouva sa vivacité.

— La proposition m'intéresse, mais si les filles se réveillent et me cherchent, qu'est-ce que je vais leur dire ?

— C'est vrai. Je comprends, dit-elle.

De toute façon, ce n'était pas le moment idéal pour commencer une histoire. Pour lui, elle était sûrement un bon dérivatif, un élément agréable dans un moment difficile — et peut-être rien de plus… Mais après tout, était-ce grave ?

Au fond, que voulait-elle vraiment ?

Il quitta la pièce et elle demeura songeuse. Sans rêver d'un beau chevalier, elle était romantique et croyait aux histoires qui se finissent bien. Elle voulait être aimée. Choyée. Adorée. Mais Quinn voulait-il la même chose ? Il avait connu le mariage et la paternité, et une fois encore, elle se demanda si elle n'était pas en train de se fourvoyer. Avait-il vraiment de la place pour elle dans sa vie et dans son cœur ?

Le temps le dirait ; elle était prête à attendre pour obtenir la réponse à cette question.

En attendant que Quinn revienne, elle feuilleta un magazine, mais sans lire les articles et sans même regarder les photos. Son esprit vagabondait. Elle sirota son vin, doux et fruité — mais sans le déguster vraiment.

Quinn revint bientôt. Après sa douche, il avait enfilé un jean taille basse et un vieux T-shirt bleu. Sur n'importe quel autre homme, la tenue aurait paru négligée, mais le T-shirt moulait son torse et ses bras comme une seconde peau, et les contours de son corps musclé ressortaient avec netteté. Il était divin, et elle sentit le désir l'envahir.

Il se versa un verre de whisky et remplit de nouveau de vin le verre d'Ali avant de la rejoindre sur le canapé. Il s'assit à côté d'elle, si près que leurs cuisses se touchaient, et l'attira contre lui en passant le bras autour de ses épaules. Il joua avec ses longs cheveux noirs, enroulant une mèche autour de ses doigts, puis la libérant pour qu'elle retombe.

Ce contact électrisait Ali et lui faisait palpiter le cœur.

De quoi avait-il besoin ? D'une longue conversation ? D'une compagnie silencieuse ? D'un réconfort physique ?

Elle l'entendit soupirer. Comme elle aurait aimé calmer son inquiétude…

— Est-ce que l'oncologue a une idée de traitement ? demanda-t-elle.

— Il a programmé d'autres examens pour demain, nous en saurons davantage à ce moment-là. Julieanne a tout essayé en association avec la radiothérapie : la vitamine D3, les fruits et légumes frais, les fruits de mer en plus grande quantité, le thé vert. Tout. Il ne reste pas grand-chose à tenter.

— Et l'Avastin ? demanda-t-elle.

Les traitements du cancer n'étaient pas sa spécialité ; son expérience en la matière se limitait aux malades qu'elle suivait, mais elle avait effectué quelques recherches, afin de comprendre ce que Julieanne et, par contrecoup, Quinn, devaient affronter.

— J'en parlerai demain à l'oncologue, mais j'ai bien peur qu'il ne soit trop tard... Pour l'instant, je ne veux pas parler de Julieanne. Je veux juste être là avec vous, comme si je contrôlais les événements. Je m'inquiéterai demain.

Il termina son whisky, posa le verre sur la table basse, puis, au lieu de se lever, s'allongea sur le dos, la tête sur les genoux d'Ali. Sa position donnait une curieuse impression d'intimité et de familiarité. Son T-shirt était remonté, révélant une étroite bande de peau au-dessus de sa taille. Une mince toison blonde descendait du nombril pour disparaître sous la ceinture de son jean, et Ali fut stupéfaite d'être aussi affolée par cette vision anodine.

Elle posa la main sur la hanche nue de Quinn. Il avait la peau encore chaude de la douche, et, du pouce, elle dessina lentement des cercles sur ses abdominaux.

Il ferma les yeux. S'enhardissant, elle glissa la main sous le T-shirt et remonta pour sentir la fermeté des muscles.

Julieanne, Beth et Eliza étaient oubliées... Son large torse était couvert d'une fine toison dans le creux du sternum. La main d'Ali se déplaça, et elle sentit les tétons de Quinn durcir quand elle les effleura du bout des doigts.

Il ouvrit les yeux et rajusta son pantalon. Ce geste attira l'attention d'Ali, qui avisa alors la proéminence sous l'étoffe du jean. Si elle avait osé déplacer sa main vers le bas…

— Je crois que nous avons deux options : soit je retourne prendre une douche — glacée, cette fois —, soit nous filons dans mon lit, dit-il, la voix enrouée par le désir.

Elle savait ce qui arriverait dans la seconde hypothèse, mais son corps réclamait les caresses de Quinn. Cela faisait des mois qu'elle n'avait plus fait l'amour, qu'elle n'avait même pas pensé au sexe. En ce moment précis, elle en mourait d'envie, il fallait qu'elle apaise cette tension presque douloureuse.

Il bascula sur le côté et fut bientôt debout devant elle, son érection juste devant ses yeux. Elle imagina ce qu'elle ressentirait quand il se glisserait entre ses jambes. Elle ne résisterait pas…

Levant les yeux, elle s'aperçut qu'il lui tendait la main.

Il l'aida à se remettre debout, puis la serra contre lui. Leurs corps s'emboîtaient, et elle sentit à travers ses vêtements à quel point il la désirait. Ses genoux flageolèrent, et une vague de chaleur se propagea dans son ventre.

L'instant d'après, il l'embrassa. C'était un baiser vorace, passionné et exigeant.

Elle ferma les yeux, s'abandonna, et il approfondit son baiser, savourant et explorant. Elle s'accrocha à lui, excitée par la chaleur de ses lèvres et le goût du whisky sur sa langue.

Deux mains larges et chaudes se glissèrent sous son chandail.

— Puis-je en conclure que vous restez ? lui murmura-t-il à l'oreille avant de déposer un baiser sur le lobe de son oreille.

— Encore un peu, répondit-elle avec effort. De toute façon, je ne suis pas sûre de pouvoir marcher.

Pour toute réponse, il la souleva dans ses bras. Elle

noua les jambes autour de lui et il la porta dans le bureau où il dormait. La pièce était juste à côté du séjour, il n'eut que quelques pas à faire pour étendre Ali sur le canapé. Alors il s'allongea sur elle, les hanches entre ses cuisses. La position était envoûtante mais ils étaient encore trop couverts. Passant le T-shirt de Quinn au-dessus de sa tête, elle le jeta au sol.

Il se déplaça, libérant les jambes d'Ali pour défaire son jean. Elle le fit glisser en soulevant les hanches, et l'envoya rejoindre ses chaussures sur le parquet.

Elle sentit la main de Quinn remonter le long de sa cuisse, l'électrisant, et se mordit la lèvre pour ne pas crier quand sa large paume recouvrit son sexe, par-dessus la fine dentelle rouge de son sous-vêtement — dernier rempart bien dérisoire contre la chaleur excitante d'une main masculine.

Il revint se placer entre ses cuisses, glissa les mains sous le chandail en cachemire, qu'il remonta jusqu'aux épaules, et dévora de baisers sa peau dénudée. Bientôt, elle creusa les reins et leva les bras pour qu'il la libère de son haut.

Alors il écarta la dentelle du soutien-gorge pour dévoiler un sein, dont il taquina la pointe avec la langue. Quand il caressa l'autre sein, elle ne put retenir un soupir de plaisir.

Ensuite, elle sentit une main dans son dos, et un geste expert dégrafer son soutien-gorge. De nouveau, il taquina ses seins d'une langue experte, et elle ouvrit les genoux, s'offrant à lui, consumée par ses baisers et ses caresses. Elle ondula lentement des hanches, faisant glisser l'érection de Quinn entre ses cuisses, qui poussa un soupir rauque.

Il glissa la main sous le triangle de dentelle, et elle se raidit imperceptiblement, soudain en proie à une légère appréhension. Mais quand, trouvant le point le plus sensible, il le caressa du pouce, elle n'éprouva qu'un intense plaisir qui la fit frissonner. Près d'une année avait passé depuis l'intervention chirurgicale, elle n'avait pas refait l'amour depuis, et son corps fonctionnait toujours. Quel soulagement ! Elle n'avait perdu ni le désir ni la capacité de faire l'amour.

A présent, elle était presque nue, mais pas Quinn. Elle glissa la main sous la ceinture du jean. Il ne portait rien dessous ! En quelques secondes, il se débarrassa de ses derniers vêtements, ne laissant entre eux que la petite culotte en dentelle d'Ali. Mais pas pour longtemps…

Il écarta le petit morceau de dentelle. Quand sa langue trouva son point sensible, elle arqua le dos et ne fut plus que désir.

Mais elle voulait Quinn tout entier.

Physiquement, elle se savait guérie, à la fois à l'intérieur et à l'extérieur. Ses cicatrices ne se voyaient plus. Quinn ne les remarquerait jamais. Elle était prête.

Qu'en était-il émotionnellement ?

C'était maintenant ou jamais.

Elle lui saisit les bras, et sentit sous ses doigts les muscles tendus, durs comme de la pierre — de la pierre chaude.

— Je veux te sentir en moi, dit-elle.

6.

Quinn

Les yeux bleu azur de Quinn fixèrent Ali avec intensité, l'interrogeant en silence. Etait-elle certaine ?

Elle hocha la tête. Elle n'avait jamais été plus sûre d'elle. Elle n'allait pas s'arrêter maintenant, de toute façon, ce n'était plus possible ! Elle était au bord de l'orgasme.

Il fouilla dans le tiroir à côté du canapé-lit et en sortit un préservatif dont il ouvrit l'emballage avec les dents. Elle prit le préservatif et le mit en place, puis guida Quinn.

Et elle se détendit. Son corps l'avait trahie dans le passé mais quand Quinn plongea profondément en elle, elle sut qu'elle était faite pour cela. Pour lui. Elle accorda ses mouvements avec ceux de Quinn, et pressa les lèvres contre son épaule. Il sentait le savon mais sa peau avait un goût salé qu'elle goûta avec délectation, enfonçant les ongles dans ses hanches musclées.

De nouveau, une pluie de baisers s'abattit sur ses seins, et le désir l'aiguillonna, si fort qu'elle n'y tint plus.

— Maintenant, murmura-t-elle.

Presque aussitôt, ils atteignirent l'orgasme ensemble.

Epuisés, bouleversés, ils attendirent de reprendre leur souffle.

Alors Quinn s'écarta, roula sur le dos, et attira Ali contre lui. Elle ferma les yeux, heureuse d'être simplement blottie contre son épaule. Comme elle se sentait bien ! Soulagée, détendue et comblée.

Quelques minutes passèrent, et elle se souleva sur un coude pour regarder le visage de Quinn. Les lignes de tension avaient disparu de son front. Les paupières closes, il avait l'air complètement serein et respirait d'une manière égale et profonde — il s'était endormi.

L'amour physique l'avait manifestement aidé à oublier ses problèmes, même si ce n'était que temporaire. Il allait peut-être dormir profondément et se réveiller reposé, prêt à affronter les événements du lendemain.

Mieux valait s'en aller pour ne pas être prise en flagrant délit avec lui. Pourtant, elle ne put résister à l'envie de l'admirer dans son sommeil. Avec son corps ferme et ses muscles sculptés, il ressemblait à un apollon vivant, ou à une statue de la Renaissance. Il ne lui manquait que le profil romain.

Elle résista à la tentation de toucher son nez. Avant l'entraînement de boxe qu'il avait un jour évoqué, était-il aquilin ? A présent, l'arête était légèrement aplatie et un peu déviée, mais cela lui était égal ; elle adorait ce nez. De plus, cette imperfection soulignait son physique un peu rude, c'était même un de ses traits les plus séduisants — après ses yeux incroyables, bien sûr.

Le regard d'Ali descendit plus bas, sur le torse et l'abdomen, puis s'arrêta sur la toison blonde, en partie cachée par le drap qui reposait sur ses hanches. Comme elle avait envie de le réveiller ! Elle était loin d'être inexpérimentée, pourtant elle n'avait jamais pris autant de plaisir à faire l'amour. Il lui tardait de renouveler cette merveilleuse expérience.

Une bombe aurait pu exploser sans le réveiller, mais elle quitta le lit avec d'infinies précautions.

Posément, elle se rhabilla. Puis elle trouva du papier et griffonna un message. Il comprendrait sûrement pourquoi elle ne pouvait pas rester, mais elle ne voulait pas qu'il se réveille et s'aperçoive qu'elle était partie sans un mot.

Elle opta pour la simplicité.

« Merci, dors bien. »

Une fois la feuille pliée et posée bien en évidence sur la table de chevet, Ali ouvrit la porte et passa la tête dans l'entrebâillement. Pourvu qu'Helen soit bien restée à l'hôpital, comme prévu : elle n'avait aucune envie de la croiser sur le pas de la pièce où dormait Quinn, à cette heure tardive.

Il n'y avait personne, et la maison était silencieuse. Ali prit donc quelques instants pour effacer les traces de son passage. Elle remit la bouteille de vin sur le comptoir de la cuisine, puis lava, sécha, et rangea les verres. Alors elle quitta la maison et regagna sa voiture.

Les pensées se bousculaient dans sa tête. Et si sa rencontre avec Quinn n'était pas un hasard ? Peut-être sa vie était-elle sur le point de prendre un virage. Ils pourraient s'aider l'un l'autre. Quinn pouvait-il l'aider à guérir ? Ce n'était pas impossible !

Peut-être était-il l'homme qu'il lui fallait… Il lui semblait qu'elle l'avait attendu toute sa vie. Elle pourrait bien tomber amoureuse de lui. C'était peut-être déjà fait, d'ailleurs.

Il avait déjà des enfants, il n'en voudrait peut-être pas d'autres… Mais elle ne le saurait pas avant qu'ils en aient parlé. Elle devait lui dire la vérité pour connaître ses sentiments, mais, pour l'instant, elle ne pouvait pas se résoudre à lui apprendre qu'elle ne pouvait pas avoir d'enfants.

Les cicatrices extérieures avaient disparu, mais émotionnellement, c'était une autre histoire, et elle n'était pas prête à en parler. Pas encore.

*
* *

Pendant toute la semaine, Quinn avait tenu avec le minimum de sommeil, comme à l'époque où il était interne. Après son travail au cabinet médical, il prenait les filles à l'école et les emmenait voir leur mère à l'hôpital. De retour à la maison, il les faisait manger et prendre le bain et leur racontait une histoire au coucher, afin de maintenir une certaine routine. Helen passait la plus grande partie de la journée à l'hôpital avec Julieanne. C'était son choix, Quinn ne lui en voulait pas. Mais il était assez conscient de ses limites pour savoir qu'il ne s'en serait pas sorti sans l'aide d'Ali et des collègues du cabinet médical. Elles étaient devenues des baby-sitters bénévoles, et leur aide s'ajoutait à celle des mamans de l'école.

Les parents d'Ali étaient rentrés de voyage, Malika devait reprendre son travail au cabinet médical au début de la semaine suivante. Elle avait proposé de rentrer plus tôt pour laisser Quinn libre de passer ses journées à l'hôpital, mais Julieanne dormait vingt et une heures par jour, et les filles étaient à l'école. S'il n'était pas allé au cabinet médical, il n'aurait rien eu à faire pendant une grande partie de la journée. Il remercia donc Malika, mais déclina sa proposition : il préférait être occupé.

Mais cela ne lui laissait pratiquement pas de temps pour Ali. Le soir, il était épuisé et s'écroulait dans son lit. Avec elle, il aurait mieux dormi, mais ce n'était pas possible, d'autant qu'il y avait les filles : elles voyaient toujours leurs parents comme un couple marié. Ali et lui prenaient donc soin d'éviter tout geste d'affection devant Beth et Eliza — il n'était pas question de créer un nouveau problème !

Avec son emploi du temps, il n'apercevait Ali qu'entre deux patients au cabinet médical. Ils n'avaient pas eu de moment d'intimité depuis qu'ils avaient partagé son canapé-lit.

Le souvenir de cette nuit-là l'aidait à tenir. Cela ne

durerait pas éternellement, mais comment organiser un nouveau rendez-vous ? Cela s'annonçait difficile.

Juste avant sa pause-déjeuner, il remplissait le dossier de son dernier malade quand son téléphone lui signala un message. Redoutant le pire, il se souvint que l'hôpital n'annonçait pas les mauvaises nouvelles de cette manière-là…

« Restes de curry d'agneau. Si ça te tente… A. »

Un éclair rouge attira son attention, et il leva la tête. La fenêtre du bureau donnait sur le jardin. Ali, enveloppée comme un cadeau de Noël dans son manteau rouge, était assise dehors à la table, deux bols fumants posés devant elle. Elle lui sourit, agitant la main, et pointa l'index en direction des bols.

Il se leva aussitôt et, attrapant son vêtement derrière la porte, la rejoignit à la hâte. Cela faisait cinq jours qu'ils ne s'étaient pas retrouvés seuls, depuis qu'à son réveil, il avait trouvé le bref message près du lit.

Incapable de réprimer un sourire béat, il s'assit face à elle. Il aurait adoré la prendre entre ses bras et l'embrasser à en perdre la tête, mais tous les bureaux, y compris celui de l'infirmière, donnaient sur le jardin. Quelqu'un les regardait peut-être…

— Nous sommes sur le même rythme, dit-il.

Elle rougit. Elle pensait à leur samedi soir… Il en fut tout émoustillé.

— Je parlais du déjeuner, dit-il, taquin.

— Ah.

Elle sourit, mais ses joues rosirent encore davantage.

— Il a suffi d'un peu d'organisation. Il y a trois jours, j'ai étudié mon emploi du temps pour coordonner nos pauses-déjeuner. A ma grande surprise, ça a marché !

Il en fut touché. Elle avait modifié son emploi du temps simplement pour pouvoir passer du temps avec lui. Avant qu'elle n'entre dans sa vie, cela faisait long-temps que personne n'avait rien fait pour lui, et il s'était habitué à vivre en solitaire. Plus récemment, il s'était consacré à Julieanne et aux filles… Avec tout cela, il avait oublié à quel point recevoir des attentions était agréable. Décidément, sa vie avait un avant et un après : avant Ali, et après Ali.

— Merci, dit-il.

Merci ? C'était tellement dérisoire par rapport à la gratitude qu'il ressentait ! Peut-être pourrait-il l'exprimer plus tard et d'autres manières ? La prochaine fois qu'il aurait un moment libre, peut-être. Quand ? Comment savoir ?

Renonçant à regret à se pencher par-dessus la table pour embrasser Ali, il huma son bol et saisit sa fourchette.

— Ça sent merveilleusement bon. Je ne me souviens pas de la dernière fois où je me suis assis pour manger.

— C'en est à ce point-là ?

Tout à sa dégustation de son curry d'agneau, il acquiesça d'un signe de tête, et il savoura la viande tendre avant de répondre.

— Oui. C'est de la folie en ce moment. J'ai un profond respect, assez nouveau je l'avoue, pour les mères qui travaillent et les parents célibataires.

— Comment va Julieanne ? demanda Ali. Qu'a dit le spécialiste au sujet de l'Avastin ?

— Elle est en sursis ; il n'y a plus rien à tenter. Etre couchée dans un lit d'hôpital et dormir pendant quatre-vingt-dix pour cent du temps, ce n'est plus vraiment vivre.

— Alors c'est la fin ? demanda-t-elle doucement.

— Elle ne reviendra plus chez elle. Chaque fois que le téléphone sonne, je m'attends à une mauvaise nouvelle.

— Et toi ? Comment est-ce que tu fais face ?

— A dire vrai, je n'en sais rien. Je fais ce que je dois faire pour les filles, et en même temps je me sens vraiment coupable.

— Coupable ? De quoi ?

— De tout. Je devrais faire plus mais je ne sais pas quoi.

Passer plus de temps à l'hôpital ou plus soutenir Helen, sûrement, même si, sur le fond, ça ne changerait rien.

— Veux-tu qu'on te remplace ici ? Je suis sûre que Maman accepterait de reprendre avant la date prévue — de toute façon, elle doit revenir la semaine prochaine.

— Elle me l'a déjà proposé, mais, avec les filles à l'école et Julieanne qui dort sans arrêt, je ne sais pas vraiment ce que je ferais de mes journées. Le problème, ce n'est pas le manque de temps — c'est que je n'ai pas l'habitude de jongler avec plusieurs emplois du temps. En ce moment, je dois combiner les besoins de beaucoup de gens, et cela devient très difficile. J'ai le sentiment de ne rien maîtriser, de laisser tomber tout le monde.

Par-dessus la table, elle lui serra la main.

— Je te trouve très dur envers toi-même. Tu dois établir des priorités. Actuellement, le travail pourrait passer en fin de liste. Ne te sens pas obligé de tout faire.

Il eut un sourire.

— Je le sais, mais j'aime avoir le sentiment que je réussis au moins quelque chose dans la journée. C'est pour cela que je viens travailler avec plaisir.

— Mais tu as besoin de prendre aussi du temps pour toi ! Si tu en fais trop, tu vas tomber malade, c'est la dernière chose que tu puisses te permettre en ce moment. Je suppose que, ce soir, tu vas aller directement à l'hôpital en sortant d'ici ?

— Oui. Je prends les filles à l'école pour les emmener là-bas. J'aimerais avoir du temps pour moi — enfin, pas vraiment pour moi. Pour être franc, j'adorerais rentrer à la maison avec toi, mais je ne vois pas comment ce serait possible.

Le désir le taraudait, mais, pour l'instant, il devrait se contenter de souvenirs. Le contraste du sous-vêtement de dentelle rouge vif d'Ali avec la couleur chocolat au lait de sa peau s'était gravé dans sa mémoire. La fermeté de ses cuisses quand elle l'avait emprisonné entre ses jambes, la courbe de ses hanches sous ses mains et le goût sucré de sa peau, la tension de son dos cambré pendant l'orgasme et les caresses audacieuses qu'elle lui avait données, tout cela demeurait incrusté dans son esprit d'une manière indélébile… mais il n'avait pas le temps de s'adonner aux plaisirs de la chair, surtout en ce moment !

— Je ne parlais pas de cela, répondit-elle avec un large sourire. Oh ! ce n'est pas l'envie qui me manque… mais je comprends. Je peux attendre.

Le samedi après-midi, Quinn quittait l'hôpital avec les jumelles quand son téléphone sonna. Le numéro qui s'était affiché lui était inconnu. Il n'avait quitté Julieanne que dix minutes plus tôt, mais sa première réaction fut l'inquiétude. Le manque de sommeil, ajouté au stress permanent, mettait ses nerfs à rude épreuve.

Rebecca, une des mamans de l'école, proposait de prendre les filles pour une nuit. Elle s'excusait d'appeler si tard, mais il s'en moquait bien. Il ne pensa qu'à une chose : cela allait lui permettre de passer quelques heures avec Ali.

Cela faisait-il de lui un mauvais père ? Non. Il avait besoin d'un peu de temps à lui pour remettre de l'ordre dans ses idées, et Ali l'y aidait toujours. En plus, passer du temps chez des amis, comme aimaient le faire tous les enfants, ferait du bien aux filles. C'était une chance pour elles autant que pour lui.

Il appela Ali et lui proposa de l'emmener dîner. Mais, quand elle apprit qu'Helen profitait de cette soirée sans les filles pour rentrer enfin s'occuper de sa propre maison, elle insista pour rester chez Julieanne. Ce serait plus relaxant, et l'occasion d'avoir un peu d'intimité, dit-elle. Ils trouvèrent donc un compromis : se faire livrer de quoi dîner et manger chez Julieanne, devant le feu.

Quinn s'étira et passa le bras autour d'Ali, ravi de sentir la chaleur de son corps blotti contre lui. Il sourit au souvenir de sa nervosité avant qu'elle n'arrive. Il avait arpenté la pièce de long en large, dans la maison trop silencieuse.

Mais dès l'instant où elle avait franchi la porte, son appréhension s'était envolée, balayée par les turbulences du désir. Elle était somptueuse. Ses cheveux bruns retombaient sur ses épaules et un maquillage savant agrandissait ses yeux gris sous ses épais cils noirs. Mais, comme toujours, c'étaient ses lèvres rouges qui promettaient toutes sortes de plaisirs, et lui faisaient battre le cœur.

Il avait proposé de prendre son manteau rouge, mais elle avait tenu à le garder jusqu'à ce qu'ils soient près du feu. A ce moment-là seulement elle l'avait ôté, révélant qu'elle portait très peu de choses dessous, et il avait aussitôt oublié le dîner, et tout le reste, pour elle.

— Je suppose que c'est trop tard pour faire livrer deux repas maintenant ? demanda-t-elle quand l'estomac de Quinn se manifesta bruyamment.

— Il doit y avoir des restes dans le réfrigérateur. Les amies de Julieanne nous approvisionnent en quantité. Je vais faire réchauffer quelque chose… dans une minute, quand j'arriverai à m'arracher à toi.

Il n'était pas pressé de quitter le lit. Dans la maison paisible, la présence d'Ali était ce qu'il lui fallait pour que le calme s'installe en lui. Et le sexe, merveilleux, l'apaisait aussi.

Comme il s'habituerait facilement à cela ! Il se sentait bien avec elle. Il avait ressenti cela dès leur première rencontre. Il était libre, ou pratiquement et, pour une seule nuit, il allait oublier responsabilité et devoir. Pour une nuit, il allait faire comme si son avenir se résumait à cela.

Il enfonça son dos dans les oreillers et Ali s'éloigna légèrement de lui.

Dans ce mouvement, la lumière fit ressortir une petite cicatrice pâle à gauche juste au-dessous de son nombril. Il ne l'avait jamais remarquée auparavant… Elle paraissait récente. Pas très récente, mais suffisamment pour ne pas avoir complètement disparu. C'était une cicatrice de laparoscopie.

Du bout de l'index, il en suivit le dessin, et sentit Ali se raidir.

— Qu'est-ce que c'est ?

Elle s'était contractée quand le doigt de Quinn s'était posé sur sa cicatrice. Ce n'était pourtant pas douloureux.

— Une intervention gynécologique, dit-elle d'un ton faussement enjoué.

— Rien de grave, j'espère ?

Il ne pouvait pas imaginer l'histoire de cette cicatrice. Supporterait-il la vérité ? Devait-elle tout lui dire ? Le moment était idéal, mais elle n'était pas prête pour cette conversation-là. Il fallait la prévoir, et réfléchir à la meilleure façon de lui annoncer la vérité.

Mais comment révéler qu'elle était une femme abîmée ?

Elle en était à ce point de ses réflexions quand le téléphone de Quinn vibra, la faisant sursauter.

La vibration se prolongea. Ce n'était pas un message, il s'agissait d'un appel.

A 22 h 30 ? Ce n'était sûrement pas une bonne nouvelle, mais cela fournirait une diversion et permettrait de gagner du temps. Elle prit le téléphone et le passa à Quinn.

Il se redressa dans le lit et elle observa son torse nu qui se soulevait au rythme de sa respiration pendant qu'il parlait. D'après ce qu'il disait, il s'agissait des jumelles. Au moins, il n'était rien arrivé à Julieanne.

— C'était Rebecca, dit-il en raccrochant. Eliza n'arrive pas à s'endormir et elle veut rentrer à la maison. Il faut que j'aille la chercher.

Elle savait ce que cela signifiait : il faudrait qu'elle rentre elle aussi. Elle avait caressé l'idée de rester toute la nuit — s'il le lui avait demandé. Elle ne le saurait jamais.

Machinalement, elle chercha ses vêtements du regard, puis se souvint qu'elle n'en avait pratiquement pas, et enfila ses dessous.

— Je suis vraiment désolé, dit-il. Ce n'était pas ainsi que j'avais imaginé notre fin de soirée.

— Ce n'est pas grave. Les filles sont ta priorité. Je comprends bien.

Déçue mais résignée, elle enfila son manteau rouge sans regarder Quinn.

Quelques instants plus tard, elle montait dans sa voiture et s'éloignait dans la rue, laissant Quinn terriblement seul.

Comment avait-il pu croire qu'il pourrait avoir un moment pour lui, un moment avec Ali, sans être interrompu ?

Responsabilité et devoir. Ces deux mots tournaient en boucle dans sa tête. Il n'avait pas l'intention de les négliger, mais intégrer d'autres choses dans sa vie d'une manière régulière lui aurait fait le plus grand bien. A commencer par des moments agréables avec Ali...

Restait simplement à espérer qu'elle l'attendrait.

Chaque fois que Quinn arrivait à l'hôpital, son appréhension augmentait. A quel point l'état de Julieanne se serait-il détérioré depuis sa dernière visite ? Depuis quelques jours, on notait une dégradation rapide. C'était le début de la fin, et personne ne pouvait dire combien de temps cela durerait.

Quand il arriva avec les jumelles, Helen l'attendait.

— Julieanne te demande, dit-elle.

— Elle est réveillée ?

— Oui.

Elle prit ses petites-filles par la main.

— Venez. Nous allons chercher un goûter. Ensuite, je vous emmènerai voir Maman.

Il poussa la porte de la chambre de Julieanne. Les volets étaient mi-clos, et les lumières, tamisées. Julieanne, adossée aux oreillers, semblait épuisée malgré ses longues heures de sommeil. Elle avait les yeux fatigués et le teint grisâtre. Et comme elle était maigre — encore plus que la veille !

Il l'embrassa sur la joue.

— Tu as la migraine ? demanda-t-il.

— Tout le temps.

— Veux-tu que je demande un antalgique ?

Elle refusa de la tête, et ce mouvement la fit grimacer.

— Non. Ça me rend somnolente et je ne veux pas dormir — pas encore, dit-elle d'une voix douce. Je voulais te parler, pour m'excuser.

— Mais pour quoi donc ?

— De te laisser te débattre avec tout ça.

Il s'assit dans le fauteuil près du lit. Il prit la main de Julieanne, froide et fragile contre sa paume, et la pressa doucement en un geste rassurant.

— Je ne pense pas que tu aies fait tout ça exprès.

— Non, répondit-elle avec un demi-sourire.

— Nous n'avons pas besoin de parler de cela maintenant si tu es fatiguée. Ça peut attendre demain.

Elle secoua faiblement la tête.

— Je n'ai pas terminé. Je regrette aussi de ne pas avoir été une meilleure épouse.

Il porta sa main à ses lèvres et déposa un baiser sur les doigts trop fins.

— Tu avais autant de défauts comme épouse que moi comme mari. Nous avions tous les deux nos faiblesses. Nous n'étions pas prêts à nous marier et à fonder une famille, mais je te suis reconnaissant tous les jours d'avoir décidé de garder les bébés. Nos filles sont la plus belle chose qui me soit arrivée.

— Plus belle que de sauver des vies ?

— Ça, beaucoup de gens savent le faire. Mais seuls toi et moi pouvions créer Beth et Eliza.

— J'ai toujours été contente que ce soit toi le père. Tu t'occuperas de nos trésors, n'est-ce pas ?

— Je te promets de prendre soin d'elles. Je les aime de tout mon cœur.

Cette fois, elle eut un vrai sourire, mais des larmes brillaient dans ses yeux.

— Qu'y a-t-il ? demanda-t-il.

— J'aurais aimé que tu dises ces mots-là à propos de moi. C'est pour cette raison que j'ai demandé le divorce. J'espérais que ça t'amènerait à dire que tu m'aimais, que tu ne voulais pas vivre sans moi. Et que tu me pardonnerais mes liaisons.

— Jul, je t'ai pardonné ! Je sais que tu étais seule. Il y a des quantités de choses que nous regrettons d'avoir faites de cette façon, mais cessons de nous le reprocher : cela ne va pas changer le passé. Nous avons toujours été davantage amis que mari et femme, mais nous avons fait de très belles filles et tu les as magnifiquement élevées. Tu es une super maman et c'est une chose que j'adore chez toi.

— Merci. Tu es un homme bien, Quinn. Je veux que tu sois heureux. Les filles ont besoin de bonheur.

A bout de souffle, elle se tut pendant quelques instants pour reprendre sa respiration.

— Est-ce que je peux te poser une question ? reprit-elle.

— Bien sûr.

— Y a-t-il quelqu'un dans ta vie ?

— Pourquoi ?

— Je pensais que peut-être tu éprouvais quelque chose pour Ali.

Ils avaient pourtant été discrets. Quelqu'un avait-il vu ou dit quelque chose ?

— Qu'est-ce qui t'a donné cette idée ?

— Ta manière de la regarder. Je ne crois pas que tu m'aies jamais regardée comme cela, même au début.

— Comment, « comme cela » ?

— Comme si elle était ta raison de vivre.

— Et elle ? Comment est-ce qu'elle me regarde ?

— De la même façon. Ecoute, je voudrais que tu sois heureux. C'est très délicat, mais... ce serait bien pour toi d'avoir quelqu'un. Ali pourrait être la bonne personne, les filles ont l'air de l'apprécier... Tu y penseras ?

Il acquiesça en silence. Il avait déjà fait plus qu'y penser. Beaucoup plus, même.

— Tu peux faire entrer les filles maintenant ? demanda-t-elle. Je veux dire au revoir.

— Bonne nuit, tu veux dire.

— Non. Au revoir. Le moment est venu. Je suis trop fatiguée. Je veux ma famille autour de moi.

Il sentit son cœur chavirer, comme alourdi par la tristesse. Cela allait être terrible pour les filles.

Il appela les jumelles et, quand Helen les fit entrer, il les vit avec étonnement s'installer sur le lit à côté de leur mère. Il allait protester, car Julieanne ne semblait pas en état de supporter la moindre bousculade, mais elle le fixa avec intensité, le dissuadant d'intervenir.

— Peux-tu prendre une photo, Quinn ? De nous trois, puis de chaque fille seule avec moi ? demanda-t-elle.

Il sortit son téléphone de sa poche et prit les trois photos, puis tendit le téléphone à Beth et Eliza pour avoir leur approbation.

— Quand vous regarderez ces photos, je veux que vous vous rappeliez que je vous aime, mes anges, dit Julieanne. Plus que tout au monde.

Elle avait du mal à parler et ses yeux se fermaient. Elle avait besoin de dormir et Quinn se dit qu'il allait appeler le spécialiste. La fin était proche.

— C'est le moment de dire « Bonne nuit », les filles,

embrassez Maman, dit-il aux jumelles, la gorge serrée par l'émotion.

— Laisse-les avec moi, s'il te plaît, demanda Julieanne. Je veux que vous restiez tous.

Helen embrassa sa fille et lui caressa la joue. Ensuite, elle s'assit près du lit, détournant obstinément la tête, et Quinn comprit qu'elle pleurait.

Julieanne serra les jumelles contre elle et les embrassa tour à tour.

— Bonne nuit, mes chéries. Je vous aime.

Elle ferma les yeux et leur caressa les cheveux, sur un rythme lent et régulier, apaisant pour elle comme pour Beth et Eliza.

Il s'assit en face d'Helen, de l'autre côté du lit. Il voulait appeler le médecin mais craignait de quitter la pièce, il restait si peu de temps…

Il choisit de rester.

Il pressa néanmoins le bouton d'appel des infirmières, et s'assit, le regard fixé sur la poitrine de Julieanne qui se levait et s'abaissait.

Jusqu'à ce que cela s'arrête.

Elle était partie.

7.

Quinn

Quinn errait sans but dans les rues. Les filles étaient au lit avec Helen, elles dormaient. Engourdi par la fatigue, il les avait ramenées en voiture à la maison, et couchées. Il aurait dû trouver une autre solution que de prendre le volant, mais il avait voulu les éloigner au plus vite de l'hôpital.

Comment allait-il affronter leurs questions ? Il n'avait pas de réponses, il n'avait pas les mots pour leur dire que leur mère était morte.

Demain, pourtant, il faudrait bien qu'il le leur explique — mais pas ce soir. Il était épuisé. Ils l'étaient tous. Les jumelles dormaient, mais lui savait que le sommeil allait le fuir. Trop fatigué pour penser, mais incapable de dormir, il était sorti marcher.

Les rues étaient sombres et pratiquement désertes. Il avait plu dans la soirée et les gens étaient restés chez eux. Les trottoirs étaient humides et glissants, il faisait froid, mais Quinn ne prêtait aucune attention à ce qui l'entourait. Il allait au hasard, la tête vide.

Il avait espéré que l'air frais lui ferait du bien, mais il avait oublié ce à quoi il voulait réfléchir. Il allait marcher un moment puis rentrer chez Julieanne. Le froid qui avait traversé ses vêtements lui rendit un peu de lucidité. Il s'arrêta pour s'orienter et s'aperçut alors qu'il ne se trouvait qu'à quelques rues de chez lui — et devant la porte d'Ali.

Pendant combien de temps avait-il marché ? Il était peut-être trop tard pour s'inviter… Il allait regarder l'heure quand il s'aperçut que le porche était éclairé. Etait-ce le signe qu'il n'était pas trop tard pour une visite ? Sans doute avait-il inconsciemment décidé de venir chez Ali. Elle allait l'aider à remettre les événements de la journée en perspective.

Il frappa à la porte. Comment allait-il expliquer sa présence, lui qui se sentait incapable ne fût-ce que de parler ?

Mais il n'en eut pas besoin.

Ali poussa la porte, le regarda, et lui ouvrit les bras. Il n'eut qu'un pas à faire ; elle les referma autour de lui et il enfouit le visage dans ses cheveux.

Un sentiment de paix l'envahit. Ses pensées s'éclaircirent peu à peu, et les événements des dernières heures se réunirent pour former un scénario cohérent.

— Julieanne ? demanda Ali.

Il répondit d'un hochement de tête, et les bras d'Ali se resserrèrent encore autour de lui. Il était inutile d'expliquer. Elle avait tout compris.

Quand il releva la tête, il aperçut Malika qui les regardait en silence depuis le couloir. Il avait oublié que les parents d'Ali étaient rentrés. Peut-être avait-il eu tort de venir sans s'annoncer. Ne se faisait-il pas des idées sur sa relation avec Ali ? Elle était généreuse, lui offrait de son temps et le réconfortait, mais lui, que lui avait-il donné en échange ?

Ali le lâcha et, soudain, il se sentit glacé jusqu'aux os. Il n'était peut-être pas le bienvenu…

— Les filles sont avec Helen ? demanda-t-elle.

— Oui.

— Ne reste pas dehors.

Soulagé, il entra, incapable de décliner l'invitation. Il

avait l'impression de se débattre dans une mer démontée, seule Ali pouvait le sauver. Il avait besoin de la sentir près de lui.

Elle referma la porte derrière eux, lui prit la main et l'entraîna dans le salon.

Malika les regarda s'éloigner sans un mot…

Un feu brûlait dans la cheminée, plusieurs lampes répandaient leur lumière douce dans toute la pièce. Deux grands canapés garnis de coussins rebondis se faisaient face de part et d'autre de la cheminée, mais Ali le conduisit à un fauteuil près du foyer. Il s'y laissa tomber, épuisé et tremblant sous l'effet de l'adrénaline. Glacé et engourdi, il tenta de se concentrer sur sa respiration et de laisser le feu le réchauffer.

De sa démarche gracieuse et si légère, Ali se dirigea vers un buffet. Elle en sortit un verre qu'elle remplit à l'aide d'une carafe. Puis elle tendit le verre à Quinn.

Le parfum du liquide ambré monta jusqu'à ses narines. C'était un whisky hors d'âge.

— Bois ça, dit-elle. Je reviens.

Elle resta absente assez longtemps pour qu'il sirote tout le contenu du verre, et revint avec un plateau. Elle referma la porte avec le pied et posa le plateau sur une petite table près de lui. Il y avait un bol de soupe, une assiette de fromage, et quelques fines tranches de pain.

— Tu n'as pas besoin de me nourrir !

— Je suis sûre que si. De toute façon, dans ma famille, c'est ainsi que nous réagissons à tous les événements importants. Nous mangeons quand nous fêtons quelque chose, et aussi quand nous pleurons quelqu'un…

Elle lui tendit le bol de soupe parfumée, et un sourire naquit sur ses lèvres cerise.

— Mon père est danois. C'est une recette de sa mère. Ça change de la cuisine indienne, et je te garantis que tu n'y résisteras pas.

Il voulut parler, mais elle l'interrompit d'un geste.

— Mange d'abord. Nous parlerons après.

Elle lui donna une cuillère, puis s'installa à côté de lui, dans un fauteuil plus petit qu'elle avait tiré. Et elle attendit patiemment qu'il termine la soupe.

Elle avait dit vrai : c'était délicieux. Le potage bien chaud, combiné au whisky et au feu, commença à chasser le froid qui l'enveloppait, mais c'était surtout sa présence à elle qui le réchauffait et lui donnait le sentiment qu'il s'en sortirait.

Elle se leva pour prendre le bol vide et le remettre sur le plateau.

— Ça va mieux ?

— Beaucoup mieux, répondit-il, se laissant aller en arrière dans le fauteuil.

Il n'avait pas l'intention de la laisser s'occuper de lui, mais il n'était pas sûr que ses jambes le portent. Il lui fallait encore un peu de temps pour que l'énergie et le calme d'Ali le régénèrent.

— Ça doit être très dur pour toi, dit-elle.

— Elle a renoncé.

En fait, c'était cela qui le contrariait ; il savait que Julieanne était en train de mourir, mais il ne s'attendait pas à ce qu'elle parte si tôt, et si vite.

Il n'était pas dévasté par le chagrin, mais triste pour ses filles et, surtout, choqué.

— Je pensais qu'elle se battrait davantage et, ce soir, elle a baissé les bras.

Ali avait empilé la vaisselle sur le plateau et se tenait maintenant devant lui. Il la prit par la main pour l'asseoir sur ses genoux, passa un bras autour de sa taille. Elle se blottit contre lui. En lui, le désir commençait à remplacer l'état de choc. Elle sentait le gardénia. C'était exactement ce qu'il fallait après l'odeur chimique de l'hôpital.

— Pour quoi voulais-tu qu'elle se batte ? demanda-t-elle. Pour qui ? Toi ?

Il glissa la main sous son chemisier. Elle avait la peau chaude et douce…

— Non. Pas pour moi. Pour les filles.

— Son état était désespéré, dit-elle doucement. Elle était fatiguée, alors peu importe le moment où elle a choisi de partir, tu ne crois pas ? C'était inévitable.

— Je le sais, mais je n'étais pas prêt.

— Pas prêt pour quoi ?

— Pour le dire aux filles.

— Elles ne sont pas au courant ?

Elle leva la tête, et il lut la surprise dans ses grands yeux gris.

— Non. Nous étions tous là-bas — Helen, moi et les jumelles. Julieanne a pu dire au revoir, mais Beth et Eliza ont cru qu'elle s'endormait. Je le leur dirai demain, mais ce soir je n'ai pas pu. Je n'ai pas trouvé les mots.

— Elles savaient que cela allait arriver.

— Oui, mais elles ne savaient pas quand. Aucun de nous ne le savait et je sais que je ne suis pas prêt à affronter ça.

— Dis-leur juste qu'elle est morte pendant son sommeil, après leur départ. Emmène-les dehors quand il fera nuit et dis-leur de regarder les étoiles, refais cela la nuit d'après et demande-leur de trouver une nouvelle étoile, une étoile qui n'était pas là la nuit précédente. Et dis-leur que cette étoile-là, c'est leur mère qui va au ciel.

— Elles vont sûrement se disputer pour savoir quelle étoile, dit-il en souriant.

— Crois-moi, cela va les aider, mais surtout, cela leur rappellera l'amour que leur mère leur portait. C'est cela qu'elles ont besoin d'entendre.

Il eut un soupir pensif.

— Mon Dieu, comment vais-je m'en sortir ? Il faudra que je sois à la fois leur père et leur mère… Parfois, j'ai déjà tellement de mal à assumer le rôle paternel…

Elle leva la tête et le fixa droit dans les yeux.

— Tu es capable d'y arriver, et tu y arriveras, dit-elle avec conviction. Et pas seulement parce que tu y es obligé.

Elle posa doucement la main sur la joue de Quinn, qui ne s'était pas rasé ce jour-là, et sa mâchoire contractée se détendit imperceptiblement sous sa paume.

Le voile qui assombrissait son regard quand il était arrivé venait de disparaître, ses yeux avaient retrouvé leur vif azur.

— Je crois que Julieanne a tenu aussi longtemps qu'elle le pouvait, dit-elle. Elle sait que tu peux t'en sortir. Elle te fait confiance pour t'occuper des filles. Elle n'avait aucun doute. Tu vas y arriver, nous allons tous t'aider… Ecoute, je ne te mets pas dehors, mais tu devrais y aller. Les filles risquent de te demander, et Helen aura peut-être besoin de compagnie elle aussi.

— Je ne veux pas te quitter.

— Et moi, je n'ai pas envie que tu t'en ailles. Je regrette de ne pas pouvoir t'accompagner. Mais je ne peux pas. C'est trop tôt.

Elle prit sa nuque pour le rapprocher d'elle, et l'embrassa avec force, espérant lui donner assez d'énergie pour affronter ce qui allait venir.

— Je ne demande qu'à t'aider, mais tes filles ont besoin de toi.

Après le départ de Quinn, comme chaque fois qu'il s'en allait, Ali eut l'impression qu'il avait emporté une partie d'elle-même. Le secret pour combler le manque était de s'activer. Elle mit de l'ordre dans le salon et porta le plateau dans la cuisine, où Malika finissait de laver la vaisselle du dîner. Ali croyait sa mère au lit depuis longtemps, et comprit qu'elle l'attendait.

— Je ne m'étais pas rendu compte que vous étiez si proches, tous les deux.

Ali plaça les assiettes vides de Quinn dans le lave-vaisselle.

— Comment cela ?

— Je ne pensais pas que tu serais la première personne qu'il viendrait voir à la mort de sa femme.

— Son ex-femme.

— Je ne t'accuse pas de mal te comporter, bien que, tu dois le reconnaître, les choses soient un peu floues. Je suis seulement étonnée. Est-ce sérieux entre vous ?

— Ça pourrait l'être. Cela en prend le chemin. Tout est simple, avec Quinn.

Ali continua de déplacer les objets dans le lave-vaisselle pour éviter le regard de sa mère, qui avait tout deviné, c'était évident…

— Je dirais plutôt que c'est loin de l'être, surtout en ce moment.

— C'est l'homme que j'attendais. J'ai envie d'être avec lui.

— Assez pour accepter qu'il ne sera jamais complètement libre, complètement à toi ?

— Qu'il soit libre ou pas n'est pas la question. Je sais que ses filles passent avant tout, mais c'est peut-être la seule chance que j'aurai d'avoir une sorte de famille à moi.

— Alisha. Tu es une incurable romantique, tu vois tout en rose. Mais, même si cela fonctionne avec Quinn, une famille ne naît pas en un claquement de doigts. C'est cela qui t'attire chez lui ?

Ali le savait, cette conversation pouvait s'éterniser. Elle ferma le lave-vaisselle et s'assit devant le comptoir de la cuisine. Mieux valait épuiser le sujet sur-le-champ.

— Les filles sont adorables, mais elles ne sont qu'un bonheur de plus, pas ma motivation première. Il y a eu quelque chose entre Quinn et moi dès l'instant de notre rencontre, avant que je sache qu'il avait des enfants, ou même quoi que ce soit à son sujet.

— Mais es-tu sûre d'être prête pour ça ? La situation

a l'air très compliquée, et il aura un grand besoin d'être soutenu.

— Oui, et il est venu vers moi ce soir. Il se sent mieux quand il est avec moi.

— C'est en partie cela qui m'inquiète : la période difficile qui s'annonce. Julieanne n'est même pas encore enterrée.

— Ils avaient divorcé. Leur relation était terminée depuis longtemps, et Quinn est prêt pour autre chose.

— En es-tu sûre ? Il va avoir beaucoup de choses à régler. Ça m'étonnerait qu'il ait la moindre idée de ce qu'il va faire, et de la manière dont il affrontera la situation. Sa vie va changer radicalement. As-tu l'énergie nécessaire pour le soutenir ?

— Je n'en sais rien, maman, mais je pense que nous trouverons un moyen. Je ne vais pas prendre mes distances au moment où il a besoin de moi !

— Et que se passera-t-il quand il n'aura plus besoin de ton aide ? demanda Malika. Un jour, il émergera de ce drame ! Toi aussi tu as besoin d'être épaulée. Une relation n'est pas à sens unique ! Tu as vécu une année difficile et tu n'es pas encore remise de tout ce qui t'est arrivé. Je crains que tu ne sois pas encore assez solide pour soutenir Quinn s'il est incapable de donner lui aussi.

— Je vais bien.

— Ma chérie, il y a neuf mois tu as subi une grave intervention. Physiquement, tu es rétablie, mais moralement, tu as beaucoup souffert. Il te faut quelqu'un qui puisse prendre soin de toi, et qui te laisse le temps et l'espace pour refaire tes réserves d'énergie. L'opération a laissé un vide dans ta vie. Je ne voudrais pas que tu essaies de le combler avec Quinn, et qu'il ne soit pas la bonne personne.

— Moi, je pense que si. Il est celui que j'attendais.

— Ne sacrifie pas tout pour lui. Tu l'as fait pour Scott,

et quand tu as eu besoin de son aide, il t'a abandonnée, il t'a laissée te débrouiller avec ta peine.

Sur ce point, sa mère avait raison. Son désir d'avoir des enfants avait été anéanti, et Scott lui avait asséné le coup de grâce. Il était parti, emportant ses rêves de se marier et de fonder une famille.

Mais avec Quinn, les choses pourraient être différentes, elle en était sûre. Scott ne l'avait pas voulue assez fort. Il n'avait pas pu, ou pas souhaité, la placer en tête de ses rêves et de ses désirs. Quinn, lui, avait tout laissé tomber pour être présent auprès de son ex-femme. Pour Ali, cela en disait long sur le genre d'homme qu'il était.

— Quinn n'est pas Scott, dit-elle doucement.

L'enterrement de Julieanne eut lieu par un beau mercredi de printemps. Le ciel était bleu et clair, et l'air chargé de parfums de fleurs. Elle aurait aimé cette belle journée…

Dans l'église, Quinn se tenait debout au premier rang, le dos trop droit. Helen et les jumelles étaient assises à sa gauche, mais il était trop tendu pour s'asseoir près d'elles. Ce moment inéluctable était arrivé trop vite ! Il s'était chargé seul d'organiser les obsèques. Il n'y avait personne d'autre pour le faire, et surtout pas Helen. Ce n'était pas un travail pour une mère. Souvent, il s'était demandé comment il arriverait à tout régler et avait donc été très soulagé de trouver les instructions détaillées que Julieanne avait laissées chez son avocat pour l'organisation des obsèques. C'était peut-être un des très rares points positifs à se savoir condamné. Julieanne avait eu le temps de se préparer.

Lui-même aurait aimé un délai avant de devoir faire face. Malgré tout ce que Julieanne avait anticipé, il restait beaucoup à faire, et il n'avait pas l'impression de s'en sortir très bien. D'ordinaire, il se considérait pourtant comme une personne efficace ! La vie militaire était en grande partie faite de routine, et d'anticipation. Mais, en ce moment, il ne pouvait se reposer sur aucune routine, et organiser sa vie de famille était bien compliqué.

Pendant des années, il n'avait eu à se soucier que de lui-même. Même après le divorce et pendant sa maladie, Julieanne avait tout planifié pour les filles, lui n'avait eu qu'à suivre ses instructions. Comme cela concernait les filles, il n'avait vu aucun inconvénient à s'y conformer. Mais c'était désormais à lui de prendre les initiatives. Ce jour était le dernier où il pourrait compter sur l'aide de Julieanne. Pour eux, l'heure était venue de se dire vraiment au revoir.

Le cercueil était au bord de son champ de vision. Il essayait de l'éviter, mais le moindre coup d'œil lui rappelait instantanément ses échecs en tant que mari et médecin. Il aurait dû prêter davantage attention aux migraines de Julieanne, et insister pour qu'elle consulte. Une intervention plus précoce ne lui aurait peut-être pas sauvé la vie, mais cela leur aurait donné du temps. Il avait fait de son mieux comme mari mais cela n'avait pas non plus été très concluant. Désormais, il espérait seulement ne pas échouer également en tant que père. D'après Ali, Julieanne avait confiance en lui, d'ailleurs elle-même le lui avait dit, mais pouvait-il les croire ?

Il jeta un coup d'œil à sa gauche, vers l'allée et la porte. L'église était presque pleine, remplie de gens qu'il ne connaissait pas. Jul avait demandé que l'assistance porte une couleur vive, de préférence du rose, sa couleur favorite. Pour elle, il était insupportable que ses obsèques soient une affaire triste et sombre. La foule colorée transformait l'église en serre fleurie !

Un éclat rouge attira le regard de Quinn. Plus sombre, plus théâtral, il tranchait sur les différents roses, fraise et fuchsia.

Ali.

La voir en rouge lui remontait le moral. Cela lui

rappelait le soir où ils s'étaient rencontrés au cocktail de la conférence. L'éclat rouge contrastant avec les gris et les noirs avait attiré son attention. Aujourd'hui, les autres couleurs étaient plus vives, mais c'était toujours elle qui retenait son regard.

Elle se dirigea vers un banc près du fond. Elle le regarda juste avant de s'asseoir, lui sourit. Soudain, il se sentit mieux. Il s'en sortirait…

Il s'assit à côté de ses filles. Heureusement, pendant l'office, il put, sans attirer l'attention, jeter des coups d'œil en direction d'Ali.

Elle le croyait fort, mais, les derniers temps, c'était d'elle qu'il avait tiré une grande partie de son énergie. Il était assez solide pour affronter la mort de Julieanne, mais pas certain de l'être assez pour aider les filles à traverser l'épreuve elles aussi. Ali lui avait dit qu'elles compteraient sur lui pour les guider. Encore faudrait-il qu'il soit assez fort pour tous les trois…

Son attention fut attirée par une photo de Beth et Eliza. Sur un écran au milieu du chœur, un diaporama était projeté. Des images de la vie de Julieanne. Les photos étaient accompagnées de musique. Les chansons favorites de Jul, probablement. Pour la plupart, les photos représentaient des moments qu'il n'avait pas partagés avec elle. C'étaient des événements et des souvenirs qu'elle avait vécus avec les jumelles, et que lui avait manqués.

Comment remplirait-il le vide que la mort de Julieanne allait laisser dans la vie de ses filles ?

Quand Ali était arrivée, l'église était presque pleine. Elle connaissait beaucoup des visages présents, mais c'était pour Quinn qu'elle était venue.

Il portait son uniforme. Elle avait presque oublié cette partie de sa vie, et comme occulté qu'il appartenait encore à l'armée. Son pantalon kaki et sa chemise étaient impeccablement repassés, ses chaussures noires cirées avec soin. Plusieurs médailles ornaient son torse.

Qu'allait-il faire maintenant ? La conversation qu'elle avait eue avec Julieanne lui revint à la mémoire. Son ex-femme ne voulait pas qu'il reste dans l'armée. Avait-elle fait part de ce souhait à Quinn lui-même ?

De l'autre côté de l'église, au deuxième rang, il y avait une demi-douzaine d'autres hommes en uniforme militaire. Des amis de Quinn, sans doute. Cette idée plut à Ali. Elle n'était pas la seule à être venue pour lui.

D'aussi loin, tout ce qu'elle pouvait faire, c'était de lui sourire. Il regardait l'assistance avec attention, adressant un signe de tête aux gens qui croisaient son regard. Quand il la fixa, elle vit, même à distance, briller ses yeux azur, et cela suffit à la rasséréner. Pourvu que cet échange de regards ait eu le même effet sur lui.

Quand le service débuta, il prit place au premier rang avec ses filles. Beth et Eliza, assises entre lui et Helen, étaient vêtues de robes identiques rose pâle, comme des demoiselles d'honneur à un mariage, mais Ali ne put regarder longtemps ces pauvres enfants sans mère ; c'était trop triste. Elle reporta son attention sur Quinn.

Il avait l'air fort et calme, mais elle décelait la tension dans ses épaules : il faisait des efforts pour ne pas s'effondrer. Que se passait-il dans sa tête ? Déplorait-il les années perdues ? S'inquiétait-il pour l'avenir ? Se demandait-il comment être à la fois un père et une mère ? Elle n'en avait aucune idée.

Quand le pasteur se tut, Quinn se tourna et embrassa ses filles avant de se lever et de se diriger vers le pupitre. Il regarda avec attention les gens réunis sur les bancs, puis il parla d'une voix pleine et grave.

— Julieanne sourirait si elle était là où je me trouve en cet instant. Vous formez un groupe coloré et je vous remercie d'avoir fait l'effort de porter des couleurs vives, comme elle l'a demandé. Vous le savez, elle aimait les gens, et les deux êtres qu'elle aimait le plus sur cette terre sont nos filles, Beth et Eliza. Elle aimait aussi les grands rassemblements, et elle serait navrée de n'être là que par l'esprit. Mais, dans le plus pur style Julieanne, elle a tout organisé en nous laissant des instructions détaillées, à Helen, sa mère, et à moi. Nous les avons respectées de notre mieux. Elle a également laissé un message qu'elle m'a demandé de lire.

« Je sais que c'est la dernière fois que j'aurai toute votre attention. Je veux vous remercier tous pour votre affection et votre soutien, et pour l'aide que vous avez apportée à ma famille dans cette cruelle épreuve. Je n'aurais pas pu souhaiter de meilleurs amis. S'il vous plaît, parlez de moi et rappelez mon souvenir à mes filles. Aimez, et riez, et profitez de chaque jour qui passe. Nous nous reverrons. »

Quinn marqua une pause.

Bouleversée, Ali se demanda comment il arrivait encore à lire. Autour d'elle, les gens reniflaient et cherchaient des mouchoirs pour essuyer les larmes qui coulaient sur leurs joues.

Il se remit à lire.

« Merci, Maman, et merci, Quinn. Je sais que vous prendrez soin de mes bébés. Beth et Eliza, souvenez-vous toujours que Maman vous aime. »

Il replia la feuille et la remit dans sa poche, puis il adressa un signe de tête aux hommes en uniforme. D'un seul mouvement, ceux-ci se levèrent.

— La dernière volonté de Julieanne, reprit-il, était de reposer près de son père, derrière l'église. Mais au lieu de suivre son cercueil, tout le monde se rassemblera sur les marches, à l'entrée. C'est ce qu'elle a demandé.

Les amis de Quinn s'avancèrent. Il rejoignit ses filles et les prit par la main pendant que les hommes en uniforme soulevaient le cercueil, et, d'un pas réglé avec une précision militaire, le portaient jusqu'au bout de l'allée centrale.

Helen suivait le cercueil de sa fille. Elle s'appuyait sur le bras d'une autre femme d'un certain âge, qui lui ressemblait beaucoup — sa sœur, conclut Ali. Quinn et les jumelles marchaient derrière elles, et le reste de l'assistance forma un cortège pour sortir.

Quand la foule se rassembla sur les marches, Ali comprit. Julieanne avait fait en sorte que les jumelles ne voient pas sa mise en terre. Elles pourraient venir voir sa tombe plus tard, quand l'herbe aurait poussé. Pour l'instant, la réalité, l'irrévocabilité de la mort leur seraient épargnées.

Deux femmes attendaient devant l'église, de part et d'autre de la porte. Ali les reconnut pour les avoir vues à l'anniversaire de Quinn. C'étaient deux des mamans de l'école, des amies de Julieanne, qui avaient chacune un gros bouquet de ballons roses à la main. Quinn prit deux ballons et en donna un à chacune de ses filles. En même temps, Beth et Eliza les lâchèrent et les regardèrent s'envoler. Le ciel de printemps était presque de la couleur des yeux de Quinn et les ballons ressortaient sur ce bleu vif.

Ils montaient vers le ciel, poussés par le vent léger, et Ali sut que tout le monde se souvenait de Julieanne. Malika avait peut-être raison, finalement. Comment allait-elle rivaliser avec une épouse morte — même une ex-épouse ? Julieanne avait souhaité qu'on se souvienne d'elle, et c'était légitime, mais cela laissait-il de la place pour elle, Ali, dans la vie de Quinn et de sa famille ?

Elle n'en était pas sûre. Pourtant, c'était ce qu'elle désirait : être aimée non seulement par lui mais aussi par ses filles. Pour la première fois depuis le jour de leur rencontre, elle douta. Peut-être espérait-elle trop.

Au même instant, elle sentit un mouvement près d'elle, et sut qu'il était là.

— Je suis content que tu ne portes pas de rose. Le rouge, c'est vraiment ta couleur.

Quinn murmurait pour elle seule, et sa voix grave la fit frissonner. N'était-ce pas indécent d'éprouver du désir dans un moment pareil ? Mais elle ne pouvait contrôler ses sentiments, et lui sourit.

— Bonjour. Comment te sens-tu ?

— Mieux, parce que tu es là.

Il la regardait comme s'il n'y avait plus qu'elle devant l'église. Elle eut envie de poser la tête sur son épaule, mais se souvint juste à temps de l'endroit où ils se trouvaient.

— Veux-tu venir à la maison manger quelque chose ? S'il te plaît.

« A la maison » ? Jamais il n'avait utilisé cette expression auparavant. Un jour, il lui avait dit qu'il avait acheté cette maison pour Julieanne et les filles, mais qu'elle était au nom de Julieanne et que, dans son esprit, elle n'avait aucun rapport avec lui.

Ali avait caressé l'espoir de passer un moment avec lui, mais, bien sûr, la maison était pleine de monde, et lui très occupé. Ils n'eurent donc pas un seul instant en tête à tête. Malgré tout, elle était positive.

Un chapitre se refermait. Maintenant, Quinn allait être vraiment libre de poursuivre sa vie, et elle espérait qu'il choisirait de le faire avec elle. Il lui faudrait peut-être se montrer patiente, mais elle était prête à attendre. Quinn en valait la peine.

8.

Ali

Ali avait dormi d'un sommeil agité, peuplé de rêves étranges et hantés par l'image de Quinn. Elle ne l'avait pas revu depuis l'enterrement de Julieanne, trois jours plus tôt. Sans doute était-il très pris par ses filles et ses amis de l'armée. Mais il apparaissait régulièrement dans ses rêves, dans des situations bizarres où ils se trouvaient ensemble, nus, dans des endroits insolites. Le dernier rêve en date était aussi fou que les précédents.

Elle se tourna et se retourna pendant un moment. Puis, trop agitée pour se rendormir, elle se leva et descendit au rez-de-chaussée pour se livrer à son activité habituelle quand elle était énervée — la cuisine.

Elle empilait les derniers pancakes dans une assiette quand on frappa doucement à la porte d'entrée. Ses parents étaient sortis faire leur promenade matinale. Peut-être avaient-ils oublié leur clé ? Mais, quand elle ouvrit la porte, elle découvrit Quinn, et ses filles.

Son apparence laissait à désirer. Il ne s'était pas rasé et ses yeux étaient cachés derrière des lunettes de soleil, mais le cœur d'Ali battit plus vite. Il était plus pâle que d'habitude et il y avait peut-être quelques nouvelles rides sur son visage, mais il était debout devant elle ! Sa large carrure remplissait presque l'ouverture de la porte, là, à portée de sa main. L'idée qu'elle pourrait le toucher après trois jours sans lui la fit frissonner.

Il la détailla de la tête aux pieds. Elle était pieds nus, et portait un pantalon de yoga, un T-shirt rouge et pas de soutien-gorge.

La déshabillait-il mentalement ?

Des images du rêve de la nuit lui revinrent… Elle sentit une vague de chaleur l'envahir, et les pointes de ses seins durcirent sous son T-shirt. Heureusement, les filles étaient trop jeunes pour remarquer sa réaction au regard scrutateur de leur père. Par précaution, elle croisa pourtant les bras sur sa poitrine.

— Nous t'avons réveillée ? demanda-t-il.

— Non, répondit-elle, le souffle court.

Elle s'éclaircit la voix.

— Tu t'es levé bien plus tôt que d'habitude, on dirait. Tu t'es couché tard ?

Les derniers de ses amis devaient partir dans la journée, et elle supposa qu'il était sorti une dernière fois avec eux.

— Oui, répondit-il. Et je me suis levé tôt, grâce aux filles qui ont bien besoin de se dépenser !

— Vous voulez entrer ?

Il répondit d'un hochement de tête prudent. Devait-elle aller lui chercher du paracétamol ?

— Nous allons à la plage, dit-il. J'ai besoin de prendre l'air et j'ai pensé que ce serait une bonne manière de passer la journée ; nous nous sommes dit que tu voudrais peut-être venir avec nous. As-tu une journée chargée ?

— Non, des choses qui peuvent attendre. Une journée à la plage, c'est tentant. Pourquoi n'entrez-vous pas pendant que je me change ? J'ai fait des pancakes. Si quelqu'un a faim…

— Des pancakes ! dit Beth.

— On adore ça, fit Eliza.

Et elles se précipitèrent vers la cuisine.

Il ôta ses lunettes de soleil, et Ali vit qu'il avait les yeux rougis.

— Veux-tu que je garde les filles ce matin, pour que tu rentres dormir ?

— Dormir... Proposition tentante, mais pas forcément dans le sens où tu l'entends, répondit-il avec un large sourire.

Il entra et l'embrassa. En elle, le désir monta d'un cran. Et si elle le prenait au mot ? Mais ce n'était ni l'heure, ni l'endroit. Malheureusement, elle n'avait pas souvent l'occasion d'avoir Quinn pour elle... Et maintenant, il était parent unique, ce qui leur donnerait encore moins d'occasions d'être seuls.

— Si tu as de l'énergie pour *ça*, alors tu peux assumer une journée seul avec les filles, répondit-elle, taquine.

— Je préférerais que tu viennes avec moi, répondit-il, tendant la main sur le T-shirt d'Ali.

Du pouce, il caressa le bout tendu d'un sein à travers l'étoffe, avant de prendre Ali par les hanches pour la plaquer contre lui. Il était très excité lui aussi. Elle aurait adoré l'entraîner à l'étage, dans sa chambre, pour le déshabiller et faire l'amour, mais il faudrait attendre.

Le souffle court, elle s'écarta pour fuir la tentation.

— Arrête ! Ce n'est pas du jeu.

— Désolé, répondit-il, l'air nullement contrit.

— Si je viens à la plage, tu me promets de bien te conduire ?

— Tout ce que tu voudras.

Il déposa un autre baiser sur ses lèvres, puis passa devant elle d'un air dégagé pour gagner la cuisine.

Elle le suivit du regard, le détaillant sans retenue, avant de lui emboîter le pas.

Elle installa les trois visiteurs dans la cuisine avec les pancakes, le sirop d'érable, du citron, du sucre et des fraises, avant d'aller se changer.

Elle se vêtit avec soin. Il ferait trop froid pour se

baigner mais un bain de soleil serait possible. Elle opta donc pour un Bikini rouge, un T-shirt et un jean. Elle enfila des chaussures rouges à lacets, et fourra dans un sac une veste, un chapeau et une serviette.

Quand elle redescendit, Quinn avait rangé la cuisine. Ils étaient prêts à partir. Elle envoya les filles se débarbouiller dans la salle de bains, ce qui la laissa un moment seule avec Quinn.

— Qui a eu l'idée de la plage ? demanda-t-elle.

— Moi. Les filles ont besoin de s'activer, et moi, je ne tiens pas en place. J'ai grandi au bord de l'océan sur la Sunshine Coast. Un moment au bord de l'eau, ou avec toi, me ferait du bien. Si je peux avoir les deux, c'est encore mieux.

— A quelle plage penses-tu ?

— C'est toi qui es du coin, à toi de choisir. Tout ce qu'il me faut, c'est l'air de la mer, et peut-être une vague ou deux.

Elle décida de les emmener à Victor Harbor, via Port Elliot. La destination remplissait tous les critères, et les prévisions météorologiques étaient parfaites. Les températures étaient encore fraîches, ce qui était normal en cette période de l'année, mais il n'y aurait pas de vent, ce qui rendrait une journée à la plage encore plus agréable. Et si le temps se gâtait, de nombreuses activités n'incluant pas la plage étaient possibles.

Elle proposa de conduire, ce qui permit à Quinn de rattraper un peu de sommeil.

Le coin de plage préféré d'Ali était presque désert, à part quelques promeneurs de fin de matinée et leurs chiens. Quinn et les filles ne perdirent pas de temps. Ils plongèrent dans les vagues, puis insistèrent pour qu'Ali les rejoigne. Courageusement, elle roula ses jeans et se trempa les orteils, mais, malgré le soleil, l'eau était encore beaucoup trop froide pour elle.

Elle déplia donc son drap de bain et s'assit sur la plage pour regarder les jumelles jouer avec leur père. Il les portait tour à tour sur ses épaules, et depuis ce plongeoir improvisé, elles sautaient dans l'eau avec de petits cris ravis. Elle aurait pu rester là pendant des heures, à admirer le physique de Quinn. Des gouttes d'eau brillaient sur sa peau et ses muscles saillaient agréablement.

Les jumelles nagèrent un peu, puis se lancèrent dans l'édification d'un château de sable, pendant que Quinn effectuait des allers-retours en crawl le long de la plage.

L'air s'était réchauffé et Ali eut envie de quitter son pantalon. Elle enfila un short blanc très court et longea le rivage, à la recherche de trésors marins avec lesquels les filles pourraient décorer leur château. Elle était en train de leur proposer plusieurs jolis coquillages et deux galets polis par la mer quand Quinn sortit de l'eau.

Elle s'allongea sur son drap de bain pour le regarder remonter le rivage dans sa direction. C'était à son tour de se cacher derrière des lunettes de soleil pour l'admirer. Humide, son corps musclé brillait au soleil. Il ramassa une serviette-éponge et leva les bras pour se sécher les cheveux, ce qui offrit à Ali une vue très plaisante d'abdominaux sculptés, avec une mince ligne de toison blonde qui plongeait dans le short de surf. Si elle avait pu la suivre du bout des doigts…

Il étala sa serviette sur le sable à côté d'elle. Allongé sur le ventre, il se releva sur les coudes, ce qui fit saillir ses biceps.

— Ça va mieux ? demanda-t-elle.

Il tourna la tête pour la regarder. Elle était étendue sur le dos, ses seins ronds et fermes bien en évidence sous son T-shirt serré, son petit short dévoilant le haut de ses hanches. Il l'imagina dans la même pose, mais nue, et sentit l'excitation monter en lui. Comme il aurait aimé glisser la main sous ce T-shirt...

— Beaucoup mieux, répondit-il.

Elle roula sur le côté et tendit une jambe en direction de Quinn, exposant sa cuisse longue et mince. Même après un hiver long et froid, sa peau avait l'air bronzée, grâce à ses origines indiennes. Le soleil, l'air et la baignade avaient apaisé Quinn, mais la vision d'Ali allongée tout près accéléra son rythme cardiaque, et il rêva de lui ôter son minuscule short pour lui faire l'amour...

— Arrête de me regarder comme ça, dit-elle, interrompant son rêve éveillé.

— Comment, « comme ça » ?

— Comme si tu n'avais pas mangé depuis une semaine.

— La baignade me donne toujours faim, mais je me contenterais bien de goûter tes lèvres.

Il fut content de voir les joues d'Ali rosir et ses yeux verts s'assombrir légèrement tandis qu'il la dévorait du regard.

— Pour ça, malheureusement, il faudra que tu attendes, mais je peux t'emmener à la boulangerie si tu as faim.

— C'est tout ce que tu me proposes ?

— Oui, malheureusement.

— Entendu, mais tu me dois un baiser.

Il appela les filles et regarda Ali fourrer les draps de bain dans son sac de plage, lui offrant une vue de ses courbes séduisantes sous son short blanc. Il dut ajuster son maillot de surf avant de prendre le sac et de le porter dans la voiture.

Ali les emmena déjeuner à la boulangerie de Port Elliot. Puis ils partirent pour Victor Harbor et elle reprit son rôle de guide touristique. Se garant sur le front de mer, elle leur proposa de prendre le tram jusqu'à Granite Island, une petite île située tout près du continent. Les filles l'avaient déjà fait, mais pour Quinn, c'était nouveau. Le tram était en fait une vieille calèche de bois rénovée, à étage, avec un toit ouvert. Elle suivait des rails mais était tirée par un cheval, un clydesdale très placide. Les filles offrirent une pomme au cheval, puis gravirent en courant l'escalier incurvé qui menait à l'impériale, pour s'asseoir en plein air. Quand le cheval entreprit son trajet lent et régulier sur la route qui menait à l'île, elles s'amusèrent à se pencher au-dessus de la rambarde pour saluer les piétons qui marchaient en contrebas.

Ali trouva les jumelles adorables. On aurait pu croire qu'elles n'avaient aucun souci. Le vent léger faisait voler leurs cheveux blonds et, avec la ville en arrière-plan, elles ressemblaient à une jolie publicité touristique.

Quinn leur offrit une glace à condition qu'elles marchent jusqu'au belvédère, et que le retour sur le continent se fasse à pied, pour brûler un peu d'énergie.

De fait, elles gambadèrent tout le chemin, largement en avance sur les adultes. Quinn prit la main d'Ali et la glissa sous son bras.

— Que fais-tu ? demanda-t-elle, surprise.

— Je m'assure que tu ne te sauveras pas.

— Et les filles ? demanda-t-elle.

Elles ignoraient tout de la relation qu'elle avait avec leur père !

— Elles sont bien trop occupées à s'amuser pour remarquer ça, et moi, je ne vais quand même pas me sentir coupable d'aimer ta compagnie !

Mais elle n'était pas à l'aise. Ils risquaient de rencontrer quelqu'un qui avait connu Julieanne et qui jugerait leur attitude déplacée… Elle vérifia du regard que personne ne les regardait.

— Détends-toi, dit-il. Ici, personne ne nous connaît. J'adore cet endroit, nous sommes loin de la ville, et je peux être vraiment moi-même, au lieu de me comporter en fonction de ce qu'on attend de moi.

— Comment cela ?

— Tout le monde à Stirling me traite comme un veuf

éploré. Là-bas, pas question de me promener main dans la main avec toi — pas encore, car tout le monde trouverait ça scandaleux. Mais les gens oublient que nous étions divorcés, Julieanne et moi !

— Tu dois les comprendre. Et puis il y a Helen et les filles. Ce serait peut-être trop tôt pour se montrer en public.

— Je le comprends très bien, mais je ne suis pas obligé d'aimer ça. Je sais qu'elles sont en plein deuil. Moi aussi j'ai de la peine, mais c'est avant tout pour mes filles. Je respecte leurs sentiments et la mémoire de Julieanne, mais je ne veux pas me priver de toi : je pense sans arrêt à toi. J'ai suffisamment culpabilisé de ne pas être un assez bon père et mari, je refuse de me sentir coupable d'avoir envie de passer du temps en ta compagnie. Julieanne était mon ex-femme. Je ne vais pas mettre ma vie entre parenthèses par une sorte de loyauté injustifiée à son égard. J'ai toujours fait ce qu'il fallait — est-ce que je ne mérite pas d'être récompensé ?

— Je suis ta récompense ? demanda Ali.

Il eut un sourire qui fit scintiller ses yeux comme la mer toute proche.

— Ça me plairait de voir les choses sous cet angle.

Elle passa le reste de l'après-midi à brider son imagination pour ne pas rêver d'amour éternel. Mais savoir que Quinn la désirait lui fit passer ce temps dans une bulle d'euphorie, qui dura pendant une partie de minigolf, un dîner de fish-and-chips et le trajet de retour.

A peine avaient-ils pris la route que les filles s'endormaient profondément à l'arrière, épuisées par les activités de la journée. Le soleil s'était couché, et la berline allemande noire s'enfonça tranquillement dans la nuit. Il n'y avait pas d'autres voitures sur la route, pas de réverbères, simplement un croissant de lune. L'obscurité était complète et, sur cette route de campagne, ils auraient pu être seuls au monde.

Pendant que Quinn négociait les nombreux virages,

Ali se laissa aller contre l'appuie-tête et se tourna vers lui. Dans la lumière du tableau de bord, son profil se dessinait avec netteté. Il sentit son regard. Jetant un coup d'œil dans sa direction, il posa la main sur sa cuisse. Elle avait remis son jean mais la chaleur de sa paume traversait le denim.

— J'ai passé une journée merveilleuse, merci, dit-il.

Du pouce, il caressa l'intérieur de sa cuisse. Elle éprouva un frisson délicieux, et ferma les yeux.

Les doigts remontèrent encore, et à regret, elle stoppa sa main. Malheureusement, ce n'était ni l'heure ni l'endroit pour céder au désir.

Elle rouvrit les yeux. Les phares de la voiture illuminaient un panneau signalant une chambre d'hôte.

— Ce serait un endroit parfait pour finir cette journée, dit-il quand ils passèrent devant le cottage en pierre. Si nous pouvions simplement louer une chambre pour la nuit…

Elle sourit.

— Tu oublies les deux petites créatures sur la banquette arrière ?

— Non, mais on peut rêver, n'est-ce pas ? Ce sera pour une autre fois.

— Tu devras quand même trouver quelqu'un pour garder les filles — sauf si Helen a l'intention de t'aider.

— Je ne connais pas ses projets. Je ne crois pas qu'elle sache ce qu'elle va faire. Elle tient le choc mais elle est terriblement triste, elle n'a pas l'énergie de s'occuper de Beth et Eliza. Cela va prendre du temps. Mais de nombreuses amies de Julieanne ont proposé de prendre les filles pour une nuit, si j'ai besoin d'aide.

Dans la pénombre, elle devina une lueur malicieuse dans ses yeux bleus.

— Je ne suis pas sûre que leur générosité irait jusqu'à prendre soin de tes filles pendant que tu m'emmènerais pour un week-end crapuleux !

— Non, sûrement pas, hélas. Alors, vu que je ne pourrai jamais te donner rendez-vous — du moins dans un futur proche —, nous devons nous organiser autrement.

Avec un sourire désarmant, il fit glisser sa main plus haut et la nicha entre les cuisses.

Elle eut l'impression de fondre.

— Tu essaies de me convaincre ? demanda-t-elle.

— Oui — avec les moyens dont je dispose.

— Ecoute, je pourrais peut-être trouver une baby-sitter, dit-elle.

— Intéressant. Et tu pourrais faire cela avant que je ne me consume complètement ?

— *Toi*, tu vas te consumer ? Et moi, à ton avis, avec ce que tu es en train de me faire ?

— Veux-tu que je me range sur le bas-côté pour éviter la catastrophe ? demanda-t-il, joueur.

— C'est très tentant, mais nous devrions nous contrôler. Et pour nos soirées de rendez-vous, visons la qualité plutôt que la quantité.

Pourtant, les nerfs d'Ali vibraient à la perspective de passer du temps en tête à tête avec Quinn ; elle en rêvait autant que lui. Peut-être Tracey, la secrétaire du cabinet médical, accepterait-elle de garder les filles ? Elle le lui demanderait le lendemain.

— Surtout, dis bien aux baby-sitters potentielles que les jumelles sont de vrais petits anges. Impressionnées par de si charmantes enfants, elles ne se demanderont peut-être pas ce que nous allons faire pendant la nuit.

— Je ferai le maximum.

Il jeta un coup d'œil en direction des jumelles endormies.

— C'est incroyable. Je recommencerais bien tout cela.

— Quoi donc ?

— Avoir d'autres enfants. Mais, déjà, j'aurai de la chance si j'arrive à sortir un soir, alors d'autres enfants, c'est un rêve lointain.

— Tu es sérieux ?

— Oui. J'adorerais ça. Les filles sont la meilleure chose qui me soit arrivée, mais j'étais si stressé, paniqué même, par la nécessité de terminer mes études et de nourrir une femme et deux enfants, que je n'ai pas eu le temps d'apprécier l'aventure. J'ai raté une grande partie de la grossesse de Julieanne, et de la vie des filles jusqu'à aujourd'hui. J'ai toujours juré que je ne serais jamais comme mon père, mais j'ai quand même été plutôt absent. Et je regrette que Julieanne et moi n'ayons pas réussi notre mariage. Si un jour j'ai la chance de recommencer, je ferai ce qu'il faut.

Cette déclaration fit exploser la petite bulle d'euphorie qui avait entouré Ali toute la journée. Elle n'aurait jamais imaginé qu'il soit prêt à renouveler l'aventure d'avoir un bébé, ni même qu'il le souhaite. C'était incroyable. Pourquoi ne pouvait-il pas se satisfaire de ce qu'il avait déjà ? Il aurait pu se contenter d'être un excellent père pour les jumelles ! Pourquoi avait-il besoin de tout recommencer ?

Peu importaient les raisons. Tout ce qui comptait, c'était qu'il ne pourrait jamais vivre cela avec elle. S'il voulait faire de nouveau l'expérience d'une compagne enceinte, ce n'était pas elle qu'il choisirait, évidemment !

Il disait qu'il voulait passer du temps avec elle, l'emmener en week-end... mais jamais qu'il la voulait comme mère de ses futurs bébés !

La journée avait été si merveilleuse, avant que tout ne s'effondre, et que la réalité ne prenne ce tour horrible ! Envolé, le rêve d'un avenir avec Quinn ! Elle n'allait pas attendre que leur relation devienne plus sérieuse. Il fallait partir — tout de suite.

9.

Ali

Bien décidée à s'activer en permanence, Ali décida de se noyer dans le travail. Ainsi, elle n'aurait pas le temps de songer à Quinn et aux rêves qu'il faisait pour l'avenir — des rêves dont elle ne pourrait jamais faire partie…

Les filles avaient repris l'école, mais il n'était pas revenu au cabinet médical. La sœur d'Helen était rentrée à Hong Kong, et Quinn et Helen passaient le plus clair de leur temps à régler les affaires de Julieanne.

Ali se disait débordée, mais elle s'était portée volontaire pour prendre en charge le supplément de travail. Ainsi, sa mère gardait un peu de temps libre, et elle-même était sûre de rester occupée en permanence.

Quand Quinn l'interrogea sur leur projet de sortie, elle répondit qu'elle n'avait pas encore trouvé de baby-sitter. Heureusement, elle ne lui avait pas dit que Tracey accepterait peut-être de garder les filles : cela lui donnait une bonne excuse pour qu'ils ne puissent pas se voir.

Cette activité débordante donna d'excellents résultats : pendant trois jours, elle résista à l'envie d'appeler Quinn. Mais le quatrième jour, le travail ne suffit plus à le lui faire oublier. Aussi, de retour chez elle, se mit-elle à faire la cuisine. Elle prépara divers plats — samosas, tourtes au poulet et à la coriandre, agneau rogan josh. En les conditionnant pour les ranger dans le réfrigérateur, elle résista à l'envie de porter tout de suite cette nourriture à Quinn. Peut-être, si elle parvenait à résister un jour de plus, cette envie lui passerait-elle…

Mais, le lendemain, elle repensa sans arrêt aux boîtes stockées dans le réfrigérateur de sa mère. Ses parents et elle ne mangeraient jamais toute cette nourriture ! Il faudrait qu'elle la congèle, ou qu'elle la donne à Quinn, sinon, tout serait honteusement gaspillé ! Elle décida donc de tout porter chez Quinn après le travail.

Elle allait éteindre son ordinateur quand Deb passa la tête dans l'ouverture de la porte.

— Ali, est-ce que vous auriez une seconde ?

— Oui, bien sûr. Que se passe-t-il ?

— La belle-mère de Quinn est là avec les jumelles. Une des deux — Beth, je crois — se plaint de douleurs au ventre. Vous pouvez voir ça ?

C'était pour le moins inattendu, mais elle était médecin avant tout !

Elle acquiesça d'un hochement de tête, et Deb poussa le battant pour faire entrer Helen et les jumelles.

— Bonjour, Helen, bonjour, les filles. Comment s'est passée l'école aujourd'hui ?

— On n'y est pas allées, répondit Eliza.

— Beth a commencé de se plaindre de douleurs au ventre après le petit déjeuner, alors je les ai gardées toutes les deux à la maison, expliqua Helen. J'ai pensé que c'était peut-être psychologique, mais elle a vomi son petit déjeuner et la douleur a l'air d'augmenter.

— Où est Quinn ? demanda Ali.

Pourquoi n'avait-il pas pris le problème en charge ?

— Il avait des rendez-vous en ville. Il ne sait pas que les filles sont à la maison. Il fallait qu'il voie l'avocat et le comptable de Julieanne, plus le banquier et le conseiller financier. Ça devait prendre la plus grande partie de la journée, et ça n'aurait pas dû poser de problème, mais maintenant, je suis très ennuyée. J'ai appelé le pédiatre, mais il n'avait pas le temps de nous recevoir. Je regrette de débarquer comme ça sans prévenir, mais je ne savais plus quoi faire.

— Vous avez bien fait, répondit Ali d'un ton rassurant. Je vais regarder cela. Pas de problème.

Il était évident que Beth ne faisait pas semblant d'être malade. Elle était pâle et son regard était sombre. Comme ceux de leur père, les yeux des jumelles reflétaient leurs sentiments.

— Tu peux me montrer où tu as mal, Beth ?

Elle passa la main sur son nombril.

— Par là, mais ça fait un peu mal par là, autour.

— Monte sur la table. Je vais voir ce que je peux faire. Helen, à votre connaissance, est-elle allée à la selle aujourd'hui ?

— Pas depuis hier.

— A-t-elle de la fièvre ?

— Elle n'en avait pas quand j'ai vérifié ce matin, mais il y a une heure, elle en avait un peu, répondit Helen.

— Allonge-toi, mon ange, je vais juste prendre encore une fois ta température.

Ali utilisa un thermomètre auriculaire, qui donna un résultat normal.

Elle glissa un petit coussin sous les genoux de Beth pour l'aider à détendre ses muscles abdominaux.

— Plie bien les genoux… voilà. Montre-moi ton ventre.

Beth remonta son T-shirt et descendit la ceinture de son legging. La peau ne présentait aucun signe extérieur — hématome, gonflement, ou marque quelconque.

Ali prit son stéthoscope.

— Je vais juste écouter ton ventre. Tu vas respirer doucement et profondément pour que j'entende bien, tu peux faire ça ?… C'est bien.

Les bruits intestinaux étaient présents et normaux. Ali passa donc à la palpation. Elle appuya doucement sur l'abdomen, en commençant par le côté gauche, juste au-dessous des côtes.

— Dis-moi si ça te fait mal.

Beth secoua la tête. Tout allait bien. Ali descendit le long du côté, puis elle testa le quadrant inférieur gauche à la recherche du signe de Rovsing sans noter de réaction particulière. Mais cela se passa tout autrement du côté droit : quand elle ôta la main du quadrant inférieur, Beth grimaça.

— Ça fait mal ? demanda Ali.

Beth acquiesça de la tête, les yeux brillants de larmes.

— Je pense qu'il s'agit d'une appendicite.

— C'est très grave ? demanda Eliza.

— Oui, parce que ça fait très mal, lui répondit sa sœur.

Ali eut un sourire.

— Tu as raison : c'est douloureux.

Elle désigna la planche d'anatomie suspendue au mur.

— Tu vois cette toute petite chose qui ressemble un peu à une mini-saucisse, Beth ? C'est ton appendice. Il fait partie de ton intestin, l'endroit où tu digères tes repas. Personne ne sait vraiment ce que cet appendice fait là parce qu'il ne sert à rien, mais parfois il s'infecte.

— Et alors qu'est-ce qui se passe ?

— Un docteur l'enlève et tout va de nouveau bien. Mais il faut aller à l'hôpital.

— Non.

C'était la voix d'Eliza, calme mais déterminée. Ali se retourna.

— Eliza ?

— Je ne veux pas que Beth aille à l'hôpital. Je ne veux pas.

— Pourquoi ?

— Parce que Maman est allée à l'hôpital et elle n'est pas revenue à la maison.

Un sanglot brisa sa voix.

— Je ne veux pas que Beth meure, dit-elle.

Helen se mit à genoux et prit sa petite-fille dans ses bras.

— Liza, dit Ali, Beth va guérir. Les docteurs savent réparer ça.

— Non. Ils n'ont pas guéri Maman. Ils sont nuls.

— Ta maman avait une maladie qu'on ne pouvait pas opérer. Mais Beth, ils peuvent la guérir. Je connais les médecins de l'hôpital des enfants, ils font très souvent ce genre d'opération. Tu connais sûrement des enfants à qui on a enlevé l'appendice ?

— Non.

— Si, Liza, dit Beth. Sophie Abbott, on lui a enlevé son appendice, et elle est guérie.

— Que faisons-nous ? demanda Helen.

— Il faut appeler Quinn, le mettre au courant, et emmener Beth à l'hôpital, au service pédiatrique. J'ai terminé mes consultations de la journée et je connais quelques-uns des chirurgiens, je peux retrouver Quinn là-bas et parler aux médecins, pendant que vous ramènerez Eliza à la maison. Je suis pratiquement sûre que l'opération sera nécessaire. Eliza pourra voir sa sœur après l'intervention.

Ali et Helen firent monter la petite malade dans la voiture d'Ali. Celle-ci attendit que son téléphone se connecte au système mains-libres, puis chercha les coordonnées de Scott. Elle n'avait pas dit à Helen qu'un des chirurgiens qu'elle connaissait était son ex-ami. Helen se moquait bien de le savoir. Dans les moments difficiles, il ne fallait reculer devant rien, et Ali se félicita de ne pas avoir effacé les coordonnées de Scott.

Comme il était toujours difficile à joindre, elle composa le numéro de sa secrétaire, qui décrocha aussitôt.

— Sonia, c'est Ali Jansson. Est-ce que Scott est là ? J'ai besoin d'un service, c'est pour une urgence.

— Il est à l'hôpital, mais ne quittez pas, je vais essayer de vous le trouver.

Le ton de Sonia était toujours aussi amical. Si elle

connaissait les détails de la rupture, elle n'en laissait rien paraître.

Ali emprunta l'autoroute pour rejoindre la ville, tout en gardant un œil sur Beth.

— Ali ?

— Scott, j'ai besoin d'un service.

Elle n'avait pas de temps pour les amabilités, et elle était sûre qu'il n'en attendait pas de sa part. Après tout ce qui s'était passé entre eux, il lui devait bien un service.

— Je suis en route pour l'hôpital. J'ai avec moi une jeune amie de neuf ans avec une suspicion d'appendicite. Tu pourrais la voir ?

Avoir un ex-chirurgien en pédiatrie était pratique, même si elle avait juré de ne jamais plus avoir affaire à lui.

— Dans combien de temps arrives-tu à l'hôpital ?

— Entre dix minutes et un quart d'heure.

— Il me faudra une autorisation parentale.

— Son père nous retrouve là-bas — Quinn Daniels, médecin militaire, basé au Queensland. Je lui dirai de te demander.

— O.K.

Elle poussa un soupir de soulagement. Pourquoi s'était-elle inquiétée ? Scott était médecin, comme elle, et les malades passaient toujours avant tout le reste. Simplement, c'était une chance qu'il ne soit pas au bloc, en train d'opérer.

— Merci, Scott, dit-elle avant de raccrocher.

Quand elle appela Quinn, il avait déjà été prévenu par Helen et était en route pour l'hôpital. En entrant dans le sas des ambulances, elle le vit qui faisait les cent pas devant les portes automatiques.

Quand il vit la voiture, il se détendit visiblement et parut moins inquiet. Ali oublia sa résolution de garder ses distances. Elle ne pensait plus qu'à sortir en hâte de la voiture et à le prendre dans ses bras pour le tranquilliser.

Mais dès qu'elle eut arrêté la voiture, il ouvrit la portière de Beth.

— Bonjour ma beauté, dit-il avant de défaire la ceinture de sécurité… Merci, Ali. Tu viens avec nous ?

— Oui. Je vais me garer, je vous rejoins à l'intérieur. Demande bien Scott Devereaux, dit-elle, laconique.

Scott était un excellent chirurgien et, pour Quinn, c'était tout ce qui comptait.

Quand elle entra aux urgences, quelques minutes plus tard, Quinn se tenait près de Beth, que l'on préparait déjà pour l'intervention. Ali ne s'était manifestement pas trompée dans son diagnostic, et Scott ne perdait jamais de temps. Tant mieux. Beth allait être bien prise en charge, et elle-même n'aurait même pas besoin de voir son ex.

— Pourras-tu attendre avec moi ? demanda Quinn.

Il allait accompagner sa fille jusqu'à la porte du bloc opératoire, mais il devrait ensuite attendre seul. Ali accepta. Elle ne le laisserait pas avant d'être sûre que tout allait bien pour Beth

— Je ne peux pas le croire, dit-il quand il revint dans la salle d'attente. Le premier jour où je les laisse seules depuis la mort de leur mère !

Ali essaya de le rassurer.

— Tu ne les as pas laissées seules ! Tu les as laissées avec Helen. Ce n'est pas ta faute. Beth va s'en sortir, Scott sait ce qu'il fait.

— J'espère que tu as raison.

Elle lui prit la main.

— *J'ai* raison ! Tout ira bien pour Beth, mais il faut que je te parle d'Eliza.

— Eliza ?

— Oui. Elle a eu très peur. Demande à Helen de l'amener voir Beth dès que les visites seront autorisées. Tes filles ne seront pas rassurées tant qu'elles ne se seront pas vues.

Les épaules de Quinn retombèrent.

— Dire que j'envisageais de reprendre le travail ! Comment font les gens qui élèvent seuls leurs enfants ? Comment vais-je faire pour travailler et élever les filles s'il arrive d'autres choses de ce genre ? C'est incompatible avec la vie militaire !

— Tu restes dans l'armée ? demanda-t-elle.

Après avoir parlé avec Julieanne, à la fête d'anniversaire, elle avait supposé qu'il allait démissionner…

— Je n'en sais rien. J'ignore ce que je vais faire — dans tous les domaines. Julieanne et moi prenions des décisions en fonction de ce qui serait le mieux pour les filles, mais en sachant que Jul serait là pour elles. Cela m'a permis de mener ma carrière de manière totalement égoïste. Je me disais que je subvenais à leurs besoins et que personne ne souffrait. Mais maintenant, je dois tout faire. Il va me falloir du temps pour tout ajuster.

— Quoi que tu décides, ne crois pas que tu pourras le faire seul. Tu vas avoir besoin d'aide. En as-tu parlé avec Helen ?

— Oui, un peu, mais elle ne va pas très bien. Elle a décidé d'aller passer quelque temps chez sa sœur à Hong Kong, loin de chez elle. Elle reviendra, mais nous n'avons pas parlé de ce qu'elle fera à ce moment-là. Elever mes filles n'est pas de sa responsabilité. Il faudra que je trouve comment me débrouiller sans elle. Ou au moins, que j'envisage cette éventualité.

Elle allait opiner quand elle fut distraite par une silhouette connue, qui venait d'apparaître derrière Quinn. Scott s'avançait dans leur direction.

Il n'avait pas changé. Il était légèrement plus grand et plus mince que Quinn. Bâti en coureur de fond, il avait des yeux verts et un visage à la mâchoire virile, surmonté par d'épais cheveux bruns. Mais il était froid, fermé et égocentrique, alors que Quinn était chaleureux, ouvert et généreux. Et Quinn faisait battre son cœur et s'enflammer son corps comme Scott ne l'avait jamais fait.

A son grand étonnement, la colère avait disparu, même si la blessure demeurait. Scott pouvait en penser ce qu'il voulait, c'était dur de savoir qu'elle ne lui avait pas suffi.

Quinn se leva, lâchant la main d'Ali. Scott, après un simple signe de tête en direction de son ex-amie, s'adressa exclusivement à lui.

Elle se reprocha son pincement de contrariété. Etre pratiquement ignorée, et traitée comme une inconnue, la heurtait, mais pourquoi ? Elle n'aurait pas dû être surprise. Neuf mois auparavant, elle ne comptait déjà plus guère pour Scott, alors pourquoi sa froideur la blessait-elle encore ?

Scott n'était qu'un homme. Qui ne l'avait ni soutenue ni écoutée, et n'avait pas essayé de comprendre sa douleur. Bien au contraire, il s'était servi de sa féminité fragilisée comme prétexte pour rompre... Elle avait beaucoup souffert à l'époque, alors il n'allait pas la démoraliser davantage. Elle ne perdrait plus une seconde à se morfondre à cause de lui.

Elle redressa les épaules et se leva.

— Tout s'est bien passé, disait Scott. L'appendice était enflammé, mais pas éclaté. La petite est en salle de réveil. Vous pouvez aller la voir.

— Enfin, je te trouve ! Tu as fini ?

Une femme mince et blonde, lourdement maquillée, venait vers eux juchée sur de hauts talons et moulée dans un pantalon noir, une veste pliée sur l'avant-bras.

— J'arrive tout de suite, lui répondit Scott.

Ali remarqua que la jeune femme portait un badge de l'hôpital ; elle était infirmière, mais ne s'adressait pas à Scott comme à un médecin, ni même un collègue. Etait-ce sa nouvelle amie ?

— Nous sommes attendus pour dîner dans vingt minutes, dit l'inconnue en regardant sa montre.

Dans le mouvement qu'elle fit, l'éclat d'une énorme

bague en diamant attira l'attention d'Ali. Une bague de fiançailles toute neuve ornait son annulaire.

Ali se sentit nauséeuse.

— Il faut juste que je me change, répondit Scott.

Il se tourna vers Quinn, évitant de croiser le regard d'Ali.

— Je verrai votre fille dans le courant de la matinée. L'hôpital m'appellera en cas de besoin, mais il ne devrait pas y avoir de problème.

— C'est très gentil. Je vous remercie, répondit Quinn.

Scott prit l'inconnue par la main et s'éloigna avec elle.

Ali sentait son cœur battre douloureusement dans sa poitrine. Scott était fiancé. Il avait trouvé quelqu'un d'autre. Quelqu'un qui lui donnerait les enfants qu'il voulait.

Peu à peu, elle reprit conscience que Quinn était toujours là. Elle avait oublié sa présence, supposant qu'il était parti voir Beth en salle de réveil. Et il l'observait avec acuité.

— C'était bizarre, dit-il. Je croyais que tu connaissais ce Scott ?

— Je le connais... le connaissais.

— Et ?

— Quoi donc ?

— Pourquoi étiez-vous si tendus tous les deux ?

— Tendue ? Moi ? Pas du tout, fit-elle d'une voix mal assurée. C'est simplement que... j'ignorais qu'il était fiancé. J'étais surprise, c'est tout.

— Oui, mais ça ne devait pas être une surprise pour lui, et pourtant, il était aussi mal à l'aise que toi.

Après tout, si Quinn interrogeait n'importe qui à l'hôpital, en cinq minutes il saurait tout de sa relation avec Scott !

— Nous sommes sortis ensemble, dit-elle, se décidant.

— Quand ?

— Notre rupture remonte à neuf mois.

— Rupture difficile ?

— Non, ce n'est pas ça...

Il semblait de plus en plus intrigué, perplexe même.

— Mais… il a tourné la page, apparemment. Toi aussi, non ?

Si, bien sûr. Elle avait toujours le numéro de Scott mais elle ne lui avait pas parlé une seule fois en neuf mois.

Alors pourquoi était-elle jalouse de sa fiancée ?

Parce que la vie de cette jeune femme était riche de potentialités dont la sienne était privée.

Revoir Scott lui avait rappelé tout ce qu'elle ne pourrait jamais avoir, et la raison pour laquelle personne ne voudrait d'elle.

Quinn la fixait toujours avec intensité.

— Il faut que je me sauve. Je dois aller voir Beth, dit-il brusquement avant de s'éloigner.

Elle faillit le rappeler… Que devait-il penser ? C'était lui qu'elle aimait — pas Scott. Mais il voulait des enfants, et elle ne pouvait pas lui raconter ce qui lui était arrivé. Comment supporterait-elle d'être rejetée, encore une fois — par lui ?

Alors, elle le laissa partir.

10.

Ali

Il fallait qu'Ali sorte de cet hôpital pour ne pas s'effondrer en public ! Elle avait cru s'être résignée à ne jamais avoir d'enfants, mais le vide douloureux qui lui broyait le ventre prouvait le contraire.

Elle parvint à retenir ses larmes jusqu'à être arrivée à destination. Soulagée de se retrouver dans la pénombre de maison, elle se dévêtit et se glissa sous la douche. Dans l'intimité de la salle de bains, ses larmes coulèrent enfin. Elle ne voulait pas de Scott, mais elle était jalouse de la vie que lui et sa fiancée allaient avoir — la vie qu'elle-même aurait voulue. Ils allaient se marier et fonder une famille pendant qu'elle vieillirait, seule et sans enfants !

L'eau ruisselait sur son corps, emportant ses rêves…

Ali venait de regagner sa chambre quand Malika frappa à sa porte.

— Entre, maman.

— Je voulais juste savoir comment va Beth, dit Malika.

Ali n'avait aucune envie de parler, mais sa mère avait le droit de savoir. Elle resserra donc la ceinture de son peignoir et prit un ton léger et enjoué.

— Bien. C'était une appendicite. On l'a opérée.

— Qui l'a opérée ?

— Scott.

— Scott ? Tu l'as revu ?

— Mm.

— Ça va ?

Sa mère avait deviné qu'elle avait pleuré. Ses yeux étaient encore rouges, et de toute façon, les mères devinaient ce genre de chose.

— Pas vraiment, mais il n'y est pour rien.

— Ah bon ?

— Oui… C'est Quinn. Lui et moi, c'est fini.

— Qu'est-ce qui s'est passé ?

Malika s'assit au bord du lit.

Ali prit sa brosse à cheveux et entreprit de démêler ses longues mèches en évitant le regard de sa mère.

— Revoir Scott m'a rappelé ce qui a mal tourné. J'ai tout revécu : le chagrin, la perte, le rejet… Il me considérait comme une femme diminuée. Je n'étais plus assez bien pour lui. Quinn ressent peut-être la même chose…

— Mais… tu ne sais pas ce qu'il pense ?

— Non. Je ne lui ai rien dit, et je n'ai pas l'intention de le faire.

— Et pourquoi ?

— Il ne voudra plus de moi, alors je préfère ne pas lui en parler.

— Et le quitter ?

Ali cessa de se brosser les cheveux et se retourna vers sa mère.

— Lui dire ne servirait à rien.

— Qu'est-ce que tu en sais ?

— Il veut d'autres enfants, maman !

— Tu as d'autres solutions que la conception naturelle.

— Je le sais, mais il n'en voudra peut-être pas. Et puis ni l'adoption ni la gestation pour autrui ne sont des solutions faciles, il pourrait partir en cas de difficulté. Il a bien divorcé, après tout !

Ali savait qu'elle se montrait injuste : Julieanne l'avait poussé au divorce.

— Mais il est revenu pour aider son ex-femme quand elle en a eu besoin, répondit Malika. J'imagine que les derniers mois ont dû être extrêmement difficiles pour lui, mais il a fait ce qu'il fallait. Il doit déjà subir beaucoup de stress, ce n'est peut-être pas le bon moment pour avoir cette discussion avec lui, mais il a le droit de savoir.

Ali secoua tristement la tête. Qu'est-ce qu'une discussion changerait ? Quinn voulait d'autres enfants, vivre une nouvelle grossesse. Il ne voudrait pas d'elle.

— Est-ce que tu l'aimes ? demanda sa mère.

— Oui.

— Dans ce cas, tu lui dois la vérité. Laisse-le décider.

Mais s'il la rejetait ? Elle était déjà éprouvée par l'idée des bébés qu'elle n'aurait jamais, elle ne supporterait pas de perdre Quinn. Cela lui briserait le cœur.

— Liza, regarde ça, dit Beth, tendant un petit flacon à sa sœur. C'est mon appendice.

— Beurk. C'est dégoûtant !

— Non.

— Si. Pourquoi tu gardes ça ?

— Pour le montrer à l'école.

— Beurk. Tu es dégoûtante.

— Non !

— Si !

— Ça suffit, les filles.

Depuis qu'Helen avait amené Eliza en visite, elles n'avaient pas cessé de se disputer, et cela exaspérait Quinn.

Pourtant, elles continuèrent de se quereller.

— Quinn, je pourrais te dire un mot ? demanda Helen.

D'un léger signe de tête, elle indiqua qu'elle souhaitait le voir sans témoins.

Il la suivit dans le couloir, reconnaissant d'avoir une

excuse pour laisser les filles un instant. Il les adorait, mais elles étaient parfois épuisantes.

— Est-ce que je peux faire une suggestion ? demanda Helen.

— Oui, bien sûr.

— Beth se languit d'Eliza. Elle s'ennuie avec moi à la maison, et a l'impression que sa sœur capte toute l'attention. C'est ça qui la rend querelleuse ; c'est une façon de se faire remarquer.

— Je ne vois pas ce que je peux y faire : Beth a très peur de rester toute seule ici.

Il avait promis à Beth qu'il ne la quitterait pas, et dormi à l'hôpital les deux nuits précédentes.

— Je comprends bien, mais pourquoi n'emmènes-tu pas Eliza au parc ou au moins au café en bas, pour lui offrir un milk-shake ? Moi, je resterai ici avec Beth et toi, tu pourras passer deux heures avec Liza.

Il était épuisé. Sur un lit pliant dans un hôpital pour enfants, il ne récupérait pas. Ce dont il avait vraiment envie, c'était de passer deux heures à dormir, ou, mieux encore, à faire l'amour avec Ali. Cela lui aurait redonné vie ! Mais ses filles étaient sa priorité absolue.

Il n'avait pas revu Ali depuis l'opération, et elle n'était pas revenue voir Beth. Quand il l'avait appelée, elle avait prétexté un mauvais rhume : elle ne voulait pas exposer Beth à la contagion. Cela n'avait pas ôté à Quinn l'envie de la voir. Il voulait lui parler de Scott, car il avait quelques idées sur ce qu'elle éprouvait pour son ex… A la réflexion, il aurait dû attendre qu'elle s'explique, mais, dans un accès de jalousie, il était parti sans lui en laisser la moindre chance. Pour cela, il lui devait des excuses. Mais une chose était certaine, il la voulait pour lui tout seul. Pas question de la partager.

Fatigué et maussade, il en voulait à Julieanne d'être morte en le laissant se débrouiller avec les filles. Et à Helen de partir pour Hong Kong en les abandonnant. Et à Ali d'avoir peut-être encore des sentiments pour son ex. Et aux filles de se disputer, en particulier à Eliza, qui cherchait à attirer son attention.

Mais sa colère n'était pas forte au point de l'aveugler : il se rendait bien compte qu'il se montrait injuste. Personne n'essayait délibérément de le blesser. La colère était une des étapes du chagrin, Helen et les filles souffraient elles aussi !

Il s'en sortirait. Il avait seulement besoin de respirer et de se calmer. Mais Ali était la meilleure personne pour l'aider à rester calme, et les circonstances l'empêchaient de la voir... Raison de plus pour être en colère.

Assez ! Ruminer ne servait à rien. Il fallait traiter d'abord les choses les plus urgentes, celles qu'il pouvait contrôler. Ali, ses bras autour de lui, ses délicieuses lèvres rouges, tout cela devrait attendre. Il avait promis à Beth de rester avec elle, alors la seule manière de passer un moment avec Eliza, c'était de confier la petite opérée à Helen, comme celle-ci le lui avait proposé. Elle allait partir pour Hong Kong dans quelques jours, il allait accepter son aide tant que cela était encore possible.

Ali se sentait nerveuse. Elle avait les paumes moites, et son cœur battait trop vite. Elle se lava les mains, posa ses paumes fraîches sur ses joues et inspira profondément. Plus qu'une malade à voir en tant que médecin référent et la journée serait finie. Cela n'aurait pas dû poser de problème, mais il s'agissait de Beth, qui avait rendez-vous pour sa visite postopératoire. Eliza, et surtout Quinn, l'accompagneraient... Elle allait le revoir pour la première fois depuis une semaine.

Quand elle sortit de son bureau pour les appeler, elle entendit une voix dont le timbre grave la fit frissonner délicieusement. Elle passa la tête dans la salle d'attente. Appuyé contre le comptoir de l'accueil, Quinn, dans une tenue décontractée, bavardait avec Tracey. Il portait un jean ajusté, et le chandail qu'Ali préférait, ce chandail bleu qui faisait ressortir la couleur de ses yeux.

— Alors ? Quand allez-vous reprendre ? demandait Tracey.

Un instant, Ali arrêta de respirer. A sa connaissance, il n'avait pas fixé de date de retour.

— Je n'ai encore rien décidé. Il faut justement que j'en parle avec Malika. Si elle a un moment, elle pourra peut-être me recevoir quand nous aurons terminé avec Ali.

— Je vais lui dire que vous êtes là.

Ali jugea le moment venu de les interrompre.

De retour dans son bureau, elle commença l'examen de Beth et tenta de se concentrer, mais c'était difficile avec Quinn assis tout près d'elle, si près qu'elle sentait le parfum de son gel douche.

— Comment te sens-tu ? demanda-t-il pendant qu'elle prenait la température auriculaire de Beth. Ton rhume est-il guéri ? Tu as l'air d'aller bien mieux.

— Oui, ça va mieux, répondit-elle, évitant son regard.

Elle demanda à l'enfant de s'allonger sur la table d'examen. Depuis que sa sœur était sortie de l'hôpital, Eliza était parfaitement rassurée sur son sort, et elle dessinait tranquillement sur le bureau d'Ali sans prêter attention à la consultation.

— J'ai l'intention d'emmener les filles en vacances, si tu donnes la permission à Beth, dit Quinn.

— Des vacances ?

— Oui. Je crois que nous avons tous besoin d'une pause. J'emmène les filles dans le Queensland. J'ai réservé des billets d'avion pour après-demain.

Les cicatrices de la laparoscopie de Beth guérissaient bien, et son système digestif fonctionnait parfaitement. L'avion ne poserait pas de problème.

— Tu peux partir en voyage, déclara Ali en l'aidant à descendre de la table d'examen.

— Super, répondit Quinn à la place de sa fille. Il faut que je parle à Malika, mais j'aimerais te voir toi aussi. Je crois que Beth est ton dernier rendez-vous — pourrais-tu me consacrer quelques instants ?

Il la fixait avec ses superbes yeux bleus et elle eut l'impression qu'il était nerveux… Pour quelle raison ?

Malgré sa résolution de prendre ses distances, elle se demanda avec appréhension ce qu'il avait à lui dire.

— Je t'attendrai dans le jardin, avec les filles.

Elle donna à chacune une boisson et un morceau de gâteau pris dans la cuisine, et prépara une théière qu'elle emporta au jardin. Les dernières jonquilles dressaient leurs têtes dans les parterres de fleurs, mais même l'éclosion de jaune sous le soleil du printemps ne suffit pas à la rasséréner. Quinn sortait peu à peu de sa vie, et cela lui déchirait le cœur.

Il apparut dans le jardin au moment où elle versait le thé au jasmin. Elle le regarda s'avancer dans sa direction, devinant ses cuisses musclées sous le denim de son jean pendant qu'il traversait la pelouse. Elle se concentra afin de graver chaque instant dans sa mémoire, car elle ne le reverrait pas de sitôt. A chaque pas qu'il faisait dans sa direction, elle sentait son cœur chavirer davantage…

Elle posa une tasse de thé de l'autre côté de la table pour qu'il s'assoie en face d'elle. Cela lui permettrait de le regarder pendant que les filles s'amusaient sur la balançoire.

— Je suis content de te voir, dit-il en prenant la tasse. Tu m'as manqué.

— Je m'excuse de ne pas être allée voir Beth après sa sortie de l'hôpital. J'étais débordée. Un de nos médecins a des urgences familiales… qui nous laissent un peu à court de personnel, dit-elle avec un sourire forcé.

— Tu as l'air fatiguée.

Fatiguée ? C'était une manière polie de lui dire qu'elle avait l'air épuisée. Mais c'étaient les nuits d'insomnie qui en étaient la cause, et non un excès de travail. A quoi bon le lui dire ? Mieux valait changer de sujet.

— Comment cela s'est-il passé avec ma mère ?

Il prit la tasse de ses mains aux longs doigts minces, et huma le thé parfumé.

— Elle voulait savoir si j'avais pris une décision sur mon retour au travail. Elle a accepté de me laisser encore deux semaines.

— Seras-tu rentré du Queensland à ce moment-là ?

— Mm.

Cette réponse laconique l'alerta, et elle eut un nouveau pincement de tristesse. Il lui cachait quelque chose. Avait-il déjà pris sa décision ? Il n'y avait qu'une façon de le savoir.

— As-tu pris une décision pour la suite ? demanda-t-elle.

Le regard bleu s'assombrit. Elle avait vu juste : quelque chose n'allait pas.

— Non, répondit-il, et c'est une des raisons de ce voyage. Tout le monde a du mal à vivre dans cette maison sans Julieanne. Helen est partie chez sa sœur à Hong Kong, je pense que nous avons tous besoin d'une pause. Je dois prendre des décisions importantes, j'en suis bien conscient mais je ne suis pas dans le bon environnement pour le faire. Il faut que je prenne du recul pour réfléchir à la meilleure solution pour ma famille.

— Je te comprends.

— Vraiment ?

— Oui. Il faut que tu t'éloignes de tes souvenirs et de toute cette histoire. C'est tout à fait judicieux. Tu as besoin de trouver un endroit où être heureux.

Comme ces mots-là étaient difficiles à dire…

— Mais j'aimerais que tu viennes aussi.

— Pourquoi ?

— Je suis heureux quand je suis avec toi, et j'aimerais voir où notre relation peut nous mener. Dans le

Queensland, personne ne nous connaît. Ne pourrais-tu pas te libérer une semaine ?

Il semblait oublier que ses filles seraient là aussi ! Elles auraient des attentes envers lui...

Mais peut-être s'inquiétait-il d'avoir à élever ses filles seul. Craignait-il de ne pas s'en sortir ? Plusieurs fois, il avait exprimé des doutes à ce sujet. La voyait-il comme une nounou avec des à-côtés sexuels, ou comme davantage que cela ? Tout ce qu'elle savait, c'était qu'elle ne pouvait pas l'accompagner au Queensland, car ce serait le faire revenir dans sa vie.

— C'est impossible. Le cabinet médical est déjà à court de personnel.

— Si tu le voulais, tu pourrais appeler un remplaçant.

C'était vrai, mais il fallait qu'elle se montre forte.

— Ces derniers temps, nos patients ont eu des médecins qui allaient et venaient, et notre remplaçant habituel va partir en vacances... Où vais-je en trouver un autre du jour au lendemain ?

Quinn eut la bonne grâce d'afficher l'air penaud de celui qui fait faux bond.

— Tu me promets au moins d'y songer ? Si tu trouvais un remplaçant, tu pourrais me rejoindre dans une semaine.

S'il lui avait fait une autre proposition, s'il lui avait dit qu'il l'aimait et qu'il ne pouvait pas vivre sans elle, elle aurait sauté dans le premier avion pour le Queensland. Mais il n'y avait aucune déclaration de ce genre. Aucune promesse d'amour et de bonheur.

Renversé dans le fauteuil, il semblait détendu, mais soudain il la fixa avec intensité, et elle se sentit mal à l'aise.

— Ça a un rapport avec Scott ? demanda-t-il. Parce que si c'est le cas, je veux m'excuser pour mon attitude. Je me suis conduit comme un crétin. Ce qui s'est passé entre vous ne me regarde pas.

Elle se força à le regarder droit dans les yeux.

— Non. Ça n'a rien à voir avec lui. Scott, c'est de l'histoire ancienne.

Ce qui la faisait souffrir, c'étaient les bébés qu'elle ne mettrait pas au monde, et la vie qu'elle n'aurait jamais avec Quinn. Comparé à cela, le rejet de Scott n'était rien.

— Alors c'est lié à moi ?

Et si elle lui exposait le problème ? C'était l'occasion rêvée…

Mais il allait la voir autrement, comprendre qu'elle était comme amputée. Elle refusait de voir cette image d'elle dans son regard bleu. Elle opta donc pour l'esquive, et resta silencieuse, ne lui offrant qu'un hochement de tête pour toute réponse.

— O.K. C'est important que je le sache, dit-il.

Puis il se leva et appela ses filles.

Ali le regarda s'en aller, sans savoir quand elle le reverrait, ni même si elle le reverrait. Il partit sans un regard, sans un au revoir… Cette fois, c'était la fin. Elle eut l'impression que son cœur volait en éclats.

Quinn était parti depuis une semaine. Ali avait tenté de travailler sans relâche, mais cela ne lui avait pas fourni la diversion habituelle. Son frère et sa belle-sœur étaient venus en visite de Melbourne pour le week-end, et elle avait espéré pouvoir enfin penser à autre chose. Mais c'était sans compter avec les nouvelles qu'ils apportaient.

Ali regarda son frère, abasourdie. Avait-elle bien entendu ? C'était pour cela qu'il était venu ? Pour lui annoncer qu'ils attendaient leur premier enfant ? Elle qui pensait que sa semaine ne pouvait pas être pire, elle s'était manifestement trompée !

— Ali, ça me gêne vraiment, disait Tomas. Nous ne savions pas comment te l'annoncer. Kim a préféré que ce soit moi qui te le dise. Elle a pensé que ce serait moins violent.

Tomas s'était levé tôt pour la coincer dans la cuisine. « Coincer » était vraiment un mot excessif, mais c'était ce qu'elle avait ressenti. Pourtant, ils avaient toujours été proches. Depuis l'enfance, Tomas, son aîné de dix-huit mois, s'était montré protecteur avec elle, la situation devait être difficile à vivre pour lui aussi. Elle n'allait pas aggraver les choses.

— Ne sois pas stupide. Je suis heureuse pour vous, vraiment. Félicitations.

Elle s'avança et le prit dans ses bras. Lui et Kim feraient de merveilleux parents. Il était inévitable qu'ils fondent une famille, et elle devrait s'habituer aux annonces de grossesse.

Mais tout de même, pourquoi avait-il fallu que cette grossesse survienne maintenant ? Quel choc ! Elle croyait pourtant avoir atteint le fond, après ce que Quinn venait de lui infliger !

Son téléphone, posé sur le comptoir de la cuisine, sonna, et le nom de Quinn s'inscrivit sur l'écran. Que pouvait-il bien vouloir ? En tout cas, c'était l'excuse parfaite pour ne pas prolonger la conversation.

— Il faut que je réponde, Tom, mais dis à Kim que j'irai la féliciter dès que j'aurai terminé. C'est une très bonne nouvelle. Vous allez faire de merveilleux parents.

Elle décrocha en montant l'escalier. Craignant de s'effondrer d'une minute à l'autre, elle avait besoin de se réfugier dans sa chambre.

— Salut ! Comment vas-tu ? demanda Quinn.

Ce n'était pas une simple formule de politesse mais une vraie question. A bout de résistance, elle fondit en larmes.

— Qu'est-ce qui se passe ? demanda-t-il.

— Ma belle-sœur est enceinte. Je vais avoir un neveu ou une nièce.

— Ce sont des larmes de bonheur, alors ?

— Non ! répondit-elle entre deux sanglots. Je ne veux pas devenir tatie.

— Mais pourquoi donc ?

— Parce que je veux avoir des bébés *moi-même* !

La jalousie la rongeait et, soudain, sa tristesse et ses rêves brisés se déversèrent en un flot impossible à contenir.

— Autour de moi, les gens ont la vie que je désirais. Mon ex va se marier, mon frère va avoir un enfant, toi, tu es parti à la recherche de toi-même ou je ne sais trop quoi, et moi, je suis toujours là, à faire ce que je fais depuis des années et que je ferai pendant tout le reste de ma vie !

— Je t'ai proposé de venir avec moi !

— Je sais bien.

— Et tu as tout le temps de fonder une famille.

— Non ! Pas du tout. Ce n'est pas si simple. Pour moi, il n'y aura jamais de grossesse.

— Comment cela ?

— Je ne peux pas avoir d'enfants.

— Quoi ?

— J'ai subi une hystérectomie.

— Mais… quand ? Et pourquoi ?

— Au début de l'année.

Un silence. Un long silence. Elle allait demander si Quinn était toujours là quand il parla de nouveau.

— Qu'est-ce que tu avais ?

— Des fibromes.

— Mais… pourquoi une ablation totale ? Une myomectomie aurait suffi !

— J'ai tenté cela en premier mais les fibromes ont récidivé et j'avais fait des ménorragies trop importantes. Un embryon n'aurait plus pu s'implanter. L'ablation totale a été une décision terrible à prendre, mais j'ai toujours mes ovaires. Je me suis dit que, même sans possibilité de grossesse, cela me laisserait quand même d'autres options pour devenir mère — ce que je désirais depuis toujours.

— Pourquoi ne m'en as-tu jamais parlé ?

Elle connaissait la réponse… A cause de Scott, elle ne

voulait pas lire le rejet dans ses yeux à lui, et préférait lui révéler la vérité par téléphone. Mais cela, elle ne pouvait pas le lui avouer.

— Je n'ai jamais trouvé le bon moment, et je ne savais pas si nous avions ce genre de relation.

— Quel genre ?

— Le genre de relation où je pourrais te révéler une chose aussi grave.

— C'est le genre de relation que je pensais avoir avec toi ! Tu connais tous les détails intimes de ma vie, et moi, j'ai l'impression de ne rien savoir sur toi. Je ne demande qu'à t'aider !

Elle garda le silence. Elle n'entrerait pas maintenant dans une longue discussion. Elle avait partagé assez de secrets pour la journée. Il allait digérer l'information et, ensuite, elle verrait comment il réagirait. A ce moment-là, elle saurait vraiment quel genre d'homme il était.

— Il faut que je te laisse maintenant. Je dois aller féliciter ma belle-sœur, dit-elle avant de raccrocher.

Le lendemain, Ali passait en voiture devant la maison de Julieanne quand une pancarte attira son attention.

C'était un panneau « A vendre ».

Quinn avait sûrement décidé de ne pas revenir...

C'était le coup de grâce.

11.

Ali et Quinn

Les pires angoisses d'Ali étaient devenues réalité.
Quinn connaissait désormais la vérité et tout était fini.

Cela faisait deux semaines qu'il était parti pour le
Queensland avec les filles, son coup de fil remontait à six
jours et, depuis cinq jours, la maison de Julieanne était
en vente. Dans un monde parfait, il serait rentré et il lui
aurait déclaré son amour éternel malgré ce qu'elle lui
avait avoué. Mais, apparemment, le monde dans lequel
elle vivait n'était pas parfait — loin de là.

Pourtant, elle ne put résister à l'envie de passer devant
la maison de Julieanne. En fait, elle passait tous les
jours devant, avec l'espoir que Quinn aurait peut-être
décidé de rentrer. L'idée qu'elle ne le reverrait peut-être
plus jamais était tellement pire que de savoir qu'elle ne
serait jamais enceinte ! Il était l'amour de sa vie. Il y
avait plusieurs façons de devenir mère, mais il n'y avait
qu'un seul Quinn — l'homme de sa vie.

Mais, comme les autres jours, la maison était vide et
sombre. Aucun signe de vie, ni de *lui*.

La voiture avait atteint la maison voisine quand Ali
prit conscience que quelque chose avait changé. Elle
passa la marche arrière pour mieux regarder.

Le panneau « A vendre » était barré d'un gros auto-
collant « Vendu ».

Cette fois, tout était fini.

Il ne reviendrait pas.

— Alisha, quelqu'un te demande !

Depuis sa chambre, Ali entendit Malika l'appeler, et en descendant l'escalier, elle la vit remonter le couloir, suivie de Beth et Eliza.

— Venez, les filles, je suis en train de préparer un gâteau, disait-elle. Vous allez m'aider.

Les jumelles ? Que faisaient-elles là ?

En arrivant au bas de l'escalier, Ali comprit. Il n'y avait qu'une seule explication possible à leur présence. Tremblante, elle regarda en direction de la porte.

Quinn était là, sur le seuil.

Avec ses larges épaules, il était magnifique, depuis ses cheveux blonds jusqu'à ses cuisses sculpturales. Un polo bleu clair faisait paraître plus sombre le bleu vif de ses yeux. Ses bras étaient légèrement bronzés et on devinait son torse musclé sous son polo.

Le cœur d'Ali s'emballa, la laissant avec le souffle court et un léger vertige. Ses mains tremblaient et ses genoux avaient faibli.

Il était revenu.

— Que fais-tu là ? demanda-t-elle d'une voix atone.

— Je voulais te voir. Il faut que nous parlions.

— Nous n'avons plus rien à nous dire.

— Au contraire, c'est tout l'inverse.

En parlant, il avait franchi le seuil, et elle résista à grand-peine à l'envie de se jeter dans ses bras.

— Entre, dit-elle, reculant pour remettre de la distance entre eux.

Elle le conduisit dans le salon, la pièce où ils s'étaient assis le soir de la mort de Julieanne. Cette fois, il s'assit sur un canapé.

— Je peux… t'offrir quelque chose ? Un thé ?

— Non. Merci.

Il avait répondu trop vite. Peut-être était-il troublé lui aussi ? Un peu réconfortée par cette idée, elle s'assit sur le même canapé que lui, mais à l'extrémité opposée.

— Je serais bien rentré plus tôt, mais je n'arrivais pas à trouver trois places sur le même vol.

— Plus tôt ? demanda-t-elle avec difficulté.

— Oui. J'avais besoin de te parler autrement qu'au téléphone. Certaines choses doivent se dire face à face. C'est mieux.

Non. Elle ne voulait pas avoir cette conversation-là. Elle lui avait déjà dit tout ce qu'il avait besoin de savoir, et elle avait vu sa réaction. A peine avait-elle raccroché le téléphone que le panneau « A vendre » était déjà cloué sur la maison de Julieanne !

— Tu as vendu la maison. Ce n'était pas la peine de venir me dire que tu ne reviendrais pas !

— Tu imagines que notre conversation m'a incité à vendre ?

— Ce n'est pas le cas ?

— Non. Ce jour-là, je t'ai appelée pour te dire que j'allais vendre la maison, mais j'ai oublié, tellement ta révélation m'a perturbé. Je n'en revenais pas, que tu m'apprennes cela de cette manière. Mais ce n'est pas ce qui m'a incité à vendre la maison. Je l'avais achetée pour Julieanne et les enfants. Je ne veux pas vivre là-bas. Je ne m'y suis jamais senti chez moi, et rien à l'intérieur ne m'appartient, alors il ne restait qu'à la vendre. J'ai signé aujourd'hui.

— Tu vas acheter quelque chose d'autre ?

L'espoir renaissait en elle. Peut-être projetait-il de rester…

— Tu prends le poste au cabinet médical ?

Deux semaines avaient passé depuis qu'il avait promis une réponse à Malika…

Mais il secoua la tête, et les espoirs d'Ali s'envolèrent.

— Non. La médecine générale, ce n'est pas pour moi. L'excitation de la médecine militaire, l'autonomie qu'on y a, me manquent. On m'a proposé un poste permanent dans l'armée.

— Ici ?

— Non — à Brisbane.

Donc, rien n'avait changé. Il ne reviendrait pas.

— C'était Julieanne qui avait sa vie ici. Moi, je ne venais ici que pour les filles, et elles sont heureuses à Brisbane. Nous avons besoin de changer de décor, de prendre un nouveau départ. La seule raison que j'aie de revenir, la seule raison qui me ferait rester s'il le fallait, ce serait toi.

— *Moi ?*

Sidérée, elle ne protesta pas quand il se rapprocha d'elle sur le canapé pour lui prendre les mains.

— Je ne veux pas reprendre ma vie d'avant. Je veux une nouvelle vie, avec toi. Responsabilité et devoir ont toujours régi ma vie. Cela a commencé quand j'ai essayé d'être le fils parfait, d'obtenir désespérément l'approbation de mon père. Cela a monté en flèche quand Julieanne est tombée enceinte. Je serai toujours responsable de Beth et Eliza, mais j'ai fait mon devoir vis-à-vis de Julieanne. Maintenant, le moment est venu de prendre un nouveau départ. Je veux emmener les filles dans le Queensland, mais je veux que tu viennes avec nous.

— Mais ma vie est ici !

— Pas obligatoirement.

Elle retira ses mains. Quand il la touchait, elle n'arrivait plus à penser clairement.

— Tu veux que je quitte ma vie ici pour aller vivre dans le Queensland avec toi ?... En tant que quoi ? Amie ? Nourrice avec avantages en nature ?

— Non. Avoir un poste permanent dans l'armée signifie pas de missions à l'étranger, et pas de mutations. Je rentrerai à la maison tous les soirs. Et je n'ai pas besoin d'une petite amie ni d'une nourrice… même si l'idée des avantages en nature m'intéresse beaucoup.

Il ponctua sa phrase d'un sourire, et le cœur d'Ali battit à coups redoublés.

— Quand je t'ai rencontrée, ma vie s'est divisée en deux : avant Ali et après Ali. Mais je ne veux pas qu'« après Ali » soit synonyme de « après la fin de notre relation ». Je veux que cela signifie : après que tu es entrée dans ma vie et que tu y es restée. Cela doit vouloir dire « avec toi ». J'ai besoin de toi. Je veux une partenaire, une maîtresse, une âme sœur, une amie, une épouse.

Il marqua une pause, reprit les mains d'Ali, et, cette fois, elle ne fit rien pour résister.

— Je t'aime, dit-il.

— Vraiment ?

— Bien sûr. Le jour où je t'ai rencontrée, j'ai su que tu étais celle avec qui je voulais passer le reste de ma vie. Epouse-moi.

— Tu es sérieux ?

— Oui. Mais il y a une condition : que nous n'ayons pas de secrets l'un pour l'autre. Ne te cache plus derrière des conversations à distance. Il faut que tu me fasses confiance.

— Je n'ai pas d'autres secrets à partager, mais je ne peux pas t'épouser.

— Tu n'es pas déjà mariée, au moins ?

Elle secoua la tête.

— Eh bien, dans ce cas, où est le problème ? Je sais que je te demande beaucoup, abandonner ta vie ici pour t'installer avec moi, mais je promets de te rendre heureuse.

— Ce n'est pas ça.

— Tu trouves encore que c'est trop tôt ? Je suis divorcé, pas veuf. Et divorcé depuis longtemps. Ce que diront les gens m'est bien égal. Julieanne nous a même donné sa bénédiction, alors seules les filles ont le droit de s'y opposer, mais elles ne le feront pas : elles t'adorent.

— Julieanne savait, pour nous ?

— Elle se doutait que j'avais des sentiments pour toi, et elle m'a encouragé à suivre mon cœur. Elle voulait que je sois heureux. Il faut que tu m'épouses.

— Je ne peux pas, répondit-elle, consternée. J'ai toujours pensé que je grandirais, que j'aurais un métier, que je me marierais et que je conjuguerais maternité et travail. J'ai toujours rêvé de devenir mère un jour. J'ai bien eu le travail, mais jamais je n'ai imaginé que je resterais célibataire sans enfants. Pourtant, c'est bien ce qui est arrivé. Ensuite, je t'ai rencontré et j'ai compris que je t'avais attendu toute ma vie. Pour toi, j'abandonnerais tout ce que j'ai et je renoncerais à tous mes rêves. Je t'aime. Mais je ne peux pas t'épouser.

— Mais pourquoi, puisque tu m'aimes ?

— Précisément, c'est *parce que* je t'aime, répondit-elle. Tu veux d'autres enfants et je ne peux pas te les donner. L'idée que je ne pourrai jamais avoir d'enfants est une souffrance. Ton amour pourra peut-être l'apaiser, mais je ne pourrai jamais te donner ce que tu veux !

Elle eut un soupir déchirant.

— Je me souviens encore de Scott quand il m'a annoncé qu'il me quittait : il voulait devenir père, mais de la manière traditionnelle, que son épouse tombe enceinte. Je ne veux pas qu'un jour, tu me regardes comme lui, avec des yeux qui diraient que je suis comme amputée. Pour moi, tu renoncerais à avoir un enfant, et je ne veux pas que tu le regrettes ensuite. Je sais que je ne te suffirais pas.

Les doigts de Quinn lui caressèrent la joue. Elle sentit soudain qu'elle avait la peau humide, et prit conscience qu'elle pleurait. Il s'inclina vers elle pour sécher ses larmes d'un baiser. Il avait les lèvres chaudes et douces, et elle regretta que les choses ne soient pas différentes. Il se rapprocha encore, déposa un baiser très doux sur ses lèvres, et elle sentit le goût salé de ses propres larmes.

Puis il la prit entre ses bras — l'endroit dont elle rêvait. Quinn était l'amour de sa vie…

— Je sais ce que je fais, murmura-t-il. Rien ne compte davantage que mes filles et toi, et je veux que tu partages ma vie. Je veux tout recommencer de zéro, et je sais que je ferai mieux la seconde fois, avec toi. Tu es l'amour de ma vie — ma moitié. Je n'abandonne rien pour vivre avec toi — au contraire ! Tu n'auras pas besoin d'abandonner tes rêves car je veux t'aider à les réaliser. Nous devons nous marier parce que nous nous aimons. Et si nous décidons d'agrandir notre famille, ce sera d'un commun accord. Nous pourrions adopter, par exemple.

— Tu ferais cela pour moi ?

— Pour toi, je ferais n'importe quoi.

— Je ne suis pas une femme diminuée ?

— Pour moi, tu es parfaite. Une femme ne se résume pas à son anatomie. L'opération n'a rien changé au fait que tu es superbe, gentille, intelligente et loyale. Ton seul problème, juste là, maintenant, c'est ta difficulté à prendre la bonne décision, et c'est insupportable. Je t'aime, je veux faire ma vie avec toi, nous sommes faits l'un pour l'autre. Alors s'il te plaît, dis-moi que tu veux m'épouser.

Elle eut l'impression que les paroles de Quinn réparaient son cœur brisé et, soudain, tout sembla clair et simple.

— Oui, dit-elle. Oui, je t'aime et je veux t'épouser.

— Je te promets d'être le meilleur mari que tu puisses imaginer. Toujours.

TERESA SOUTHWICK

Folle tentation
à la clinique

éditions **HARLEQUIN**

Cet ouvrage a été publié en langue anglaise
sous le titre :
HER MCKNIGHT IN SHINING ARMOR

Traduction française de
MARCELLE COOPER

1.

Alex McKnight regarda sa montre pour la énième fois en soupirant. Il avait besoin d'une femme.

Plus exactement, il avait besoin de son architecte, qui se trouvait être « une » architecte dont le physique de bombe sexuelle ne le laissait pas indifférent ; ce qui lui posait problème, étant donné qu'il avait pour principe de ne jamais sortir avec une collègue, ni d'ailleurs avec aucune autre femme de Blackwater Lake, Montana. Il avait une entreprise de B.T.P. à faire tourner, et ne pouvait se permettre d'alimenter les cancans, encore moins de perdre d'éventuels clients rendus méfiants par des rumeurs sur sa vie privée.

Ce matin néanmoins, il était confronté à un problème plus urgent car sa bombe sexuelle d'architecte avait deux heures de retard, ce qui risquait de ralentir les travaux d'extension de Mercy Medical Clinic, et de repousser d'autant les autres chantiers programmés sur son agenda.

Un nouveau coup d'œil à sa montre lui arracha un juron. Il était presque midi, et toujours pas de coup de fil de Mlle Suellen Hart. La chape de béton serait coulée demain, elle le savait pourtant ! La dernière fois qu'il lui avait parlé au téléphone, vendredi, elle s'était engagée à venir de Dallas pour superviser l'opération.

C'était bien les femmes, malheureusement... Pas un mot, pas un coup de fil. Leurs promesses n'en étaient jamais.

Il secoua la tête. Bon, d'accord, il généralisait à tort, mais il avait une dent contre le sexe faible depuis que son épouse — son ex-épouse plutôt — l'avait quitté pour retomber dans les bras de l'homme qui était le père de son enfant, un enfant qu'Alex avait cru réellement le sien pendant un an. Les serments d'amour et de fidélité de Laura n'avaient été que du vent, et elle était partie en lui enlevant ce qu'il croyait être sa famille. D'où sa colère et sa rancœur.

Il se rendit jusqu'à la fosse préparée pour recevoir les fondations de l'aile supplémentaire du centre médical, et s'assura que le terrassement et la consolidation des tranchées avaient été réalisés dans les règles de l'art. Même s'il aurait préféré que l'architecte fût là, l'approbation de « miss monde » n'était qu'une simple formalité, après tout. Il connaissait son boulot.

Après avoir vérifié la profondeur de la fosse à l'aide d'un niveau laser, puis testé le ferraillage fait de cales, semelles filantes et fers à béton, il était en train de ressortir de l'excavation, lorsqu'il vit une petite voiture de sport débouler sur le parking et piler dans un crissement de freins.

De la portière arborant le logo d'une agence de location automobile jaillit une paire de jambes magnifiques, suivie du reste, tout à l'avenant. Suellen portait une courte jupe rouge et une veste du même ton, très près du corps, assorties d'escarpins à talons hauts.

Comme elle se penchait dans l'habitacle, la jupe remonta sur son fessier de déesse et, malgré son irritation, il ne put s'empêcher d'admirer le spectacle. Elle exhuma du siège côté passager un sac qui avait la taille d'une Toyota, avant de refermer la portière d'un coup sec.

Bien qu'il eût préféré ne plus avoir affaire à elle, il savait que sa compagnie serait un mal nécessaire pour les semaines à venir, et il s'approcha pour la saluer.

Elle arbora un grand sourire, comme s'il lui avait déroulé le tapis rouge.

— Quel plaisir de vous revoir, monsieur McKnight !

Il lui lança un regard peu amène. Lors des réunions préparatoires du chantier, il s'était résigné à collaborer avec cette étrange architecte dotée d'un physique de vamp sculpturale, ce qui ne signifiait pas qu'il avait plaisir à la revoir. Lors de leur seconde rencontre, elle lui avait demandé de l'appeler Ellie, ce qu'il avait trouvé gentil, même s'il n'avait aucune intention de se rapprocher de cette femme qui éveillait en lui des instincts… primaires. Pour l'emploi des prénoms, cela ne tirait pas à conséquence, ce genre de familiarité étant monnaie courante dans le B.T.P.

— Vous ne m'appelez plus Alex ? demanda-t-il d'un ton sec.

— Désolée, j'avais oublié. A cause du retard de mon avion, je ne sais plus où j'en suis…

Ses yeux bleu pervenche le fixèrent d'un air implorant.

— Vous n'êtes pas obligé de me croire, mais je suis d'habitude la ponctualité incarnée. J'avais prévu d'arriver hier, pour avoir tout loisir de m'installer, malheureusement, les caprices de la météo en ont décidé autrement. Mon vol a été annulé en raison d'une tempête et j'ai été bloquée à l'aéroport sans pouvoir téléphoner, puisqu'il n'y avait plus de réseau. Dès que j'ai atterri dans votre mignon petit aérodrome du Montana, j'ai sauté dans une voiture de location, et foncé sur l'autoroute.

Il hocha la tête. Au mépris des limitations de vitesse, sans doute. Le « mignon petit aéroport » se trouvait à cent soixante kilomètres de Blackwater Lake, et l'autoroute et les routes secondaires étaient encerclées de montagnes qui rendaient le fonctionnement des portables très aléatoire, ce qui, bien qu'il lui coûtât de l'admettre, exonérait Suellen de ne pas l'avoir prévenu.

— Ce genre de choses arrive, dit-il plus doucement.

— Vous devez me prendre pour une allumée…

Il s'éclaircit la gorge. Pour une allumeuse, plutôt, surtout quand elle parlait avec cet accent traînant du Texas, à la fois rauque et caressant…

— Je vous assure que non.

— Quand vous me verrez travailler, vous changerez d'avis, reprit-elle encore d'un ton d'excuse. Vous ne serez pas déçu, je vous le promets. Mais je vous étourdis avec mon flot de paroles.

— Pas du tout.

Il esquissa un sourire. Malgré la méfiance que lui inspirait toujours la demoiselle, il pourrait se laisser bercer toute la journée par son accent du Sud.

— Je suis un peu *speed* à cause de tous ces cafés que j'ai avalés ; ne vous inquiétez pas, je vais me calmer.

En l'observant de plus près, il remarqua que ses vêtements étaient froissés, comme si elle avait dormi dedans ; et des cernes soulignaient ses yeux azur. Malgré ses airs enjoués, elle devait être épuisée de sa nuit à l'aéroport, et il se rendit compte, étonné, que cela ranimait en lui des instincts protecteurs qu'il avait crus morts depuis son divorce.

— Vous êtes là, c'est l'essentiel.

« Mieux vaut tard que jamais », faillit-il ajouter, mais il se ravisa par politesse. Après tout, ce n'était pas la faute de Suellen si les éléments s'étaient déchaînés, et si son avion était resté cloué au sol.

— Je vais vous montrer votre bureau.

— D'accord, dit-elle sans se départir de son sourire éclatant. J'ai hâte de m'y mettre. Le maire et le conseil municipal ne regretteront pas de m'avoir choisie.

— Sans vouloir vous offenser, ils ont surtout retenu votre candidature à l'appel d'offres car vous étiez la moins chère.

— J'avais besoin de travailler, répondit-elle, comme pour justifier la relative modicité de ses services. Et je

150

me réjouis de voir que vous ne faites pas partie de ces entrepreneurs qui croient le travail de l'architecte terminé une fois qu'ils ont les plans. J'aime suivre la progression des travaux.

— En d'autres termes, vous me complimentez pour ne pas être un radin qui économise sur les prestations de l'architecte.

— Jamais de tels mots ne franchiraient mes lèvres.

Il la fixa un court instant. De très jolies lèvres au demeurant... Il se secoua aussitôt intérieurement. Il s'agissait d'un rendez-vous de travail. De rien d'autre.

— Je pense qu'on a tout avantage à consulter un architecte sur un chantier, surtout dans le cas de l'extension d'un bâtiment à usage médical.

Elle acquiesça en souriant.

— S'il s'agissait de la construction de nouvelles salles d'examen, cela ne poserait pas de problèmes particuliers, mais il en va tout autrement pour un bloc chirurgical. Ce type de pièce nécessite de nombreux conduits de drainage et d'électricité.

— Le conseil municipal vous a également choisie parce que vous étiez la seule à accepter de prendre à votre charge le coût de votre présence sur le terrain, frais de déplacement, d'hôtel et de repas inclus.

— J'estime que trois visites hebdomadaires sont nécessaires pour superviser un chantier, et veiller au respect du budget initial. Comme je ne me voyais pas faire le voyage du Texas trois fois par semaine, il était normal que je séjourne le temps des travaux à Blackwater Lake, même si on est loin de tout, ici.

— Vous deviez vraiment avoir besoin de travailler, répliqua-t-il spontanément.

Il vit son sourire s'effacer.

— Disons que je considère ce projet comme un

investissement pour l'avenir. Tout le monde a besoin de lancer sa propre entreprise à un moment ou à un autre, ici ou ailleurs.

Il la dévisagea, surpris. Elle n'en était pourtant pas à ses débuts dans la vie active. Il avait consulté son C.V., et savait donc qu'elle avait travaillé pour Hart Industries, l'entreprise familiale basée à Dallas, après avoir apparemment pris une année sabbatique à sa sortie de l'université. Qu'avait-elle fait durant cette année ? Rien de très glorieux a priori, puisque cette période n'était pas mentionnée dans le C.V. Au moins, elle n'avait pas triché sur les dates, ce qui était tout à son honneur.

De toute façon, le parcours professionnel de Suellen ne le concernait pas vraiment, dans la mesure où ce n'était pas lui qui avait pris la décision de l'engager. Il avait juste à composer avec elle jusqu'à la fin du chantier.

— C'est par là, dit-il en lui désignant le bâtiment préfabriqué.

— J'ai des affaires à prendre dans ma voiture. Allez-y, je vous rejoins.

— Puis-je vous aider à porter quelque chose ?

— Non merci, j'ai l'habitude, répondit-elle, son sourire retrouvé.

Il aperçut deux valises dans le coffre, à côté d'un attaché-case qu'elle souleva, après avoir glissé sous l'autre bras des tubes cartonnés contenant sans doute des plans.

— C'est tout ?

Comme elle acquiesçait, il referma le coffre.

— Suivez-moi.

D'habitude homme à laisser passer les dames d'abord, il préférait devancer Suellen afin de ne pas être tenté de regarder les courbes moulées dans la jupe minimaliste. Ce qui n'empêcha pas l'image de jambes entremêlées dans des draps froissés et de longs cheveux de soie acajou étalés sur un oreiller d'envahir inopportunément son esprit.

Il ralentit le pas malgré lui. Waouh. Il venait de s'imaginer au lit avec elle. Bon. Rien d'anormal là-dedans, si l'on y réfléchissait un instant. Après des mois d'abstinence, ses hormones se déchaînaient à la vue d'une jolie femme.

Parvenu à destination, il ouvrit la porte du préfabriqué.

— Après vous, je vous en prie.

Elle entra, inspectant aussitôt du regard le local.

— Si cela ne vous dérange pas, je vais me mettre au travail tout de suite. Puis-je prendre ce bureau ? demanda-t-elle en désignant une planche supportée par des tréteaux.

— Mais faites, bien sûr.

Elle traversa la pièce d'un pas vif, posa son luxueux attaché-case en cuir et son énorme sac en laissant les tubes cartonnés rouler sur la table, puis, dans la foulée, sortit un ordinateur portable.

Il la suivit du regard, incrédule. Après une nuit passée à l'aéroport, le long vol et le voyage par la route, elle aurait tout de même pu s'accorder quelques minutes de répit.

— Désirez-vous une tasse de café ? demanda-t-il.

La cafetière était installée sur une petite table dans un coin.

— Surtout pas, répondit-elle en s'asseyant et en ouvrant l'ordinateur ; sinon, ma tête va exploser.

— Je suppose que vous êtes descendue à Blackwater Lake Lodge ?

— En fait, non, car ils ont refusé de me réserver une chambre pour un séjour de plusieurs semaines.

— Cela ne m'étonne pas vraiment.

Une hanche appuyée contre le bureau, il s'efforçait d'instiller un peu de chaleur dans son ton. Quand il s'en donnait la peine, ses sourires faisaient, paraît-il, fondre les femmes, mais ce n'était en l'occurrence pas son but. Il voulait simplement collaborer en bonne intelligence avec cette femme, afin que le chantier se termine dans les délais et sans dépassement de budget.

— L'hôtel affiche complet ces derniers temps, reprit-il. A cause des campagnes de promotion lancées par sa nouvelle directrice, Camilla Halliday.

Elle haussa les sourcils.

— Ce nom me dit quelque chose.

— Elle fait partie de la famille Halliday, les magnats de l'industrie hôtelière. Dans sa jeunesse, elle a fait la une des journaux avec ses frasques.

— Ah oui ! Cela me revient maintenant. Lors de ma première visite à Blackwater Lake, les journalistes la harcelaient après une photo parue dans la presse la montrant en train d'embrasser votre frère, le Dr McKnight.

— C'est exact.

— Puisque l'on parle de lui, sachez que je l'ai rencontré et qu'il s'est montré très aimable envers moi, ainsi que le Dr Stone. Avant de dessiner les plans, j'ai eu plusieurs conversations avec eux, afin de cerner leurs attentes et d'écouter leurs suggestions.

— Au fait, il est fiancé, maintenant.

— Qui ?

— Mon frère, Ben. A Camilla Halliday.

— Tant mieux pour eux. J'ai apporté mes plans, dit-elle en reportant son attention sur l'ordinateur, mais je vois que c'était inutile puisque vous les avez affichés aux murs.

— Où allez-vous habiter ? demanda-t-il, insistant.

— Le Dr Stone m'a dépannée.

Il hocha la tête, intrigué. Résidant depuis l'été dernier à Blackwater Lake, Adam avait visiblement épousé les traditions d'hospitalité et de solidarité des gens de la vallée. Et pas seulement les traditions, puisqu'il filait désormais le parfait amour avec sa logeuse, Jill Beck, une enfant du pays.

— Comment cela ?

— Il m'a proposé de loger dans son ancien appartement qui est libre depuis qu'il a emménagé au rez-de-chaussée avec Jill ; et elle a accepté, exceptionnellement, de me le louer pour quelques semaines.

— Vous avez dû bien vous entendre, toutes les deux.

— Le courant est passé tout de suite. Elle m'a même invitée à leur mariage qui se déroulera chez eux, dans la maison du lac. Comme me l'a dit son petit garçon, qui est déjà impatient de porter un smoking pour l'occasion : « Tu verras tout depuis ton appartement, alors autant que tu viennes ! »

— Ce gamin est vraiment trop mignon.

— Enfin, tout ça pour vous dire que j'aurai un toit au-dessus de ma tête et que, cerise sur le gâteau, ce sera une ambiance bien plus familiale qu'à l'hôtel.

— Et l'appartement d'Adam offre une très belle vue sur les montagnes et le lac.

Il se mordit la lèvre. Pour l'heure, lui non plus n'avait pas à se plaindre de la vue, celle d'Ellie Hart en l'occurrence, qui égayait ô combien la grisaille du préfabriqué.

— En plus, répondit-elle d'un ton léger. Mais si vous le permettez, je vais me mettre au travail pour tenter de corriger la mauvaise impression que je vous ai faite en arrivant en retard dès le premier jour.

Il détourna le regard. Bonne ou mauvaise, il était trop tôt pour le dire, mais elle lui avait fait en tout cas une forte impression.

— Ecoutez, on n'est pas à une heure près, s'entendit-il lui dire. Si vous avez besoin de temps pour vous installer, prenez-le.

Elle secoua la tête.

— C'est très gentil à vous, mais les fondations vont être coulées demain, et il faut que je m'assure que les tranchées destinées à recevoir les poutrelles des murs porteurs ont été creusées dans le respect des normes.

— Je l'ai déjà fait, et vos instructions ont été suivies à la lettre par les ouvriers, à moins que vous ne vouliez apporter des modifications à vos plans.

— Non, mais je préfère vérifier par moi-même, dit-elle avec un petit sourire.

— Je comprends.

Le silence se fit, tandis qu'elle se concentrait sur son ordinateur. Au bout de quelques minutes, elle releva la tête de l'écran.

— Autre chose ? demanda-t-elle.

— Oui, je vous le redis… Ce retard n'est pas votre faute, alors ce ne serait que justice de vous accorder quelques heures de repos après ce long voyage.

Pris à son propre jeu. Au lieu de l'amadouer par ses sourires, c'était lui qui s'était laissé charmer par Suellen !

— Avec tout le respect que je vous dois, je ne vois pas les choses de la même manière. Je suis une femme dans un métier d'hommes, vous savez.

— Si vous craignez d'être victime de sexisme de la part de mes ouvriers, je vous rassure. Ils vous jugeront sur vos compétences, et sur rien d'autre.

— C'est justement pour cette raison que je ne désire aucun traitement de faveur. Etant un homme, vous ne pouvez comprendre mon besoin de gagner le respect d'une équipe. Je veux être traitée comme l'architecte que je suis : une personne chargée de superviser la mise en œuvre de ses plans, afin de s'assurer que le nouveau bâtiment du centre médical sera fonctionnel, sûr, économe du point de vue énergétique, et adapté aux nouvelles normes de protection de l'environnement. C'est essentiel. Il doit répondre aux besoins du personnel qui y travaillera, autant qu'à ceux des patients.

— Il semblerait que vous n'ayez rien laissé au hasard.

Pour avoir étudié les plans à la loupe, il savait que les normes fédérales et locales avaient été respectées dans tous les domaines, depuis l'emploi de matériaux « propres », la sécurité incendie, jusqu'à la configuration de la façade qui ne devait pas détonner dans le paysage de chalets à bardage du bord du lac.

— Cela ne fait jamais de mal de vérifier, autant de fois que nécessaire, au cas où des transformations de dernière minute s'imposeraient. Un détail négligé aujourd'hui risque de causer un dépassement de délais et de budget. J'apporte un soin spécial à ces visites préparatoires, car je sais que l'on m'attend particulièrement au tournant, parce que je suis une femme.

Il croisa son regard. Un fait dont il n'était que trop conscient. Elle était femme jusqu'au bout des ongles, et tentatrice en diable. Il s'en voulait d'être si vulnérable à son charme, et s'appliquait d'autant plus à cacher son émoi que, vu le discours qu'elle lui tenait, elle ne serait certainement pas enchantée d'apprendre l'effet qu'elle exerçait sur lui.

— Je comprends votre point de vue, Ellie. Sachez toutefois que le milieu du B.T.P. n'est tendre pour personne, qu'on soit homme ou femme. Moi, par exemple, j'ai dû me battre pour m'y faire une place. Il y a vingt ans, j'ai commencé comme apprenti, à porter les sacs de ciment, mélanger le mortier, faire le manutentionnaire, et j'ai attendu plusieurs années avant de pouvoir avoir le droit de manier les outils. L'apprentissage a été rude, mais quand j'ai fondé ma première entreprise en Californie du Sud, j'avais l'avantage de connaître chaque aspect du métier.

— Je vous croyais originaire de la région.

— J'y ai en effet mes racines, mais je me suis exilé pendant quelque temps près de San Diego pour mon travail. Je suis revenu dans le Montana il y a deux ans, pour y ouvrir une succursale.

— Pourquoi à Blackwater Lake ?

— Parce que cette ville est un petit diamant brut, la prochaine Aspen, avec lac, montagnes, pistes de ski à proximité, tout ce qu'il faut pour devenir une station de sports d'hiver et d'été, sans compter que les propriétés de ses sources thermales en font déjà un endroit de villégiature très prisé par les retraités. Les hôtels et centres de vacances vont pousser comme des champignons, et je voulais en être.

— Pour prendre votre part du gâteau.

— Il n'y a pas de mal à être ambitieux, répliqua-t-il vivement.

Le travail l'aidait à ne pas penser à la famille qu'il avait perdue, à ce fils qui n'était plus son fils…

— Bien sûr que non. Moi aussi, je mets toutes les chances de mon côté pour réussir.

— Nous avons donc un point commun. Que diriez-vous de venir boire un verre ce soir après le travail à…

Elle leva la main.

— Je vous arrête tout de suite.

Il cilla. Qu'elle le laisse au moins s'expliquer.

— C'est une tradition chez McKnight Construction d'offrir un verre à l'architecte le premier jour. Pour porter chance au chantier.

Des fossettes se creusèrent dans les joues d'Ellie, mais son sourire était un peu crispé.

— Sauf erreur, Alex, je ne crois pas que vous ayez travaillé avec beaucoup de femmes.

— C'est vrai. Comment m'avez-vous démasqué ?

Elle ne rit même pas.

— J'espère que vous n'espérez pas flirter avec votre architecte simplement parce que c'est une femme…

— Si vous me connaissiez, vous sauriez que je n'ai pas pour habitude de flirter avec mes collaboratrices, qu'elles soient secrétaires, réceptionnistes ou architectes. Cette invitation est simplement une manière de jeter de bonnes bases pour notre collaboration.

— Rien de plus ?

— Que craignez-vous donc ?

— De par mon expérience, je sais que ce genre de sorties peut compliquer les choses.

— Parce que je suis un homme, et que vous êtes une femme ?

Elle acquiesça.

— Je ne vois pas ce que notre relation professionnelle aura à gagner de la consommation d'un verre d'alcool après les heures de travail.

Il hocha lentement la tête. En théorie, elle avait raison. Mais il ne mentait pas en le présentant comme un rituel — tous ses architectes étaient passés par le pub de la grand-rue. Toutefois, étant donné la forte attirance qu'il éprouvait pour Suellen Hart, il aurait dû s'estimer heureux qu'elle refuse.

— A votre guise, dit-il au bout d'un instant, avant de se diriger vers la porte. Pour quelqu'un qui ne voulait pas être traité différemment… J'espère toutefois que vous avez conscience du paradoxe : vous « m'obligez » à vous traiter autrement en refusant ce verre.

La mine embarrassée, elle secoua la tête.

— Ne le prenez pas mal, Alex. C'est juste que je tiens à mettre les choses au clair dès le départ. A cause de la minijupe et de mon accent traînant, les gens se méprennent souvent sur mon compte. Sachez que je ne suis pas une fleur du Sud, une petite chose fragile qui a ses vapeurs, mais une femme intelligente, dure à la tâche, capable de gravir des échafaudages et d'être par tous les temps sur un chantier, bref, de m'acquitter de mon travail aussi bien qu'un homme. Et c'est ce que je compte faire une fois de plus. Il suffit d'une erreur pour détruire une carrière ou, à tout le moins, considérablement la ralentir, et je suis bien décidée à ce que cela ne m'arrive pas.

Il la regarda, médusé. « A ce que cela ne m'arrive "plus" », sous-entendait son ton vengeur. Peut-être avait-elle commis un faux pas autrefois, quelque chose s'était mal passé sur un chantier, sa réputation en avait souffert et plus personne ne l'avait engagée, ce qui expliquerait le trou de douze mois sur son C.V., ainsi que le fait qu'elle traverse la moitié du pays pour venir travailler dans le Montana. Etant considérée comme une brebis galeuse au Texas, elle n'avait eu d'autre choix que de s'expatrier pour trouver du travail.

Sauf que tout cela n'était que conjectures gratuites.

— D'accord, Ellie. Je n'insisterai pas.

— Je vous en remercie.

Et sur ces mots, elle se tourna vers l'écran de son ordinateur sans plus un regard pour lui.

Comme il sortait pour rejoindre le reste de l'équipe, il se rendit compte que l'arrivée de sa belle architecte ne résolvait qu'en partie son problème : le chantier ne prendrait pas de retard, certes, mais lui avait toujours autant besoin d'une femme, et, hormis des douches froides à répétition, il ne voyait qu'un remède pour calmer cette fièvre qui le rongeait : partir en week-end loin de Blackwater Lake.

Ellie, depuis sa fenêtre du premier étage, observa un instant l'assemblée présente. Les hommes célibataires bien de leur personne ne manquaient pas à Blackwater Lake, mais le plus beau d'entre eux était sans conteste Alex McKnight. Depuis deux semaines qu'elle travaillait sur le chantier, elle avait de plus en plus de mal à conserver ses distances avec lui. Malgré ses efforts pour afficher à son égard un comportement strictement professionnel, elle sentait sa détermination faiblir et avait vraiment besoin de se changer les idées, de s'amuser un peu en voyant d'autres personnes que ses collègues de chantier.

Le mariage de Jill Beck et d'Adam Stone tombait donc à pic. En cette soirée de juin, la cérémonie était sur le point de commencer dans le jardin de la maison de Jill. Elle descendit, et prit place à l'une des tables joliment décorées. Liz Carpenter, la réceptionniste de Mercy Medical Clinic avec laquelle elle avait sympathisé, était assise à sa droite. Hormis Liz, Jill et Adam, elle ne connaissait personne.

— Cette chaise est-elle prise ?

Elle se figea. Pas besoin de se retourner pour savoir à qui appartenait cette voix dont les accents rauques et profonds jouaient sur ses nerfs de 9 heures du matin à 5 heures du soir depuis maintenant deux semaines. Et dont le souvenir la poursuivait le reste du temps.

Elle tourna la tête vers Alex McKnight, et ce qu'elle vit lui coupa le souffle.

Si elle avait été femme à défaillir, elle l'aurait fait en cet instant. Avec sa veste sombre, sa chemise grise et sa cravate aux fines rayures argent et noires, il était plus beau que jamais.

Une fois n'étant pas coutume, ses cheveux bruns étaient soigneusement lissés ; et ses yeux ourlés de cils sombres achevèrent de la troubler. Quand ils s'étaient quittés à la fin de la journée, il arborait une ombre de barbe, mais ses joues creuses et son menton volontaire étaient maintenant rasés de frais, et elle lutta contre l'envie absurde de toucher son visage pour voir si sa peau était aussi douce qu'elle en avait l'air.

— Ellie ?

Elle s'aperçut, gênée, qu'elle n'avait toujours pas répondu à sa question.

— Bonsoir, Alex, dit-elle en se forçant à lui sourire d'un air dégagé. Non, ce siège est libre.

— Plus maintenant, répondit-il en s'asseyant.

La manche de sa veste frôla son bras nu, et elle sentit de délicieux frissons lui parcourir l'épiderme.

— Vous n'avez pas eu à aller loin pour assister à cette fête, dit-il.

Elle esquissa un sourire :

— Un étage à descendre.

Sa proximité et le parfum de sa lotion après-rasage lui firent presque tourner la tête.

Après cette première journée où elle avait refusé d'aller boire un verre en sa compagnie pour sacrifier au rituel, Alex n'avait pas semblé lui en tenir rigueur, et il l'avait traitée comme tous les membres de son personnel, sans faire aucune différence. L'un des charpentiers était d'ailleurs une femme qui semblait parfaitement intégrée à l'équipe, ce qui lui avait fait regretter sa revendication féministe aussi prématurée qu'inutile.

— Vous êtes ravissante ce soir, lui lança-t-il doucement.

— Merci. Vous n'êtes pas mal non plus.

Elle croisa son regard. Un euphémisme.

— Etes-vous un ami du marié ?

— Des deux. Je suis devenu ami avec Adam quand j'ai milité aux côtés de mon frère pour l'extension du cabinet médical. Bien sûr, en tant qu'entrepreneur dans le B.T.P., j'avais intérêt à ce que le projet aboutisse, mais croyez-moi ou non, c'était avant tout pour améliorer l'accès des habitants de cette ville aux soins médicaux. Et je connais Jill depuis que j'amarre mon bateau dans la marina devant chez elle.

— Je suppose que ce n'est pas une petite coquille de noix.

Il sourit.

— J'aurais en effet du mal à le faire tenir sur le toit de ma voiture. Je le sors pour faire un tour de l'autre côté du lac, quand j'ai besoin de me couper du travail. Les portables ne passent pas à bord.

— Vous plantez une tente sur l'autre rive ?

— Non. Le bateau a une cabine.

Avec un lit ? ne put-elle s'empêcher de penser. Une question qu'elle se garda bien sûr de poser.

A cet instant, l'orchestre de trois musiciens entonna la Marche nuptiale, et tout le monde se tourna vers l'allée surmontée d'un dais blanc, au bord de laquelle étaient regroupées les chaises pliantes. Quelques instants plus tard, apparut Maggie Potter, la demoiselle d'honneur, flanquée d'un petit garçon et d'une petite fille respectivement porteurs de l'alliance et du bouquet, eux-mêmes suivis par Jill, vêtue d'une robe en satin et dentelle de couleur crème. Elle tenait la main de C.J., son fils de sept ans, qui la conduisait à l'autel improvisé. Ellie esquissa un sourire. Aussi roux que sa mère, il était adorable dans son petit smoking.

Quant au futur marié, il attendait sous la pergola en compagnie de son frère et du pasteur. Visiblement aux anges, il enveloppa Jill d'un regard débordant d'amour, lorsqu'elle s'arrêta devant lui.

— Qui donne la main de cette femme à cet homme ? demanda le pasteur.

— Moi, dit C.J., haut et clair. Adam va être mon papa pour de bon à partir de maintenant.

Elle sentit sa gorge se serrer, et les larmes lui monter aux yeux, comme toujours quand elle assistait à un mariage. Pourtant, elle connaissait à peine ces gens, mais le cadre était si romantique. Et qu'y avait-il de plus beau qu'un homme et une femme s'unissant pour former une famille ?

Sur sa joue, glissa une larme qu'elle chassa du bout des doigts en espérant que personne ne l'avait remarquée. Au temps pour elle : Alex lui tendit un mouchoir blanc plié en quatre.

— Je veille toujours à en avoir un dans ma poche aux mariages, lui murmura-t-il en le lui glissant dans la main. Pour les dames émotives.

Elle sourit pour le remercier, et fut bien contente d'avoir le mouchoir quelques minutes plus tard, quand l'échange des vœux et le baiser entre les époux lui arrachèrent de nouvelles larmes.

Tout de suite après la cérémonie, les mariés et la proche famille disparurent pour la séance photos, et les invités se levèrent pour se disperser dans le jardin ou se diriger vers la grande tente dressée pour le repas de noces.

— Je vous le rendrai après l'avoir lavé. Désolée, j'ai la larme facile aux mariages.

— Inutile de vous excuser. Le spectacle du bonheur des autres a de quoi émouvoir : ça prouve que les fins heureuses n'existent pas que dans les films.

Elle l'observa discrètement. Décelait-elle une note d'amertume dans son ton ? Etant donné l'attirance qu'elle éprouvait pour lui, elle ferait mieux de ne pas essayer d'en savoir plus. Mais sa curiosité l'emporta sur la prudence.

— Quelqu'un vous aurait-il brisé le cœur ?

— Qu'est-ce qui vous fait croire cela ?

La main sous son coude, il l'aidait à traverser la pelouse, et le contact de ses doigts menaçait dangereusement ses capacités de raisonnement.

— Je ne sais pas…, dit-elle au bout d'un instant. Votre remarque semble indiquer que vous n'avez pas connu de fin heureuse.

— En effet. Ça s'est plutôt mal terminé pour moi.

— Avez-vous envie de m'en parler ?

— Pas vraiment…

Elle surprit son regard. Une flamme malicieuse s'était mise à danser dans ses yeux bruns.

— Mais je pourrais me résoudre à m'allonger sur votre divan pour une psychanalyse, si de votre côté, vous acceptez enfin de prendre ce verre avec moi.

Elle prit une longue inspiration. Pourquoi pas ? Elle ne renierait en rien ses principes, puisqu'ils n'étaient pas au travail, mais à une fête où tout le monde allait trinquer avec tout le monde.

— Eh bien, c'est d'accord.

Ils entrèrent sous la tente et s'approchèrent du bar où Alex commanda un verre de vin blanc pour elle et, pour lui, une bière. Puis il la conduisit à une table couverte d'une nappe blanche, un peu à l'écart de la foule, où ils s'assirent côte à côte. L'éclairage était tamisé, et des compositions florales de lys, roses et orchidées exhalaient leurs doux parfums dans l'atmosphère.

Comme le cadre et le vin opéraient leur magie sur elle, elle se détendit.

— Alors, parlez-moi de ce cuisant échec.

— J'ai été marié.

Elle cilla. Mais elle appréciait sa franchise. Le monstre qui l'avait menée en bateau dans la première entreprise où elle avait travaillé s'était bien gardé de le lui préciser.

Prudence, toutefois.

— Vous ne l'êtes plus ?

— Nous avons divorcé.

Il prit une longue gorgée de bière. Hypnotisée, elle contempla le mouvement si viril de sa pomme d'Adam, tandis qu'il buvait sa boisson.

— Comment aviez-vous rencontré votre femme ?

— Sur mon lieu de travail.

Elle hocha doucement la tête. N'était-ce pas toujours le cas ? Ce qui lui rappelait la nécessité de redoubler de prudence. Dans la solitude qui était la sienne actuellement, elle était particulièrement vulnérable, et le contact des doigts d'Alex sur sa peau, même furtif, avait réveillé en elle le désir d'être touchée, embrassée, enlacée. Aimée.

— Je venais de démarrer ma propre entreprise, et j'avais besoin d'une secrétaire de direction. Elle était intelligente, compétente, et belle. Nous avons entamé une liaison. Puis elle m'a annoncé qu'elle était enceinte.

— Et vous l'avez épousée.

— Et convaincue de venir s'installer avec moi à Blackwater Lake, une ville idéale pour élever un enfant.

— Elle ne s'est pas plu ici ?

— Je crois que c'était surtout moi qui ne lui plaisais pas.

— Cette femme était une imbécile.

Il sourit.

— Merci.

Bien qu'elle fût un piètre juge en ce qui concernait

les caractères masculins, elle avait vu comment Alex se conduisait envers son personnel, avec équité et bienveillance, et le soutien indéfectible que tous lui témoignaient en retour. S'il le leur avait demandé, ils se seraient fait tuer pour lui. Un homme médiocre n'aurait certainement pas généré une telle loyauté.

— J'en déduis que ce n'est pas vous qui avez voulu divorcer.

— Au lieu de lui demander de m'épouser quand j'ai appris qu'elle était enceinte, j'aurais mieux fait de lui demander qui était le père du bébé.

— Oh ! Non ! Elle vous a fait croire que…

— Oui. J'ai élevé pendant plusieurs mois un fils que je croyais le mien, et j'étais heureux…

Elle le regarda, attristée. Sa voix trahissait son amertume.

— Dylan avait presque un an, quand Laura m'a annoncé qu'elle retournait vivre auprès du père de l'enfant.

Sur son visage, elle lut ce qu'il ne disait pas.

— Vous aimiez Dylan.

— Je l'aime toujours, même si ce n'est pas mon sang qui coule dans ses veines.

— Je suis désolée, Alex.

— Inutile de l'être, répliqua-t-il sèchement.

— Ce n'est pas de la pitié. Je suis désolée, car ce petit garçon va être élevé par une mère stupide et malhonnête. Franchement, vous êtes bien mieux sans elle, mais je suis triste pour vous car le bébé vous manque.

— Dylan n'est plus un bébé, il a maintenant deux ans et demi.

— Je suis désolée, je n'aurais pas dû vous inciter à en parler, surtout lors d'une fête de mariage.

Autour d'eux, les tables se remplissaient de gens prêts à célébrer l'union d'un couple à qui tout semblait sourire dans la vie.

— Je ne le regrette pas, dit-il en faisant tinter sa

bouteille de bière contre son verre. Cela m'a permis de boire un verre avec vous.

— C'est vrai.

Elle se redressa sur son siège. Et cela lui avait permis d'oublier un peu sa méfiance et de se rapprocher d'Alex. Ce qui n'était pas forcément une bonne chose.

Elle finit son vin et se leva à l'instant où des applaudissements éclataient pour saluer le retour des mariés.

— Je vais chercher une place à table.

— Restez, dit Alex en la retenant par le poignet. J'ai mis mon âme à nu devant vous, ajouta-t-il, l'air grave. Est-ce que cela ne mérite pas un verre et un repas en votre compagnie ?

De nouveau, son contact la troubla. La chaleur qui émanait de ses doigts faisait fondre ses défenses. Cela faisait longtemps qu'un homme ne l'avait touchée, de quelque manière que ce soit ; et au moins aussi longtemps qu'elle n'avait accepté de dîner avec un membre du sexe masculin. Mais Alex possédait un je-ne-sais-quoi qui la fascinait. Et la retenait.

— D'accord, dit-elle en se rasseyant à côté de lui. Autant dîner à votre table puisque j'y suis déjà, ajouta-t-elle de son ton le plus désinvolte.

Elle aurait pu chercher une place ailleurs, près de Liz, par exemple, mais la vérité était qu'elle n'avait aucune envie de quitter Alex.

Tant que cela se limitait à un repas pris ensemble, il n'y aurait pas péril en la demeure. Elle espérait simplement que cela ne l'entraînerait pas plus loin.

2.

La réception fut aussi réussie que la cérémonie, et tous les invités applaudirent quand Adam et Jill firent leurs premiers pas sur la piste de danse en tant que mari et femme. Avant cela, Maggie Potter, la demoiselle d'honneur, avait fait un petit discours pour leur souhaiter de vivre heureux et de vieillir ensemble, et ses mots avaient pris une signification d'autant plus émouvante qu'elle-même venait de perdre son mari en Afghanistan.

Ellie dégusta sa part du gâteau de mariage, une délicieuse pièce montée meringuée aux fruits rouges, puis observa un instant son entourage. Le moment était venu de prendre congé. Elle eut un petit soupir. Si elle restait davantage, elle serait tentée de danser avec Alex, ou de lui faire à son tour Dieu sait quelles confidences, et le plus simple pour l'éviter était encore de s'en aller.

Elle le regarda avaler sa dernière bouchée de gâteau.

— Je me suis bien amusée ce soir...

— Non, je vous défends de poursuivre, l'interrompit-il vivement. Je sens à votre ton que vous allez me dire que vous partez.

— Je ne vous savais pas si perspicace.

— Eh bien, je le suis. Les apparences sont parfois trompeuses.

— Comment savez-vous que je vous juge d'après les apparences ?

— Mon instinct masculin.

Elle ne put s'empêcher de rire.

— Eh bien, votre instinct vous égare. Mais peut-être prêchez-vous le faux pour connaître le vrai, m'entendre louer votre intelligence, votre finesse… Ne comptez pas sur moi pour vous faire des compliments.

— Même pas un petit ?

— Dans ce cas, je vais vous dire ce que tout le monde sait déjà, que vous êtes un chef d'entreprise avisé qui traite son personnel avec équité, tout en exigeant beaucoup de lui, que vous accomplissez le miracle de ne jamais dépasser le budget de vos chantiers, voire d'être 5 % en dessous, et que vous préservez jalousement votre vie privée.

— Peut-être n'en ai-je pas.

Elle riva ses yeux aux siens.

— C'est à votre tour de me sous-estimer. Un homme comme vous a forcément une vie privée. Elle se trouve ailleurs qu'à Blackwater Lake, voilà tout.

— Que voulez-vous dire par « un homme comme moi » ?

Elle se sentit rosir. Le genre qui glissait son bras derrière le siège d'une femme. Il était en train de le faire en ce moment. Elle s'écarta très légèrement.

— Un homme spirituel, séduisant, et assez habile pour me faire la conversation et me détourner de mon but.

— Qui est ?

Il y a encore quelques minutes, elle n'avait eu qu'une idée, partir. Mais sa détermination fléchissait tandis que la main d'Alex s'approchait de son épaule, qu'elle en sentait la chaleur. Et ce n'était pas la manche en mousseline mauve de sa robe qui allait la protéger du contact qu'elle savait imminent.

— Il faut vraiment que je m'en aille.

A cet instant, la musique reprit, et le D.J. encouragea les couples à gagner la piste pour « danser jusqu'au bout de la nuit ».

— Une danse, une seule dit-il. Puis je vous raccompagnerai chez vous.

Elle détourna un instant le regard. Et si minuit sonnait entre-temps, son carrosse se transformerait en citrouille... Le rappel des péripéties de la pauvre Cendrillon aurait dû la conforter dans sa résolution de s'en aller, mais il ne fallait pas non plus exagérer. Lui accorder une petite danse de rien du tout ne l'empêcherait pas de rester inébranlable sur l'essentiel.

— D'accord.

La main posée dans le creux de son dos, il la guida vers la piste, puis l'enlaça par la taille pour l'attirer contre lui, si près que tous ses sens s'en affolèrent aussitôt.

Ils se balancèrent au rythme de la musique, en parfaite synchronie, comme s'ils avaient dansé ensemble toute leur vie.

— Vous dansez bien.

— Vous aussi.

Elle laissa échapper un léger soupir. Gracieux, en plus d'être intelligent, séduisant, perspicace et habile. C'était difficile d'afficher un air dégagé, alors que son cœur battait à cent cinquante à l'heure et qu'elle avait le souffle court, mais elle s'y employait.

Elle aurait parié ses chaussures à talons aiguilles préférées que les femmes qui avaient partagé le lit de cet homme s'en souvenaient toute leur vie, et que leurs autres partenaires souffraient ensuite de la comparaison.

Elle se maudit aussitôt intérieurement. Quelle pensée déplacée ! A sa décharge, il était vraiment ardu de garder la tête froide quand on était dans ses bras, blottie contre son athlétique poitrine. A côté de lui, elle se sentait fragile, plus femme que jamais, avec des désirs qui resurgissaient de nulle part.

Seigneur, il commençait à faire chaud sous cette tente.

Quand le slow se termina, il ne la lâcha pas pour autant, visiblement décidé à pousser son avantage.

Elle sentit la nervosité la gagner. La plaisanterie avait assez duré. Elle se dégagea de ses bras.

— Il faut que j'y aille.

— Je ne peux vraiment pas vous faire changer d'avis ?

Elle secoua la tête. Ce n'était pas l'envie qui lui manquait de se laisser convaincre, mais la sagesse voulait qu'elle s'arrête là.

— J'ai bien peur que non.

— Je vais vous ramener.

— Inutile, je n'ai qu'un étage à monter. Que voulez-vous qu'il m'arrive ?

— A Blackwater Lake, vous ne risquez pas de tomber sur un psychopathe tapi dans la cage d'escalier, j'en conviens ; toujours est-il qu'un McKnight raccompagne toujours sa cavalière à sa porte.

— Comme c'est chevaleresque !

Elle eut un imperceptible mouvement de recul. Elle faisait mine de plaisanter, mais en réalité, sa méfiance s'accentuait. Avait-il une idée derrière la tête ? Chat échaudé craint l'eau froide.

— Je vais chercher mon sac.

Joignant le geste à la parole, elle retourna vers la table pour récupérer sa pochette, et en profita pour dire au revoir aux quelques personnes qu'elle connaissait. Comme les mariés semblaient dans leur bulle sur la piste de danse, elle décida de ne pas les déranger. Puisqu'elle habitait au-dessus d'eux, elle aurait amplement l'occasion plus tard de les remercier de l'avoir conviée aux festivités.

A l'extérieur, elle resserra son gilet autour de ses épaules. L'air s'était rafraîchi et la pleine lune se reflétait dans le lac.

— Lequel est le vôtre ? demanda-t-elle en désignant le ponton où étaient amarrés les bateaux.

— C'est celui du bout, là où l'eau est plus profonde.

Elle acquiesça. Forcément. Sans être une spécialiste de la navigation de plaisance, elle savait qu'un yacht de cette taille avait besoin d'un tirant d'eau conséquent.

— Il est magnifique.

Elle s'apprêtait à passer sous le porche, quand Alex la retint par le bras.

— Vous voulez le voir ? demanda-t-il.

La douceur de sa voix alliée à la chaleur de ses doigts ne faisait qu'ajouter à la tentation, car elle avait très envie de dire oui. Jamais, elle n'était montée à bord d'un yacht. Les avions n'avaient aucun mystère pour elle depuis que ses frères, en dignes fils de leur père, en avaient fait leur métier ; en revanche, elle ignorait tout des bateaux.

— J'aimerais beaucoup. Une petite visite rapide, puis j'irai me coucher.

— D'accord.

Elle lui sourit. Elle aimait la manière, à la fois galante et protectrice, dont la main d'Alex se posait dans son dos. Sous le clair de lune, avec plusieurs verres de vin dans le sang, elle avait de plus en plus de mal à se rappeler pourquoi il était urgent de garder ses distances, mais cela lui reviendrait sûrement dans quelques minutes...

Le silence de la nuit n'était rompu que par le bruit de leurs semelles sur les lattes du ponton qui oscillait légèrement sous leur poids — normal, puisqu'il flottait.

Parvenu au bout, il l'aida à sauter sur le pont du yacht.

— Bienvenue à bord de l'*Indépendance*, dit-il avec une fierté manifeste dans la voix.

Il lui offrit une visite guidée du pont, puis de la cabine de pilotage.

— En bas, ce sont les quartiers de nuit. Si vous le permettez, je vais vous précéder dans l'écoutille.

A deux doigts de lui dire que la visite de la « chambre » n'était pas nécessaire, elle se ravisa, poussée par la curiosité. A moins que ce ne fût par le désir de jouer avec le feu. Elle chassa aussitôt cette pensée de son esprit.

Se tournant, elle empoigna la rampe de chaque côté et descendit précautionneusement les marches à cause de ses hauts talons. Elle était presque arrivée en bas, quand sa sandale s'accrocha à l'ourlet en mousseline de sa robe et lui fit perdre l'équilibre.

Des bras musclés la rattrapèrent vivement, et la remirent sur pied. Serrée contre Alex, elle sut exactement à quel instant l'amusement qui se lisait dans son regard céda la place au désir.

Il s'empara de ses lèvres et, le premier choc passé, elle s'abandonna aux sensations que la bouche et le corps d'Alex faisaient naître en elle. Quand il approfondit son baiser, elle entremêla sa langue à la sienne pour lui signifier que le désir était partagé.

La plaquant contre le mur, il continua à l'embrasser puis retira sa veste et desserra sa cravate pour la passer par-dessus sa tête sans prendre la peine de la dénouer. Elle entreprit de tirer sa chemise de sa ceinture, mais avant qu'elle ait pu poursuivre, il fit glisser la fermeture Eclair de sa robe qui tomba à ses pieds.

Elle ne portait pas de soutien-gorge, et Alex embrassa le bout de ses seins avant de taquiner le mamelon de sa langue, ce qui exacerba encore son désir. Le vertige s'empara d'elle, sans qu'elle sût si c'était dû au roulis ou à la magie des caresses d'Alex. C'étaient en tout cas les meilleurs préliminaires qu'elle ait jamais connus.

Quand il se redressa, elle posa les mains sur ses hanches pour l'attirer contre elle.

— Alex, je te veux, murmura-t-elle.

Le regard brun plongea dans le sien.

— Moi aussi…

— Maintenant, s'il te plaît.

— Pas ici. Allons dans la chambre.

— C'est trop loin.

Il lui sourit.

— Pas tant que ça.

En deux pas, il l'entraîna dans une cabine dont toute la surface était occupée par un lit. Il rabattit la couverture, puis l'aida à s'allonger. Elle retira ses sandales et son slip en dentelle, tandis qu'il finissait de se déshabiller. Dans son portefeuille, il prit un sachet argenté puis la rejoignit.

Folle de désir, elle le regarda enfiler le préservatif, et elle retint son souffle quand il s'allongea au-dessus d'elle pour la pénétrer, très doucement. Comme pour la danse, ils furent tout de suite à l'unisson. Quand elle fut au paroxysme du plaisir, il glissa la main entre eux pour la caresser à la croisée des cuisses, et elle lâcha prise en poussant un cri. Puis elle noua les jambes autour de ses hanches afin de l'aider à son tour à parvenir à l'orgasme, ce qu'il ne tarda pas à faire.

Pantelante, flottant sur un nuage, elle resta blottie contre lui jusqu'à ce qu'il se dégage et roule sur le côté. Il disparut pour revenir une minute plus tard, et la reprendre dans ses bras.

— Tu étais… incroyable, murmura-t-elle, la tête sur son épaule.

— Je te retourne le compliment, El.

Sa voix était ensommeillée et il semblait user de la version abrégée de son prénom non par tendresse, mais parce qu'il était trop fatigué pour le prononcer complètement.

Ce qu'elle pouvait comprendre, puisqu'elle aussi sentait le sommeil la gagner. Avant de fermer les yeux, sa dernière pensée fut qu'elle devrait rentrer chez elle.

Alex se réveilla à l'aube en entendant soupirer à côté de lui ; et ce n'était pas un soupir d'aise. Il en eut confirmation en se tournant vers Ellie. A la pâle lumière du jour qui entrait par le hublot au-dessus de leurs têtes, il vit le regret inscrit en lettres capitales sur son visage.

Il se redressa sur un coude.

— Bonjour.

— Bonjour, répondit-elle en tirant le drap sous son cou.

Il la regarda, admiratif. Ses longs cheveux acajou étalés sur l'oreiller, elle était plus attirante que jamais, le drap soulignant toutes les courbes qu'il avait pris tant de plaisir à explorer durant la nuit... mais il sentait que ce n'était pas le moment de le lui dire.

— Un problème ?

— Il va bien falloir qu'on en parle, dit-elle d'un ton résigné. Si tu savais comme je me déteste ce matin...

— On pourrait faire comme s'il ne s'était rien passé.

Le regard pervenche se durcit aussitôt.

— Ce serait commode, n'est-ce pas ? répondit-elle avec un soupçon de mépris dans la voix. Désolée, mais Hastings Hart m'a appris à faire face aux situations difficiles et à toujours dire ce que je pense.

Il cilla. Cela le changerait de Laura.

— Hastings Hart est ton père, je suppose ?

— Exact.

— Ecoute, ce ne sera peut-être pas d'une grande consolation, mais sache que je ne t'ai pas amenée sur mon bateau pour t'attirer dans mon lit.

— Et moi, je n'étais pas venue dans l'intention de passer la nuit ici. Mais c'est arrivé, et c'est une erreur dont j'assume l'entière responsabilité.

— Pourquoi ? Je suis aussi coupable que toi...

— Alors, disons que les torts sont partagés...

Elle se tourna vers lui tout en maintenant le drap sur sa poitrine.

— Le problème, reprit-elle, c'est que nous sommes collègues et que j'ai pour principe de ne jamais mélanger travail et plaisir.

— C'est un peu tard pour y penser.

— Je sais, merci. Le mal est fait.

Il la dévisagea, désemparé. « Le mal ». Il ne lui serait pas venu à l'idée d'appeler ainsi leurs ébats de la nuit.

Jamais il n'avait eu une aussi étrange conversation après avoir fait l'amour.

— Mais cela ne devra plus se reproduire, ajouta-t-elle sèchement.

— Tu sembles bien catégorique.

— J'ai mes raisons. L'un des plus grands cabinets d'architectes de Dallas m'avait engagée à ma sortie de l'université — j'étais première de ma promotion, et promise à une brillante carrière. Enfin, j'allais pouvoir prouver à mon père et à mes frères que j'étais capable de voler de mes propres ailes…

— Que s'est-il passé ?

— J'ai eu une aventure avec l'un des associés du cabinet. Il avait simplement omis de me dire qu'il était marié.

— Aucun de tes collègues ne t'avait mise en garde ?

— Ted ne voulait pas afficher notre liaison au grand jour, ce qui aurait dû me mettre la puce à l'oreille. « Cela doit rester notre secret », me répétait-il en me persuadant que c'était pour me protéger, afin que les employés ne prennent pas ombrage de mon ascension dans l'entreprise en l'attribuant à une « promotion canapé ».

— Comment as-tu su qu'il était marié ?

— Sa femme a découvert les mails que nous échangions…

Ses doigts se crispèrent sur le drap.

— Elle est venue au bureau pour faire une scène, et m'insulter devant tout le monde.

— Cela a dû être pénible pour toi.

Elle soupira.

— L'humiliation était totale, sans compter que je tombais de haut. Toutefois, personne n'a voulu croire que j'étais naïve au point de ne m'être doutée de rien. Mon patron, un homme très conservateur qui ne plaisantait pas avec la morale, m'a annoncé qu'il n'avait pas l'intention de me garder, mais il m'a permis de sauver la face en me laissant présenter ma démission, au lieu de me licencier. Ce qu'il était en droit de faire.

Alex hocha doucement la tête. La mention infamante ne figurait pas dans son C.V. où elle n'avait toutefois pu faire figurer cette expérience, sans parler de l'opprobre et du boycott dont elle avait sans doute été victime à Dallas.

— Qu'as-tu fait, alors ?

— Je suis allée travailler pour Hart Industries, aux côtés de mon frère Lincoln qui dirige la branche Développement de l'entreprise.

— Finalement, tu es retombée sur tes pieds.

— Je ne le vois pas ainsi. Mes proches m'ont toujours considérée comme quelqu'un de fragile, incapable de mener ma propre barque, et je leur ai donné raison en me retrouvant dans l'entreprise familiale. Mais je n'avais pas d'autre solution à ce moment-là. C'est pour la même raison que j'ai décidé d'en partir pour recommencer de zéro ailleurs. Je tiens à leur prouver que je peux faire mon chemin sans leur aide. Pour qu'ils soient enfin fiers de moi.

— Ce Ted était un sale type.

— Je partage ton avis, mais deux ans se sont écoulés, depuis, et j'ai tourné la page. La construction de cette extension à Mercy Medical Clinic constitue une nouvelle chance de relancer ma carrière, et je suis déterminée à ne pas la gâcher en m'égarant de nouveau dans une histoire sentimentale sans avenir.

— Tout à fait d'accord avec toi.

— Ah bon ? dit-elle d'un ton surpris.

Il ne put s'empêcher de sourire. On aurait dit qu'elle s'attendait à une protestation de sa part.

— Je suis un homme d'affaires, dit-il doucement, et la plupart de mes clients habitent cette ville où les nouvelles se propagent vite. Je n'ai pas plus intérêt que toi à entretenir une liaison, car on sait tous les deux comment ce genre de choses se termine : on échange des mots désagréables, on garde de la rancune. Et les gens sont tentés de prendre fait et cause pour l'un ou pour l'autre. Or, ma priorité est McKnight Construction et je ne peux me permettre de me mettre la moitié de la ville à dos. Quand je veux avoir une brève relation avec quelqu'un, je le fais discrètement, ailleurs.

— J'avais donc raison sur ce point. Tu as une vie privée…

— A mes heures. Je m'arrange alors pour que ma partenaire soit sur la même longueur d'onde que moi, et qu'elle n'exige rien d'autre que de passer un bon moment en ma compagnie.

— Alors, nous sommes d'accord. Et je me réjouis de voir que tu ne désires pas plus que moi une relation sérieuse. Maintenant, il faut s'assurer que ce qui s'est passé entre nous cette nuit restera secret. Le problème, c'est que ta voiture est restée sur le parking devant chez Adam et Jill toute la nuit.

— Et alors ? Tout le monde sait que je dors parfois sur mon yacht. Ce qu'il faut par contre à tout prix éviter, c'est que quelqu'un te voie sortir du bateau ce matin.

— Je vais m'assurer que la voie est libre avant de rentrer. Et je ferais mieux de me dépêcher, car si je croise Adam ou Jill dans l'escalier alors que je suis encore vêtue de ma robe de soirée, ils risquent de se poser des questions.

— Alors, vas-y.

Il alla chercher la robe qu'il déposa sur le lit, puis remonta dans la cabine de pilotage pour la laisser se rhabiller tranquillement.

Il venait d'enfiler une chemise et un pantalon, quand il la vit émerger de l'écoutille sur ses hauts talons.

— A demain sur le chantier, dit-elle, la main posée sur la poignée de la porte donnant sur le pont.

— Un instant.

— Qu'y a-t-il ? demanda-t-elle d'un air impatient en se retournant vers lui.

— Tu ne prendrais pas la pilule, par hasard ?

Les yeux d'Ellie s'écarquillèrent.

— Non. Je n'ai aucune raison de la prendre, puisque je n'ai pas de petit ami. Tu as bien utilisé un préservatif, n'est-ce pas ?

— Oui.

Il s'éclaircit la gorge. Un préservatif qui avait dépassé la date de péremption. Etant donné que lui-même ne sortait avec personne pour le moment, il n'avait eu que ce vieux sachet sur lui.

— Il s'est déchiré.

— Merci de me prévenir, répondit-elle sans paraître s'en émouvoir davantage. Je suis sûre que cela n'aura aucune conséquence. On dit qu'on a autant de chances de tomber enceinte au premier rapport avec quelqu'un que de gagner le gros lot à la loterie. Ne t'inquiète donc pas.

Il la regarda un instant, avant d'acquiescer. Facile à dire.

3.

A la fin de sa journée de travail, lundi, Ellie n'en pouvait plus. Les efforts qu'elle avait produits pour se conduire envers Alex comme si de rien n'était l'avaient épuisée. Comment faisait-on pour rayer une nuit d'amour de sa mémoire ? Pour oublier qu'on avait vu son chef de chantier nu dans un lit, et qu'il n'ignorait plus rien des recoins les plus intimes de votre corps ?

Chaque fois qu'elle regardait vers le bureau où il était assis, de l'autre côté de la pièce, elle ne pouvait penser à rien d'autre qu'à leurs ébats.

— Les ouvriers du sous-traitant seront là demain, annonça Alex en la fixant d'un regard intense.

Comme s'il avait lu dans ses pensées.

— Bien.

Ce seul mot lui coûta un effort, tant elle avait la gorge nouée. Elle se redressa. Il fallait absolument qu'elle parvienne à se détendre.

— Tu es sûr qu'ils seront à la hauteur ?

— C'est la meilleure équipe de la région.

— Si tu le dis. N'importe quel plombier est capable de poser des canalisations pour une salle de bains, mais l'installation des drains des salles d'opération et de réveil exige un savoir-faire particulier. En plus des conduites d'eau, il faut prévoir des arrivées pour l'oxygène et le protoxyde d'azote nécessaires à l'anesthésie.

— Il n'y aura aucun souci. Ces types sont des experts.

Elle hocha la tête. Il faisait toujours montre d'une assurance parfaite, au travail comme au lit... Ça y est, elle recommençait à s'égarer. Elle laissa échapper un soupir. Il était temps que la journée se termine.

— Je vais faire une dernière visite du chantier pour vérifier que tout est prêt pour demain, dit-elle un peu sèchement.

— Je l'ai déjà fait. Rentre, tu m'as l'air fatiguée.

Elle haussa un sourcil. Cela signifiait-il qu'il se souciait de sa santé ? Qu'elle comptait un peu pour lui ?

Mais qu'est-ce qui lui prenait de se poser de telles questions ? Elle ne faisait pourtant pas partie de ces femmes, naïves ou au contraire calculatrices, qui espéraient s'attacher un homme parce qu'elles avaient eu une relation sexuelle avec lui. Le sexe et les sentiments n'avaient rien à voir.

— Je suis là depuis 7 heures du matin, non que je m'en plaigne, répondit-elle en fermant son ordinateur et en se levant. Si j'avais voulu des horaires de bureau, j'aurais choisi une autre profession.

— Ce n'était pas une critique.

Il se leva à son tour pour la rejoindre.

— Je voulais te soumettre un problème, mais cela peut attendre demain.

— Non. Vas-y, je t'en prie.

— Il s'agit des joints qui vont servir à relier les éléments architecturaux de l'ancien bâtiment à ceux de l'extension, je me pose des questions sur leur étanchéité.

— Montre-les-moi.

Il ouvrit la porte et descendit les trois marches en fer de l'escalier du préfabriqué. Comme elle les empruntait à son tour, elle sentit son talon déraper. L'instant d'après, elle était par terre, et une douleur aiguë montait dans son mollet gauche.

Alex s'agenouilla aussitôt à côté d'elle.

— Rien de cassé ?

— Je ne sais pas. Je crois que je me suis tordu la cheville.

Comme il dénouait la lanière de la sandale, elle gémit de douleur.

— Je suis désolé.

— Cela fait vraiment très mal. Peux-tu m'aider à me remettre debout ?

La mine inquiète, il glissa le bras autour de sa taille pour la relever. Mais lorsqu'elle voulut s'appuyer sur son pied gauche, elle poussa un autre cri.

— Inutile d'insister, dit-il en la soulevant. Heureusement, le centre médical est à côté, mon frère va te soigner.

— Ce n'est sans doute qu'une entorse.

Les dents serrées pour supporter la douleur, elle noua les bras autour du cou d'Alex, et se laissa emporter vers le cabinet du Dr Ben McKnight. Elle avait entendu dire qu'une déchirure des ligaments mettait plus de temps à guérir qu'une fracture, mais c'était tout de même moins invalidant, non ? Il était hors de question pour elle de s'arrêter de travailler. En plus du retard que son immobilisation forcée causerait sur le chantier de Mercy Medical Clinic, cela l'empêcherait d'atteindre son objectif. Elle souhaitait de toutes ses forces redorer son blason professionnel.

Pitié. Pourvu que ce ne soit pas une fracture.

Allongée sur la table d'examen, la cheville surélevée et la mort dans l'âme, Ellie attendait que l'orthopédiste revienne avec le résultat de la radio. Le Dr McKnight — il lui avait demandé de l'appeler Ben — lui avait laissé entendre qu'il s'agissait certainement d'une fracture, mais il fallait attendre le verdict de la radio pour le confirmer. Après lui avoir administré un antidouleur, Ben était parti en lui disant de se reposer. Elle émit un profond soupir. Comme si c'était possible !

L'effet sédatif de l'analgésique allié à sa fatigue aurait dû la pousser dans les bras de Morphée, pourtant elle restait éveillée et consciente. Le mordant de la douleur s'atténuait, par contre, c'était déjà ça.

On frappa à la porte.

— Entrez, dit-elle en se retournant légèrement sur la table, ce qui déchira le drap en papier sur lequel elle était allongée.

Vêtue d'une blouse blanche, une femme aux cheveux gris avança dans la pièce. Pour l'avoir déjà rencontrée lors des réunions préparatoires, Ellie reconnut Ginny Irwin, l'une des infirmières du centre.

— Comment ça va, mon petit ? demanda-t-elle de sa voix d'adjudant-chef.

— Mieux.

Comme pour lui prouver le contraire, la douleur se réveilla soudain, pulsant de la cheville jusqu'à la cuisse.

— Ce doit être une vilaine entorse, rien d'autre.

La compassion se lut dans les yeux de la sexagénaire.

— Je ne peux vous en dire plus, tant que le diagnostic ne sera pas tombé.

— Savez-vous quand le médecin aura le résultat de la radio ?

— Elle a été tirée, mais il faut à présent qu'un radiologue ou un spécialiste en imagerie médicale la décrypte. Or, nous ne disposons pas de cette perle rare à demeure à Blackwater Lake. Nous pouvons déjà nous estimer heureux d'avoir un excellent orthopédiste en la personne du Dr McKnight.

— Et il ne serait pas capable de lire la radio ?

— Tout ce qu'il peut faire, c'est émettre des suppositions, mais il attend toujours la confirmation du radiologue, car il sait que la lecture des radios par un non-spécialiste entraîne parfois des erreurs d'interprétation, répondit Ginny en lui prenant le pouls. Il a envoyé votre radio par mail au service d'imagerie médicale du General Hospital de Billings, et il attend leur rapport. Cela peut prendre dix minutes, ou des heures si le service est débordé. En cas d'urgence, c'est bien sûr différent, mais désolée de vous le dire, votre cas ne représente pas une urgence.

— Bien entendu, je comprends.

Il allait lui falloir s'armer de patience.

— Puis-je vous apporter quelque chose ? Des cookies, un fruit ?

— Non, merci.

Elle eut un nouveau soupir. Elle ne pourrait rien avaler tant qu'elle ne serait pas fixée sur son sort.

— Je sais ce qu'il vous faut, dit Ginny. Je reviens. Entre-temps, essayez de vous reposer, ajouta-t-elle en sortant.

Elle hocha lentement la tête. Si seulement elle pouvait se détendre un peu ! Les minutes s'écoulèrent, et elle commençait à se sentir abandonnée quand on frappa de nouveau à la porte. Pourvu que ce soit le Dr McKnight avec de bonnes nouvelles.

C'était un McKnight, mais pas celui qu'elle espérait.

Alex entra avec une canette de jus de fruit et un gobelet en plastique.

— Alors, comment va la grande blessée ?

Son ton moqueur l'irrita.

— Je t'avais dit de rentrer chez toi. Merci pour tout ce que tu as fait, ajouta-t-elle afin de ne pas paraître ingrate, mais il est inutile de perdre ton temps ici.

— Tu me permettras de décider de la manière dont il me plaît d'occuper ma soirée.

Il décapsula la canette et en versa le contenu dans le gobelet. Puis il releva la tête du lit en position assise.

— Bois, dit-il en lui tendant le verre

— J'avais dit à l'infirmière que je ne voulais rien.

— Tu as subi un traumatisme, et une boisson sucrée te fera le plus grand bien. Je suis en service commandé : Ginny Irwin m'a chargé de veiller à ce que tu te réhydrates et, étant donné que cette femme a le don de me terrifier, il n'est pas question que je lui désobéisse. Si tu as deux sous de bon sens, tu ferais bien de lui obéir, toi aussi.

Aussi incroyable que cela paraisse, il parvint à lui arracher un rire.

— Toi, tu es terrifié par Ginny ?

— Disons que je n'aimerais pas me la mettre à dos. C'est le genre de personnes qu'il vaut mieux compter parmi ses amis… Alors, bois ton jus de fruit afin de ne pas me causer de problèmes.

— D'accord, mais c'est bien pour toi.

Elle avala quelques gorgées, puis s'allongea de nouveau en repositionnant sa jambe blessée sur les oreillers. La douleur s'était atténuée.

— C'est gentil à toi d'être resté.

— De rien.

Il l'observa un instant.

— Comment te sens-tu ?

— Pas terrible. Je dois avoir l'air affreuse, n'est-ce pas ?

— Eh bien, tu es blanche comme un cachet d'aspirine, et ta cheville a doublé de volume.

— Merci pour ta franchise.

— Ne t'inquiète pas, tout ira bien.

Elle fit une petite grimace. Comment ne pas s'inquiéter ? Une fracture de la cheville ralentirait le chantier et l'obligerait à repousser d'autant ses projets de revanche professionnelle. Or, elle avait déjà perdu suffisamment de temps avec cette funeste liaison.

— Je sais que ton frère va bien me soigner.

Ce qui ne réglait en rien son problème.

— Et je suis là aussi, dit Alex. Si tu as besoin de quoi que ce soit, tu pourras compter sur moi.

Elle se ferma aussitôt. Oh non ! Certainement pas. Elle avait commis l'erreur une fois de faire confiance à un homme, et elle n'était pas près de recommencer. Elle s'en sortirait seule. C'était bien connu : ce qui ne vous tuait pas vous rendait plus fort.

— C'est gentil, mais je n'aurai besoin de rien, répondit-elle en plaquant un sourire sur ses lèvres. Il se fait tard, tu devrais rentrer chez toi.

— Je ne suis pas pressé.

Elle, si. Elle avait hâte qu'il s'en aille en emportant sa sollicitude et sa gentillesse, avant qu'elle ne commence à y croire.

— Franchement, je vais bien maintenant. Inutile de gaspiller davantage ton temps.

— Cela ne me dérange pas de…

La porte s'ouvrit à cet instant, et Ben McKnight entra, un jeu de radios à la main.

— Salut, Alex. Je ne savais pas que tu étais encore là.

— J'étais en train de lui dire de s'en aller.

Le médecin se tourna vers elle.

— J'ai reçu le rapport du radiologue.

Elle le regarda, crispée. Maintenant que l'instant de vérité était arrivé, elle avait peur.

Les deux frères se tenaient côte à côte, et leur ressemblance était frappante. Ils avaient les mêmes joues creuses, le même menton carré et la même silhouette athlétique et élancée, à cela près qu'Alex avait quelques centimètres de plus que Ben. Ses cheveux étaient également un ton plus foncé.

— Alex, dit Ben, j'ai besoin de parler en tête à tête avec Ellie, pour des raisons de confidentialité médicale.

— Oh ! Compris. Je m'en vais.

Sur ces mots, il quitta la pièce.

— Alors, docteur, quel est le verdict ?

Il accrocha les radios au tableau lumineux. Même un œil non exercé aurait pu reconnaître les os du pied et de la cheville, ainsi que l'emboîtement avec le tibia et le péroné.

A l'aide de son stylo, il lui indiqua une irrégularité.

— Je suis désolé, Ellie. Je sais que vous espériez vous en sortir avec une entorse, mais il s'agit, hélas, d'une fracture.

Elle accusa le choc.

— D'accord. Alors, il vous suffit de me mettre un plâtre en résine, du genre léger, ajouta-t-elle, pleine d'espoir, afin que je puisse retourner travailler.

— Je vais en effet poser un plâtre en attendant que le gonflement se résorbe, pour éviter que vous n'aggraviez la blessure en essayant de marcher…

Elle sentit sa gorge se nouer. Son ton ne lui disait rien qui vaille.

— Et ensuite ?

— Il va falloir opérer pour poser une plaque et des broches, afin de tenir les os en place et de faciliter leur consolidation. Le problème, c'est que nous allons devoir vous transférer dans un hôpital, étant donné que le centre n'est pas équipé pour ce genre d'intervention — il le sera une fois l'extension terminée.

Elle se mordit la lèvre. L'hôpital le plus proche se trouvait à Billings, près de ce petit aérodrome où elle avait atterri.

— Combien de temps devrai-je m'absenter ?

— Eh bien, le jour de l'opération plus les deux jours suivants compte tenu des désagréments postopératoires.

— Pourrai-je entre-temps me déplacer à ma guise ?

— Dans la limite de ce que les béquilles vous permettront de faire, et à condition bien entendu de ne pas vous appuyer sur le pied malade, ce qui aggraverait la fracture. C'est une question de bon sens. Gardez le pied surélevé autant que possible afin que le gonflement se résorbe. Plus vite l'opération sera pratiquée, plus vite vous serez rétablie.

— D'accord.

— Avez-vous d'autres questions ?

Elle lui lança un regard reconnaissant. La compassion se lisait dans ses yeux.

— Pas pour le moment, merci, mais j'en aurai sûrement plus tard.

— N'hésitez pas à me les poser.

La mort dans l'âme, elle hocha la tête. Bien qu'elle s'y fût préparée, elle était sous le choc.

Elle s'étonna elle-même du calme qu'elle parvint ensuite à conserver pendant la pose du plâtre. Quand ce fut fait, l'infirmière lui donna les instructions pour l'emploi des béquilles, puis l'aida à s'asseoir sur une chaise roulante qu'elle se mit à pousser vers la salle d'attente.

A sa grande surprise, elle vit qu'Alex s'y trouvait. Il n'était donc pas rentré chez lui.

— La voilà, dit Ginny en arrêtant le fauteuil devant lui. Je vous laisse.

— Merci, Ginny, dit-il, un sourire aux lèvres.

Elle les dévisagea tour à tour. Ils étaient visiblement convenus entre eux d'un arrangement dont elle n'était pas au courant.

— Ce n'est pas possible, tu es encore là ! dit-elle après que l'infirmière se fut éloignée.

— Eh oui ! Comme tu le vois. On ne se débarrasse pas de moi facilement.

4.

Alex regarda Ellie. Assise dans sa chaise roulante avec ses béquilles et son plâtre rose qui lui arrivait au-dessous du genou, elle lui faisait penser à un petit oiseau blessé et en colère. Mais plutôt que de s'attendrir sur le spectacle qu'elle lui offrait, il ferait mieux de trouver un moyen de la calmer et de l'amener à accepter son aide.

— J'ai une bonne raison de vouloir prendre soin de toi.

— Laquelle ? demanda-t-elle d'un ton surpris.

— Tu es mon architecte. Et ton état de santé pourrait affecter l'avancée des travaux ; or, il est hors de question que je rende ce chantier hors délais.

— C'est une option qui m'est tout aussi insupportable qu'à toi, répondit-elle, la bouche crispée. Après de longues études, j'ai eu un faux départ et ce contrat est ma chance de repartir du bon pied, sans vouloir faire de mauvais jeu de mots. S'il y a un dépassement du budget ou des délais, je pourrai dire adieu à ma carrière.

— Alors, nous sommes sur la même longueur d'onde. Au sujet de ta cheville, peux-tu m'en dire davantage puisque mon cher frère a invoqué le secret médical en ma présence ?

— Ainsi que tu l'as sans doute compris d'après le plâtre, il s'agit d'une fracture.

— J'en suis vraiment désolé.

— C'est ainsi, dit-elle en haussant les épaules. Comme dirait encore Hastings Hart, grand joueur de poker devant l'Eternel, il faut accepter les mauvaises cartes en essayant de limiter les dégâts.

— Une fracture, ce n'est pas la fin du monde. D'accord, le marathon de New York ne sera pas pour cette année, mais puisque mon frère t'a donné des béquilles, c'est qu'il t'estime capable de marcher. Tu pourras continuer à superviser le chantier, en te déplaçant un peu moins vite, voilà tout.

— Ce n'est pas si simple.

— Pourquoi ?

— Dès que la cheville aura désenflé, je devrai me faire opérer pour fixer les os à l'aide d'une plaque et de broches. Cela, pour permettre que la consolidation osseuse se fasse correctement. Sinon, en plus de renoncer aux marathons, je risque de boiter toute ma vie, voire, de ne plus pouvoir me servir de mon pied gauche, ce qui rendrait les visites des chantiers très difficiles.

— C'est Ben qui t'opérera ?

— Hélas, non. Il va falloir que j'aille à l'hôpital de Billings. J'en aurai pour deux ou trois jours.

— Je ne te cache pas que cela me contrarie, mais on sera bien obligés de se débrouiller sans toi. Deux ou trois jours, ça reste gérable.

Il la regarda avec tendresse. Ses ongles de pied étaient vernis en rose, comme le plâtre. Et il trouvait ce détail incroyablement érotique, en dépit des circonstances.

— Cette perspective d'hospitalisation ne t'enchante pas, je suppose.

— A ton avis ? répliqua-t-elle d'une voix chagrine.

— As-tu mal ?

— Un peu, car l'effet de l'analgésique est en train de s'estomper. Mais ne t'inquiète pas, je suis coriace.

Il secoua légèrement la tête. Elle n'en avait pas l'air. En ce moment, elle ressemblait plutôt à un oisillon tombé du nid. Ou à un chaton abandonné.

— Ben m'a dit de prendre un comprimé d'ibuprofène

toutes les quatre heures en cas de douleur. Il n'a pas voulu me délivrer d'ordonnance pour un médicament plus fort, ce qui est aussi bien car je déteste les substances qui assomment.

— Je vais te ramener chez toi en voiture.

— Inutile. Je peux conduire étant donné que c'est mon pied gauche qui est hors d'usage.

— Je suis sûr que tu en es capable, mais puisque je suis là, je vais te ramener. De toute façon, c'est sur mon chemin. J'habite tout près du lac, moi aussi. Ton appartement se trouve à l'étage, si je me souviens bien.

— Oui. Tu n'auras pas besoin de me porter, je me débrouillerai pour monter.

Il sentit un léger agacement le gagner. Elle commençait à le fatiguer avec ses velléités d'indépendance.

— Comment ?

— Pardon ?

— Comment feras-tu pour monter ?

— A cloche-pied ou autrement, je trouverai bien un moyen. Ne t'en fais pas pour moi, ajouta-t-elle avec un sourire visiblement forcé, et rentre donc chez toi. Je suis sûre que Ginny se fera un plaisir de me conduire jusqu'à ma voiture.

Posant les pieds caoutchoutés des béquilles au sol, elle en glissa les extrémités rembourrées sous ses aisselles, et se leva. Son énorme sac était accroché à la poignée de la chaise roulante, et il vit qu'elle se demandait comment faire.

— Je m'occupe de la besace, dit-il en se levant.

— Non, il faut que j'apprenne à me débrouiller.

— A partir de demain. Ce soir, je suis là ; et je ne veux plus entendre un mot, ajouta-t-il d'un ton autoritaire comme elle ouvrait la bouche pour protester. Inutile de déranger Ginny, je vais t'aider jusqu'à ta voiture.

— Merci, marmonna-t-elle.

— Mais je t'en prie...

Autrefois, au lycée, il s'était cassé la jambe en jouant au football, et cette expérience lui avait enseigné qu'il fallait du temps et de l'entraînement pour maîtriser l'emploi des béquilles, même si on était sportif et athlétique. Avec son poids plume et ses muscles de moineau, Ellie partait avec un handicap certain.

Après avoir dit au revoir à Ben et à Ginny, il balança le sac en bandoulière sur son épaule et lui tint la porte. A une allure d'escargot, ils regagnèrent le parking du chantier, non sans peine à en juger par les mâchoires serrées d'Ellie.

Ç'aurait été si simple de la porter, mais cette tête de mule l'aurait sûrement refusé comme elle refusait le reste. Et, en plus, ç'aurait été agréable, car, qu'il soit habillé ou nu, le petit corps de sirène d'Ellie le tentait tout autant.

Cette pensée le troubla aussitôt, et le doux parfum féminin que la brise de juin soufflait vers ses narines n'arrangeait pas les choses.

Au bout d'un parcours qui lui parut interminable, ils atteignirent enfin la voiture d'Ellie. Trouver les clés dans ce sac sans fond fut presque aussi difficile que de résister à son envie de la prendre dans ses bras. On aurait dit qu'elle transportait toute sa maison dans cette besace.

Il ouvrit la portière.

— Sûre que tu ne veux pas que je conduise ?

— Sûre.

Elle se pencha pour caler ses béquilles contre le tableau de bord côté passager, puis, maladroitement, parvint à se glisser derrière le volant.

Il la regarda faire, perplexe. A l'arrivée, elle devrait sortir le pied gauche d'abord, ce qui poserait problème. Sans parler de l'escalier à gravir. Il haussa les épaules, agacé. Mais puisque la demoiselle était décidée à « se débrouiller seule », il n'insisterait pas.

— Si tu as besoin d'aide, appelle-moi.

— Merci. Je m'en sortirai très bien, tu verras.

Il verrait. Et plus tôt qu'elle ne le croyait, car il la trouvait bien trop sûre d'elle-même. Soit elle était inconsciente et ne mesurait pas les difficultés, soit elle mentait pour qu'il lui fiche la paix. Dans les deux cas, il n'avait aucune intention de l'abandonner à son sort.

Elle démarra, et il regarda les feux arrière disparaître au bout de la rue. Ils s'étaient mis d'accord sur le fait que coucher ensemble avait été une erreur, ce qui ne l'empêchait pas de la trouver attachante, justement en raison de sa volonté acharnée de ne vouloir dépendre de personne. Quel faux pas avait-elle bien pu commettre pour désormais refuser l'aide de quiconque ? Ou était-ce uniquement des hommes qu'elle se méfiait ?

Peut-être avait-elle été élevée ainsi, à ne devoir compter que sur elle-même ? Dans ce cas, il aurait bien voulu dire un mot aux parents qui l'avaient dépouillée de sa confiance en son prochain. Il émit un soupir. Les jours à venir allaient être un vrai parcours du combattant pour elle, et il était bien décidé à l'aider. Qu'elle le veuille ou non.

Le petit trajet de trois kilomètres du centre-ville au lac parut interminable à Ellie. Bien qu'elle sût conduire depuis ses seize ans, elle avait l'impression de tenir un volant pour la première fois de sa vie. Son pied valide ne semblait plus réagir aussi vite pour appuyer sur le frein ou sur l'accélérateur, comme si sa fracture déstabilisait tout son corps. Par miracle, elle arriva saine et sauve à destination.

C'est alors que les vrais problèmes commencèrent.

Elle se gara dans son emplacement. La voiture d'Adam Stone n'était pas là — normal, puisqu'il était parti en voyage de noces avec Jill.

Les béquilles, tout d'abord, lui donnèrent du fil à retordre en s'accrochant au tableau de bord puis au volant.

Et quand elle fut enfin parvenue à les sortir de la voiture, sa cheville lançait méchamment.

Elle serra les dents. Un peu de courage. Elle était une Hart, elle pouvait y arriver.

Comme elle s'approchait de la première marche, elle se rendit compte que son sac était resté sur le siège passager. Pas question de redescendre une fois qu'elle serait enfin chez elle. Elle retourna donc à la voiture et, appuyée sur une béquille, parvint à attraper le sac par la bandoulière qu'elle accrocha autour de son cou.

Une fois revenue au bas de l'escalier, elle était en nage. Mais le plus dur restait à venir. Son idée était de gravir les marches à cloche-pied, mais elle se rendit compte que ce n'était pas possible. Le fait de sauter sur son pied valide causait une souffrance intolérable à son pied gauche, et elle renonça vite à cette « technique » peu efficace. Dans l'état de faiblesse où elle se trouvait, monter sur son derrière en ne prenant appui que sur un seul pied se révéla également infaisable.

En désespoir de cause, elle s'écroula sur le rocking-chair du rez-de-chaussée, à côté de la porte de Jill, et composa le numéro de Blackwater Lake Lodge sur son portable.

La réceptionniste de l'hôtel décrocha au bout de deux sonneries.

— Blackwater Lake Lodge. M.J. à votre service.

— Bonsoir, M.J. Je m'appelle Ellie Hart…

— Vous êtes l'architecte qui nous avait appelés pour une réservation.

— En effet. Je me demandais si vous aviez une chambre libre pour ce soir, j'ai eu un petit accident.

— Rien de grave, j'espère ?

— Eh bien, j'ai une jambe dans le plâtre, et je me retrouve dans l'incapacité de regagner mon appartement situé à l'étage. Il me faudrait une chambre au rez-de-chaussée.

— Je suis désolée, Ellie, nous sommes complets.

Puis-je faire quelque chose pour vous, appeler peut-être un autre hôtel qui pourrait vous accueillir pour la nuit ?

— C'est très gentil à vous, mais je ne veux pas vous déranger davantage, vous êtes en plein travail. Je trouverai une solution.

— Sûre ?

— Oui. Tiens, je vais appeler Brenda Miller, le charpentier de mon équipe. Nous avons sympathisé, elle et moi.

— Je ne la connais pas, mais bonne chance. Et si elle ne peut pas vous aider, rappelez-moi. Surtout, n'hésitez pas.

— D'accord. Merci, M.J.

Elle referma le portable et appuya sa nuque contre le dossier du rocking-chair, vaincue. Pour appeler Brenda, encore aurait-il fallu qu'elle ait son numéro. Les larmes lui montèrent aux yeux, et elle les laissa couler. Sa fatigue était telle qu'elle ferma les yeux.

— Ellie, réveille-toi, dit une voix masculine.

Elle sursauta et trouva Alex agenouillé à côté d'elle. Combien de temps s'était-elle assoupie ?

— Où suis-je ?

— Sous le porche de Jill, en bas de chez toi.

L'horrible réalité la rattrapa aussitôt.

— Je n'arrive pas à monter l'escalier. Et ne me dis surtout pas que tu me l'avais dit !

Elle se tut. A son grand dam, sa voix tremblait.

— Cela ne me viendrait pas à l'idée.

Elle laissa échapper un soupir de frustration. Le monstre semblait s'amuser de sa détresse.

— J'ai appelé l'hôtel. Malheureusement, ils sont complets. Mais il m'est venu une autre idée.

— Passer la nuit à la belle étoile ?

— Non. Je serai entre quatre murs, bien au chaud.

— Avec l'eau courante et l'électricité ?

— Tout le confort.

— Peux-tu me donner un indice ? De toute façon, je trouverai bien, ajouta-t-il devant son silence. Il me suffira de te suivre, comme je l'ai fait tout à l'heure.

Elle croisa son regard, désemparée. Elle se sentait tiraillée entre des sentiments contradictoires. D'un côté, elle était contente de savoir qu'il avait pris la peine de vérifier qu'elle était arrivée à bon port, sans accident, de l'autre, elle détestait se montrer aussi vulnérable. Mais puisqu'il semblait décidé à ne pas la lâcher, autant tout lui dire.

— Je vais dormir dans le préfabriqué du chantier.

Il secoua la tête.

— Mauvaise idée.

— C'est la seule solution. Au fait, pourquoi m'as-tu suivie ?

— Pour voler à ton secours.

— Inutile, je ne suis pas en danger.

Il lâcha un rire sarcastique.

— Résumons la situation : ta cheville est cassée, ta jambe est dans le plâtre et le médecin t'a recommandé de ne pas prendre appui dessus, tu ne peux pas monter l'escalier qui conduit à ton appartement, l'hôtel affiche complet, et tu comptes te rabattre sur le préfabriqué auquel on accède par trois marches, ce qui risque de poser le même problème qu'ici. De plus, au cas où tu l'aurais oublié, je te rappelle que le préfabriqué ne comporte ni lit ni douche ni lavabo, juste un évier.

— Je m'en arrangerai.

— Est-ce que tous les Texans sont aussi têtus que toi ?

— Têtus et prêts à se battre jusqu'au bout pour leurs idées.

— La tienne en l'occurrence n'est pas viable, sois réaliste.

Elle le défia du regard. La mine excédée, il secoua la tête puis sembla prendre une décision qui ne l'enchantait visiblement pas.

— Tu vas venir chez moi.

En entendant ces mots, Ellie retint un sursaut. Ils avaient couché ensemble et reconnu d'un commun accord que c'était une erreur. Et maintenant, il lui suggérait de venir habiter chez lui.

— Désolée, je refuse.

La seule manière de redresser la situation et de revenir à une relation strictement professionnelle avec Alex était de conserver ses distances.

— Tu n'as pas le choix, Ellie.

Il fourragea dans ses cheveux d'un air furieux. Manifestement, la solution ne lui plaisait pas davantage qu'à elle...

— N'oublie pas que la bonne marche du chantier dépend de ton état de santé, et il est hors de question que je te laisse camper dans un baraquement de fortune, sans confort, avec le risque de rôdeurs, la nuit — même une ville tranquille comme Blackwater Lake n'est pas exempte de délinquance.

Elle en eut un petit frisson. S'il voulait l'inquiéter, il y réussissait.

— Toi et moi, poursuivit-il, nous aurions gros à perdre si le chantier prenait du retard. Un dépassement n'est simplement pas envisageable.

— Cela me porterait en effet un lourd préjudice étant donné que j'essaie de relancer ma carrière. Mais toi, qu'aurais-tu à perdre ?

— J'ai coincé cette extension du centre médical dans un créneau très étroit, afin de rendre service au maire et aux conseillers municipaux. Je dois ensuite enchaîner sur un gros chantier commandé par un industriel dont le nom pèse lourd dans la région. Il y a beaucoup d'argent à gagner, sans compter que cet homme peut faire et défaire des réputations. Autrement dit, j'ai intérêt à respecter les dates du contrat et à ne pas lui fournir de raisons d'être mécontent de mon entreprise. Une mauvaise publicité de sa part, et on est morts dans le métier.

— Je vois.

— Chez moi, tu seras au chaud et tu pourras attendre ton opération en toute sécurité, sans risquer d'aggraver ta blessure. Il n'y a aucune arrière-pensée derrière cette invitation. Mon seul objectif est que nous puissions tenir les délais, et mener ce chantier à bien.

Elle hocha la tête. Cela aurait dû la rassurer. Alors, pourquoi se sentait-elle déçue d'apprendre que les motivations d'Alex étaient purement professionnelles ? Et aussi inquiète, car cette déception montrait bien qu'elle avait des sentiments pour lui.

Mais comme il l'avait souligné, elle n'avait guère le choix.

— D'accord, Alex, j'accepte. C'est très gentil de ta part.

— Je ne le fais pas par gentillesse.

Elle cilla. Son ton brutal, presque féroce, indiquait qu'il n'agissait pas par esprit chevaleresque, et qu'elle ne devait pas croire un seul instant qu'il voulait l'aider pour ses beaux yeux.

Malgré tout, son instinct lui soufflait qu'il n'était pas si insensible que cela, et que cette démonstration d'indifférence n'était qu'une pose, une feinte. Une forme de défense. Comme pour tenir ses éventuels sentiments à distance.

Quoi qu'il en soit, il ne l'intimidait pas. Elle ne voulait pas plus que lui d'une relation sentimentale. Elle prit une longue inspiration.

— Cela m'ennuie de te le demander, mais je vais avoir besoin que tu ailles récupérer quelques-unes de mes affaires à l'étage. Je le ferais moi-même si je le pouvais. Désolée.

— De quoi as-tu besoin ?

— De ma trousse de toilette, de vêtements, de sous-vêtements…

Comme elle énumérait la liste qui devenait de plus en plus longue, il lui sembla qu'il pâlissait à vue d'œil. Le fait qu'elle lui avait conseillé de prendre une valise pour y mettre toutes ses affaires y était peut-être aussi pour quelque chose. Elle le dévisagea, mal à l'aise.

Craignait-il un emménagement en bonne et due forme ?

5.

En entrant dans l'appartement, Alex comprit son erreur. Le parfum d'Ellie flottait partout et, cela lui donna aussitôt envie de la toucher. Il y avait fort à parier que le parfum imprégnerait pareillement chaque recoin de sa maison, sans lui laisser aucune échappatoire.

Malheureusement, il avait tellement insisté pour qu'elle vienne s'installer chez lui qu'il ne pouvait plus faire marche arrière. Il était coincé.

Il émit un soupir. Il ne lui restait plus qu'à jouer à l'hôte accueillant et à gérer plus tard les conséquences de son invitation intempestive. De fort mauvaise humeur soudain, il sortit son portable de sa poche pour composer le numéro d'Ellie.

— Où est ta valise ? demanda-t-il sans s'embarrasser de politesses dès qu'elle répondit.

— Dans le placard de la chambre.

Dans le couloir, il passa devant la salle de bains où le parfum s'accentuait, en s'efforçant d'ignorer l'effet que cela exerçait sur ses sens.

— Ça y est, je l'ai trouvée, dit-il, le portable toujours collé à l'oreille, en s'emparant de la valise.

Contrairement aux placards des femmes auxquelles il rendait occasionnellement visite lors de ses week-ends en dehors de la ville, celui d'Ellie était à moitié vide, ce qui attestait le statut temporaire de son séjour en ces lieux. Suspendues à la tringle, deux vestes côtoyaient quelques pantalons, chemisiers et autres jupes à imprimés fleuris, sans oublier les paires de chaussures à talons vertigineux qui s'alignaient en bas de la penderie.

— Avec le plâtre, tu seras sans doute plus à l'aise en jupe. Le genre évasé.

— Oui, répondit-elle. Prends aussi mes tennis blanches, s'il te plaît. Il faudra faire avec. Et tant pis pour l'élégance.

— Le pied droit suffira, non ?

Un soupir se fit entendre au bout de la ligne.

— Très drôle. Fais-moi plaisir, prends les deux.

— D'accord.

— Maintenant, ouvre le second tiroir de la commode et prends le short qui s'y trouve, ainsi que tous les pantalons de jogging — trois, sauf erreur. S'il faut les couper, ce ne sera pas une grande perte.

Il déposa les articles demandés dans la valise.

— Ensuite ?

— Les slips et les soutiens-gorge sont dans le tiroir du haut.

Il secoua légèrement la tête. Il n'était pas dupe de son ton désinvolte. En réalité, elle était aussi gênée que lui.

En ouvrant le tiroir, il se sentit tout chose à la vue de ces petites choses, slips et soutiens-gorge assortis, en dentelle rose, jaune, verte, rouge et noire, toutes plus sexy les unes que les autres.

— Tu les veux tous ? demanda-t-il d'une voix étranglée.

— S'il te plaît.

Sa main trembla en soulevant les sous-vêtements. Toucher la lingerie d'une femme n'était pas un acte anodin, cela excitait tout homme normalement constitué, donc lui.

— Ensuite ? lança-t-il d'un ton abrupt.

— Le tiroir du bas.

Non sans appréhension, il l'ouvrit. Celui-ci contenait des nuisettes en satin, tellement courtes qu'il se demanda ce qu'elles recouvraient. Sans réfléchir, il prit le tout, et le fourra dans la valise.

— N'oublie pas non plus le peignoir dans la salle de bains, lui rappela-t-elle. Ni les produits de toilette.

— De quoi parles-tu ?

— Du shampooing, du baume après-shampooing, du masque, du démêleur, du volumisateur, de l'huile nourrissante, de la laque, des produits de maquillage bien sûr, de l'appareil que j'utilise pour me nettoyer le visage, et de son chargeur, de la lotion pour le corps…

— Tu plaisantes, j'espère ?

— Comment crois-tu que les femmes restent belles ? C'est du travail.

Il leva les yeux au ciel. Elle n'avait pas eu besoin de maquillage pour lui paraître belle, au lendemain de leur nuit d'amour, avec ses cheveux emmêlés et sa bouche pulpeuse, d'où toute trace de rouge à lèvres avait été effacée par les baisers. Mais il se ferait tuer plutôt que de le lui dire.

— Ecoute, je vais déjà descendre les vêtements et les charger dans le coffre. Puis je remonterai prendre le reste.

Un silence se fit au bout de la ligne.

— Je suis désolée de te déranger ainsi, Alex. Si tu veux revenir sur ton offre, je le comprendrai.

Il cilla. Il était tenté de le faire, mais pas pour la raison qu'elle croyait.

— Je n'ai qu'une parole, répondit-il. J'arrive.

Après avoir refermé la fermeture Eclair de la valise, il descendit l'escalier. Toujours assise dans le rocking-chair avec sa jambe surélevée, Ellie avait appuyé sa tête au dossier. Sous ses yeux fermés, se distinguaient des cernes, encore plus visibles en raison de sa pâleur inhabituelle. A l'évidence, elle souffrait et faisait de son mieux pour le cacher. Il s'en voulut aussitôt d'avoir fantasmé sur ses sous-vêtements. Un obsédé sexuel n'aurait pas fait pire.

— Merci, dit-elle en ouvrant les yeux. Et pardon de te déranger avec tout mon attirail féminin.

— Ne t'excuse pas, je t'en prie.

La voir si vulnérable l'émouvait, malgré lui, et il se sentait coupable d'avoir, ne serait-ce qu'un seul instant, songé à faire marche arrière.

— T'ai-je dit que ma maison était de plain-pied ? Et que j'ai une gouvernante ?

— J'espère qu'elle ne verra pas trop d'inconvénients à ma présence. Cela va lui faire du travail supplémentaire.

— Ne t'inquiète pas pour Martha ; elle aboie, mais ne mord pas.

— C'est censé me rassurer ?

— Une fière Texane comme toi ne va pas se laisser intimider par une citoyenne du Montana, tout de même.

Il lui fallut encore deux allers-retours avec la valise pour tout prendre. Quand il referma la porte de l'appartement, il était quasi vide.

En le voyant redescendre, Ellie esquissa un geste vers ses béquilles dans l'intention manifeste de se lever.

— Ne bouge pas.

Ignorant ses protestations, il la souleva dans ses bras et la porta jusqu'au 4x4 où il la déposa sur le siège en cuir. Son contact et son parfum l'avaient de nouveau mis dans tous ses états, mais il s'efforça de n'en rien laisser paraître.

— En route, dit-il en se glissant derrière le volant.

Il mit aussitôt le contact, et démarra. Plus vite il serait rentré, plus vite il pourrait reprendre ses distances.

— J'ai hâte de prendre une douche et de me laver les cheveux, dit-elle, la nuque appuyée contre le dossier.

Il tenta de chasser les images que cela évoquait immédiatement en lui. Essayait-elle de le torturer ?

— Tu n'es pas censée mouiller le plâtre. Pour le lavage de cheveux, cela pourra peut-être attendre un peu, non ?

— Je ferai attention, je m'envelopperai le pied dans un sac plastique.

— Si tu pouvais t'abstenir de douche ce soir, ce serait aussi bien. Je n'ai pas envie d'appeler mon frère en pleine nuit parce que ton plâtre a rendu l'âme alors que tu étais sous ma responsabilité.

— Aurais-tu peur de Ben ?

— Bien sûr que non.

Il craignait simplement qu'elle n'aggrave sa blessure.

— Ecoute, laisse-moi une journée pour installer une douche à poignée dans la salle de bains de la chambre d'ami. Cela te permettra de diriger le jet où tu voudras, et d'en contrôler le débit.

— Cela me gêne que tu sois obligé d'apporter des changements dans ta maison à cause de moi.

— Ce n'est pas pour toi, je voulais le faire depuis longtemps.

Il se mordilla la lèvre. Un pieux mensonge.

— Dans ce cas, il est vrai que ce sera plus pratique, avec le plâtre.

Le reste du trajet se déroula en silence, ce qui n'atténua pas pour autant la tension qui nouait les muscles de son cou et de ses épaules. Enfin, le 4x4 s'engagea dans la longue allée menant à sa maison.

— Nous y sommes presque.

Il se gara devant le majestueux porche et la porte au double battant incrusté de panneaux de verre ciselé, d'où filtrait la lumière du vestibule.

Après avoir dit à Ellie de l'attendre, il alla ouvrir et revint.

— Voilà ce que nous allons faire. Je vais te porter dans le salon, et tu vas me promettre de ne pas bouger jusqu'à ce que j'aie déchargé toutes tes affaires.

— Promis, à condition que tu me laisses ensuite tout déballer. Je n'ai pas le bras cassé, que je sache.

— D'accord.

— A la réflexion, tu pourrais me déposer dans la salle de bains avec mes produits de beauté, afin que je commence déjà à tout ranger.

— Ce n'est pas bête.

En la portant toujours — elle ne pesait guère plus qu'un fétu de paille —, il lui offrit d'abord une visite guidée de la maison, puis il la laissa comme convenu dans la salle de bains avec les deux gros sacs où il avait enfourné tous les flacons de cosmétiques.

Il alla chercher la valise et les autres sacs, et les porta dans la chambre d'ami. Puis, le peignoir d'Ellie sur le bras, il s'approcha du seuil de la salle de bains où le parfum commençait déjà à se faire sentir.

— Je vais juste accrocher cela derrière la porte. Les serviettes de bains sont dans le placard sous le lavabo ; je vais sortir un savon neuf.

— Merci. Sans toi, je ne sais pas ce que j'aurais fait.

— Tu aurais dormi dans le fauteuil du préfabriqué et tu te serais réveillée avec de sacrées courbatures ! Sérieusement, je suis content de pouvoir te rendre service, dit-il en enfonçant ses mains dans ses poches. Si tu le désires, je peux rester pour t'aider à faire ta toilette : je ne regarderai pas, je te le promets.

— Sors d'ici tout de suite !

Il s'efforça de sourire. Son rire montrait qu'elle avait compris la plaisanterie. Le problème, c'est qu'il n'avait plaisanté qu'à moitié.

— Je ne serai pas loin. Appelle, en cas de problème.

Il referma la porte, et commença à faire les cent pas dans le couloir. Rester en équilibre sur une jambe ne devait pas être chose aisée. Pourvu qu'elle ne glisse pas sur le carrelage ou ne fasse pas d'acrobatie pour entrer dans la baignoire, malgré ses mises en garde.

Pour s'occuper l'esprit, il ouvrit la valise d'Ellie et entreprit de ranger ses affaires. Le silence commençait à devenir inquiétant, quand il fut rassuré par le bruit de l'eau. Puis elle ferma le robinet et quelque chose tomba au sol. Comme il se rapprochait de la porte, un bruit plus fort se fit entendre.

En une seconde, il avait abaissé la poignée et entrait

en s'attendant au pire. Le soulagement l'envahit à la vue d'Ellie, debout sur un pied à l'extérieur de la cabine de douche, une main posée sur le mur pour conserver l'équilibre. C'était la bonne nouvelle. La mauvaise était qu'elle n'avait qu'une serviette de bain autour d'elle.

Jambes bronzées, bras graciles et poitrine aguichante s'exposaient à la vue, laissant deviner le reste qu'il pourrait découvrir facilement d'un seul geste du poignet.

C'était une erreur de l'avoir amenée ici, mais là, tout de suite, il était bien incapable de se rappeler pourquoi.

— Est-ce que tout va bien ?

Non, tout n'allait pas bien.

Ellie n'avait rien sur le dos hormis cette serviette-éponge. Bien sûr, Alex l'avait déjà vue avec moins que ça, mais ils avaient décidé d'un commun accord que c'était une situation qui ne devait plus se reproduire. Pourtant, il était en train de la regarder comme s'il voulait l'embrasser. Ou la tuer. Elle l'entendait respirer comme s'il venait de courir un cent mètres, ce qui indiquait qu'il était sous le coup d'une puissante émotion. Une émotion malheureusement partagée.

— J'ai fait tomber la bouteille de shampooing, dit-elle sans vraiment répondre à sa question. Je voulais me laver les cheveux, mais le lavabo est trop petit et j'ai des difficultés à tenir en équilibre sur un pied tout en me penchant au-dessus du rebord de la baignoire.

— Tu ne t'es pas fait mal ? Tu n'es pas tombée ?

— Non.

— Tu m'as fait une peur bleue, Ellie.

— Je suis désolée. C'est tellement frustrant de ne plus pouvoir se déplacer normalement. Sans compter que ma jambe recommence à lancer.

— Il va te falloir un peu de temps pour t'y habituer.

— Ne prends pas ce ton condescendant avec moi.

Je n'ai pas pu attendre que tu installes une poignée de douche mobile car j'avais vraiment envie de me laver la tête, mais j'ai été punie en faisant tomber la bouteille de shampoing. Je garderai mes cheveux sales jusqu'à demain. Enfin, j'ai tout de même pu faire ma toilette, ce qui est déjà ça, je suppose.

Elle avait les joues en feu. Pour cacher son embarras, elle parlait pour ne rien dire.

— Habille-toi.

— Tu me donnes des ordres à présent ?

Elle se moqua d'elle intérieurement. Elle essayait de paraître offensée, mais il était difficile de se draper dans sa dignité quand on était vêtue en tout et pour tout d'une serviette de bain, et debout sur un pied.

— Je suis chez moi, et j'ai le droit de dire ce que je veux. Et il me sera plus facile de me concentrer pour trouver une solution à ton problème si tu te couvres un peu.

— Oh.

Elle détourna le regard. La voir quasi nue l'excitait, ce qui la flatta, malgré sa résolution de désormais garder ses distances avec lui. Cela faisait plaisir de se savoir désirable, et désirée. Par cet homme en particulier.

— Quand tu seras prête, rejoins-moi dans la cuisine.

Sur ce, il ramassa la bouteille de shampooing et l'emporta en refermant la porte derrière lui.

Tant bien que mal, elle enfila alors le peignoir. Elle tremblait, à cause de la tension musculaire induite par sa position à cloche-pied, mais également à cause de l'attirance évidente d'Alex à son égard, qui ne lui aurait pas posé problème si… elle ne l'avait pas partagée.

Elle secoua la tête, agacée. Cela suffisait maintenant. Elle devait penser à son objectif avant tout.

Après avoir noué la ceinture, elle reprit ses béquilles et passa dans la chambre qu'elle prit enfin le temps d'explorer à loisir. C'était une belle pièce spacieuse avec un lit « queen size » en chêne massif et son armoire assortie. S'asseyant devant la coiffeuse, elle se brossa les cheveux. Tant pis pour le shampooing, elle n'en ferait pas une maladie.

Malgré la promesse qu'il lui avait faite, Alex avait défait sa valise et rangé ses vêtements. Elle enfila des sous-vêtements propres, un T-shirt et un pantalon de jogging dont la jambe évasée passait par-dessus le plâtre. Puis elle prit la direction de la cuisine.

Alex se tenait dos à l'évier, les bras croisés, la mine ombrageuse.

— Soldat Hart au rapport, capitaine ! dit-elle pour détendre l'atmosphère.

Les béquilles l'empêchaient, hélas, de se mettre au garde-à-vous.

— Tu voulais te laver les cheveux.

— Je me ferai une raison.

C'est alors qu'elle remarqua le flacon de shampooing posé sur le côté de l'évier avec une serviette bleu marine.

— Tu n'as qu'à te pencher au-dessus de l'évier et je t'aiderai à te les laver.

Il lui montra le robinet dont le long tuyau flexible se terminait par une douchette.

— Ne te sens pas obligé. Et rassure-toi, je n'irai pas sur Facebook ou Twitter pour dénigrer tes qualités d'hôte, parce que je n'ai pas pu faire mon shampooing quotidien.

— Il faudrait savoir ce que tu veux, répondit-il d'un ton où pointait l'irritation. C'est oui ou c'est non ?

— C'est oui.

Et elle s'approcha de l'évier avant qu'il ne change d'avis.

— A la bonne heure ! Alors, voilà comment nous allons procéder : on va remiser les béquilles et tu vas t'appuyer à l'évier en penchant la tête au-dessus, et en veillant à ne pas peser sur le pied gauche. Je m'occupe du reste.

— Compris.

Obéissant aux instructions, elle ferma les yeux. Il fit basculer ses cheveux vers l'avant et les mouilla d'eau tiède avant d'y appliquer le shampooing qui lui fit par contraste l'effet d'un glaçon, jusqu'à ce qu'il se mette à lui masser le crâne pour créer une mousse chaude et parfumée.

— Mmm, c'est divin.

Elle se laissa aller à ses sensations. D'une étrange manière, c'était encore plus érotique et intime que de se retrouver quasi nue devant lui. Le corps d'Alex touchait forcément de temps en temps le sien, et elle sentait sa chaleur et sa force. D'une main experte, il lui frictionna doucement le crâne, depuis les tempes jusqu'à la nuque et derrière les oreilles, en prenant sans doute un peu plus de temps que nécessaire, ce qui ne la dérangeait pas. Loin de là.

Enfin, il rinça longuement sa chevelure, sans doute pour s'assurer que le savon était bien parti. Il n'y avait pas de baume démêlant, mais il valait mieux ne pas pousser son avantage en lui demandant d'aller en chercher.

— La serviette est sur ta droite, dit-il après avoir fermé le robinet. Si tu veux, je vais te tenir afin que tu ne perdes pas l'équilibre en te séchant.

— D'accord.

Douces et fermes, ses mains se posèrent sur sa taille pendant qu'elle enroulait en turban la serviette autour de sa tête.

— Merci, Alex, dit-elle en se retournant pour lui faire face.

Comme ce remerciement ne lui paraissait pas suffisant, elle se pencha dans l'intention de l'embrasser sur la joue. Elle le sentit alors se raidir, et suspendit son geste.

— Tu as fait bien plus que ton devoir d'hôte. Tu as beau prétendre le contraire, tu es un homme très gentil.

Il recula comme si elle l'avait giflé.

— Arrête ça tout de suite.

— Quoi ? Je n'ai pas le droit de t'exprimer ma reconnaissance ?

— Je ne vois pas ce qu'il y a de si héroïque à te shampouiner le crâne, lança-t-il sèchement. Et cesse de me dire que je suis gentil. Je suis un être profondément égoïste.

— Tu te sous-estimes.

— Je suis tout de même bien placé pour savoir ce que je vaux !

Elle le regarda, désemparée. Sa voix tremblait à présent de colère. Essayait-il ainsi de se distancier d'elle afin que l'épisode du bateau ne se répète pas ?

Elle avait tout autant intérêt que lui à garder ses distances, ce qui n'effaçait pas l'attirance insensée qu'elle éprouvait à son égard. La cohabitation s'annonçait difficile. Elle prit une inspiration.

— Je vais trouver un autre endroit pour dormir.

— Ellie, je croyais qu'on avait fait le tour de la question, répondit-il d'un ton excédé. De toute façon, où veux-tu trouver un logement à cette heure ?

— Je vais rappeler M.J., la réceptionniste du Blackwater Lake Lodge. L'hôtel était complet, mais elle aura peut-être une solution de rechange à me proposer.

Il secoua la tête.

— Ce n'est pas une bonne idée.

— Pourquoi ?

— Parce que toute la ville saura que je t'ai jetée à la rue avec une cheville cassée, et que cela va considérablement ternir ma réputation, au moins autant que de…

Il laissa la phrase en suspens, mais elle n'eut aucun mal à imaginer la suite : « Au moins autant que de coucher avec une collègue et de m'empêtrer dans une histoire qui va causer des conflits, et risquer de me faire perdre des contrats. »

— Je pourrais te laisser la maison et emménager chez mon frère, reprit-il. Ce qui n'empêchera pas les langues de jaser. Et puis, il ne faut pas oublier que tu auras besoin de quelqu'un pour t'aider après l'opération.

— Tu crois que me céder la place créerait plus de problèmes que ça n'en résoudrait ?

— Tout à fait. Tu vois, nous sommes condamnés à vivre quelque temps sous le même toit.

Elle hocha lentement la tête. Etant donné qu'il connaissait les habitants de cette ville depuis plus longtemps qu'elle, il avait sans doute raison. Elle n'avait d'autre choix que de s'incliner, et de faire contre mauvaise fortune bon cœur.

— On va y arriver, j'en suis sûre, dit-elle doucement. Il suffira de nous rappeler que c'est dans l'intérêt du chantier. Afin d'éviter tout nouveau faux pas, nous nous comporterons comme deux colocataires, courtois et respectueux l'un envers l'autre, sans plus. Moi, de mon côté, je te promets de garder mes distances. La maison est grande, ça m'y aidera.

Elle laissa échapper un soupir. Tout à l'heure, il la lui avait fait visiter dans les moindres recoins en la portant dans ses bras — un geste qui ne devait plus se reproduire, s'ils voulaient s'en tenir à leurs bonnes résolutions.

Quelque part, sa vertueuse déclaration d'intentions lui semblait difficilement applicable. Si elle était honnête, elle sentait qu'elle n'aurait pas assez de tout l'Etat du Montana pour garder ses distances avec Alex McKnight.

6.

— Je t'assure que je vais bien, Lincoln. Le Dr McKnight a dit que l'opération s'était très bien passée, et qu'on me retirera le plâtre dans quatre semaines. Ma cheville sera ensuite comme neuve.

Ellie s'installa plus confortement contre les cousins du canapé, et ajusta le portable à son oreille.

— Je suis bien content pour toi, sœurette. Tu seras plus forte et plus performante qu'avant, un peu comme la femme bionique.

— Ne rêve pas. On n'est pas dans un jeu vidéo, mais dans la vraie vie.

— Ta voix se charge de me le rappeler ; elle ne respire pas la bonne humeur.

— Tu m'étonnes ! Je viens de sortir de l'hôpital ce matin après deux jours en soins postopératoires ! Et les cent cinquante kilomètres du trajet de retour n'étaient pas de tout repos.

— Mais quelle idée aussi d'aller t'enterrer dans ce trou perdu du Montana ! Comment s'appelle la ville, déjà ? Black Hole ?

— Blackwater Lake. C'est une ravissante ville, avec des gens très chaleureux…

Elle faillit ajouter : « Et je te défends de t'en moquer. »

— De toute façon, tu sais bien pourquoi je suis là, reprit-elle.

— Pour l'extension du centre médical.

— Exactement. Et maintenant, je sais de première main pourquoi la construction de ce bâtiment constitue une priorité absolue. Une fois qu'il abritera le nouvel hôpital de jour, les habitants n'auront plus à faire cent cinquante kilomètres pour aller se faire soigner à Billings.

— Je comprends. Dis donc, j'espère que ce n'est pas toi qui tenais le volant ?

— Bien sûr que non.

— Pourtant cela ne m'aurait pas étonnée de toi, mademoiselle trompe-la-mort. N'oublie pas que je te connais mieux que quiconque.

Elle sourit. Elle se sentait plus proche de Lincoln qui avait six ans de plus qu'elle que de Cal et de Sam, ses frères plus âgés.

Lincoln était son roc. Elle avait pleuré sur son épaule après la double humiliation d'apprendre qu'elle était « la maîtresse », et qu'elle était licenciée à cause de cette liaison imprudemment entretenue avec un menteur et un lâche. Après lui avoir témoigné de la compassion pendant environ une semaine, Linc lui avait suggéré de passer à autre chose. Normal pour quelqu'un qui se remettait de ses ruptures en vingt-quatre heures, bien qu'Ellie le soupçonnât de n'avoir jamais vraiment aimé aucune des femmes avec lesquelles il sortait, ce qui expliquait qu'il les jette les unes après les autres comme des Kleenex.

— Est-ce que tu m'écoutes ?

« Bien sûr », faillit-elle répondre machinalement avant de se rappeler qu'elle ne pouvait berner son frère.

— Excuse-moi, j'étais ailleurs.

— Tu souffres ?

— Pas trop.

Elle s'étonnait même de ne pas avoir davantage mal.

— Cela tire un peu, mais rien de comparable à ce que c'était avant.

— Tu es allongée dans ton lit ?

— Non, sur le canapé du salon.

Elle se garda bien de lui dire le salon de qui. Alex l'avait ramenée dans son 4x4 et installée sur le canapé avec une tasse de thé, des livres, la télécommande, et tout ce qu'il fallait à sa portée. Pour l'heure, elle préférait ne pas informer Linc de son changement d'adresse. Il y avait des choses qu'il valait mieux qu'un frère protecteur ignore… De plus, si elle lui parlait d'Alex en le présentant comme son collègue et hôte, il devinerait aussitôt qu'il y avait anguille sous roche.

— Tu es avec quelqu'un ?

— Oui. Une collègue.

Elle se mordilla la lèvre. Un mensonge pour la bonne cause.

— Eh bien, dis-lui de prendre bien soin de toi, sinon, elle aura affaire à moi.

— D'accord, dit-elle en se forçant à rire.

— Tu es sûre que tu ne veux pas que je vienne à Black Hole ?

Cette fois, elle ne prit pas la peine de rectifier le nom de la ville.

— Surtout pas.

Pas question d'être un boulet pour son frère.

— Comme tu voudras. Il faut que j'y aille, El. Une réunion d'affaires avec de grosses huiles. Il pourrait y avoir un contrat à la clé pour mon architecte préférée.

A cet instant, Alex entra dans la pièce avec une tasse de thé, et elle sentit les battements de son cœur s'accélérer, comme chaque fois qu'elle le voyait.

— Tu es là, El ? dit Lincoln, sans doute intrigué par son silence.

— Oui, mais il faut que je te laisse. Un médicament à prendre…

Elle se sentit rosir sous l'effet de son mensonge. Le second en quelques minutes, de mieux en mieux.

— Dis bonjour à tout le monde de ma part. Je t'aime, Linc.

— Moi aussi, sœurette. A bientôt.

Elle raccrocha et, posant le portable sur la table basse à côté du sofa, prit la tasse que lui tendait Alex.

— Merci. Tu es vraiment aux petits soins pour moi.

— Si j'étais vraiment aux petits soins, j'ajouterais un coussin sous ta jambe. La cheville n'est pas assez surélevée.

— Tu plaisantes ! Il y a déjà trois coussins.

Elle observa ses orteils qui dépassaient du plâtre et le vernis à ongles qui s'écaillait. Dès qu'elle serait libérée de ce plâtre, elle filerait chez la pédicure. Et elle s'achèterait de nouveaux pantalons de jogging, étant donné que celui-ci et les deux autres en sa possession n'avaient désormais plus qu'une jambe et demie depuis qu'Alex avait sévi avec ses ciseaux.

— Je fais de mon mieux pour être une patiente modèle, mais il ne faut pas exagérer.

Il s'assit sur la méridienne en cuir, et posa les coudes sur ses genoux.

— Il est temps de manger quelque chose. Ton dernier repas doit remonter à hier soir.

— Je n'ai pas très faim.

— Etant donné que je suis chargé par mon frère de veiller au bon déroulement de ta convalescence, je ne veux pas entendre ces mots.

Elle tiqua. C'était le deuxième homme en quelques minutes qui lui faisait sentir qu'elle représentait une charge pour lui. Au temps pour ses revendications d'autonomie.

— Laisse-moi me reposer un peu, et mon appétit reviendra tout seul.

— Il faut te forcer à manger pour retrouver des forces.

— La seule idée de la nourriture m'écœure.

— Que dirais-tu d'un petit bouillon de poulet aux vermicelles ?

Elle eut un petit soupir.

— Tu ne comptes pas me lâcher, n'est-ce pas ?

— D'accord pour un bol de bouillon ? dit-il pour toute réponse.

— Je n'ai pas l'énergie de discuter.

— Bien. Je reviens.

Il sortit comme s'il avait le diable aux trousses, ce dont elle ne pouvait lui tenir rancune. Elle était un fardeau pour lui car, en plus de l'héberger, il se sentait maintenant obligé de lui servir de chauffeur et de garde-malade. Du moins interprétait-elle son comportement ainsi.

Elle posa sa tasse sur la table, près du portable, et s'adossa de nouveau contre les coussins en fermant les yeux. Ce n'était pas tant l'idée de la nourriture qui la dégoûtait, que le fait de penser qu'Alex avait hâte de se débarrasser d'elle. Sans doute comptait-il les jours en attendant qu'elle soit prête à réintégrer son appartement.

Comme elle détestait dépendre de quelqu'un, a fortiori d'un homme qui n'avait que faire d'elle ! Mais encore une fois, elle n'avait pas le choix, et il ne lui restait qu'à serrer les dents et à retrouver sa mobilité au plus vite, afin d'écourter la punition.

L'odeur de la nourriture lui fit rouvrir les yeux. Son estomac chanta.

— J'ai entendu, dit Alex en avançant dans la pièce avec un plateau chargé d'un bol fumant et d'un verre de jus de fruit.

— Trahie par mon corps, lâcha-t-elle avec un petit rire.

Comme elle se redressait, il posa le plateau sur ses genoux, puis s'assit à côté d'elle.

— Mange tant que c'est chaud.

— Oui, maman.

Elle prit une cuillerée de bouillon, souffla dessus, l'avala, et se força à répéter le geste jusqu'à ce que le bol fût vide.

— C'était délicieux. Mes compliments.

— Garde-les pour Martha. Je me suis contenté de réchauffer le bol au micro-ondes.

Elle but son jus de pomme. Finalement, elle se rendit compte qu'elle avait davantage faim qu'elle ne le croyait.

Tout en sirotant sa boisson, elle promena son regard sur la pièce. Bien qu'elle eût passé le plus clair de son temps ici depuis une semaine, hormis les quarante-huit dernières heures, elle n'avait pas vraiment pris le temps d'observer les photographies encadrées ornant le manteau de la cheminée. L'un d'elles montrait un petit garçon qui était probablement Dylan, l'enfant qu'Alex avait élevé comme son fils durant un an. Il y avait également plusieurs photos d'Alex en compagnie d'un homme plus âgé, de Ben et d'une jeune femme qui devait être leur sœur Sydney.

— A quoi penses-tu ? dit-il.

— Je me demandais quel âge tu avais quand tu as quitté ta famille.

— Dix-neuf ans.

Elle acquiesça. Elle en avait elle-même dix-huit quand elle avait quitté la maison pour aller loger sur le campus de l'université de Dallas, à quelques kilomètres seulement de chez elle, ce qui avait représenté un filet de sécurité.

— Pourquoi es-tu parti en Californie ?

— Ma mère est morte lorsque j'étais adolescent, et c'est moi, l'aîné de la fratrie, qui ait pratiquement élevé Ben et Sydney. Une fois qu'ils ont été en âge de se débrouiller, j'ai eu envie de voir du pays, de vivre pour moi-même, et aussi de m'amuser un peu.

— Avais-tu peur de quitter le cocon familial ?

Il rit, d'un air un peu amer.

— Au contraire. Je n'avais qu'une hâte, c'était de m'en aller, pour faire mes propres expériences, et mes propres erreurs, sans plus me soucier de celles de Ben et de Sydney. C'était de l'égoïsme pur et simple, j'en ai conscience.

— Au moins, tu es franc.

— Je voulais aller quelque part où on ne me regarderait pas avec pitié, comme un pauvre garçon, orphelin de mère, et responsable de surcroît de ses frère et sœur.

Elle l'observa à la dérobée. Et qu'en était-il de son père ? La question lui brûlait les lèvres, mais elle se garda de la poser afin de ne pas paraître indiscrète. Après tout, ils se connaissaient à peine, même s'ils avaient fait l'amour une fois, et il penserait peut-être que ses histoires de famille ne la regardaient pas.

— Je t'ai dit de t'asseoir et de me laisser préparer le dîner ! dit Alex.

Le lendemain soir, ils venaient de rentrer du chantier et se trouvaient dans la cuisine. Mais fatiguée de se tourner les pouces, Ellie était décidée à lui tenir tête.

— Non, je veux me rendre utile. A force de rester assise à ne rien faire, je commence à avoir des bourrelets au ventre.

— Je ne vois aucune trace de bourrelets nulle part, répondit-il en examinant sa silhouette vêtue d'un short en jean et d'un T-shirt moulant.

Sentant son retard s'attarder sur ses seins, elle rougit.

— Ce soir, c'est moi qui vais me charger du dîner. Je vois que Martha a fait les courses, poursuivit-elle en ouvrant le réfrigérateur pour inspecter son contenu. Il y a des œufs, du lait, des tomates, des légumes, des fines herbes, autrement dit tout ce qu'il faut pour préparer une belle omelette. Alors, je te propose de jouer au commis de cuisine, et moi, je serai le chef, pour une fois.

— Et ta jambe ? Elle te fait toujours mal ?

Elle croisa son regard. C'était gentil de sa part de s'en inquiéter, quoiqu'elle ne se berçât pas d'illusions sur ses motivations. Plus vite elle irait mieux, plus vite il pourrait se décharger de ses responsabilités de garde-malade, et retrouver sa chère solitude. Surtout, ne pas croire que sa sollicitude partait de quelque tendre sentiment qu'il nourrirait à son égard, car sinon, elle risquait de tomber de haut.

— Non, répondit-elle, sincère. Par contre, elle me démange atrocement, ce qui est signe que la cicatrisation est en bonne voie. Tout cela pour te dire que je suis parfaitement capable de tenir debout sur mes béquilles devant les fourneaux.

Il baissa la tête vers son plâtre.

— Je n'arrive pas à croire que tu aies laissé les gars de l'équipe signer ton plâtre.

Elle esquissa un sourire. La séance de signature s'était déroulée dans un esprit bon enfant, mais tandis que certains gaillards s'accroupissaient devant elle pour poser leurs paraphes assortis de remarques amusantes, voire un peu grivoises, sur la résine rose, le visage d'Alex était devenu ombrageux, comme s'il éprouvait de la jalousie. Ce qui était impossible, a priori…

— Comment voulais-tu que je refuse ?

— Il va te falloir traîner durant un mois ce plâtre avec ses petits cœurs et, plus gênant, ses mentions ineptes ou osées.

— Tes ouvriers ne sont pas tous des enfants de chœur, mais je prends ces inscriptions comme des marques d'amitié. Réjouis-toi que ce ne soient pas des tatouages indélébiles.

— Il n'aurait plus manqué que cela.

— Bon, passons aux choses sérieuses. Sors-moi les œufs, les champignons, les tomates, les oignons. Avec un peu de chance, tu aurais peut-être du fromage ?

— Oui, répondit-il en regardant à son tour dans le réfrigérateur. Martha a fait le plein d'emmenthal et de cheddar.

— Parfait. Tu vas me râper l'emmenthal. Tu as bien une râpe ?

Amusée, elle le regarda ouvrir les tiroirs à la recherche de l'ustensile.

— Je n'ai aucune idée de l'endroit où Martha la range.

— Compris. Contente-toi de me couper le fromage en tout petits morceaux ; de toute façon, il va fondre.

Vingt minutes plus tard, l'omelette prenait forme.

— Il est temps de mettre les tranches de pain à griller dans le toaster.

— Oui, chef.

Elle le regarda en souriant. L'atmosphère s'était considérablement détendue.

Quand tout fut prêt, elle coupa l'omelette en deux et fit glisser chaque moitié dans une assiette.

— Le dîner est servi.

— Cela sent bon. Maintenant, va t'asseoir.

Cette fois, elle obéit sans discuter et s'installa autour de la table ronde en chêne où il apporta les assiettes.

— Mmm, délicieux, dit-il après avoir goûté.

— Nous avons bien travaillé.

Ils dégustèrent l'omelette dans un silence complice. Ce repas en compagnie d'Alex était une première pour elle. Le monstre qui avait causé sa perte dans le cabinet d'architectes avait toujours eu quelque prétexte pour éviter de dîner en sa compagnie. Non seulement, il arrivait toujours après les repas, pour directement passer à la chambre, mais il ne l'invitait jamais au restaurant, ni chez lui — elle n'avait compris que trop tard pourquoi. Elle frémit à ce souvenir. Quelle imbécile elle avait été !

Non que ce dîner avec Alex signifie quoi que ce soit pour autant.

— A cause de ces maudites béquilles, je n'ai pas pu faire la visite du chantier avec toi, ton frère et Adam.

— Ne t'inquiète pas, ce n'était qu'une formalité. Tes plans en trois dimensions sur l'ordinateur sont tellement précis que Ben et les autres médecins ont une idée parfaite de ce que sera le résultat final. Ils ont hâte de prendre possession des nouveaux locaux.

A la fin du repas, Alex se leva pour commencer à débarrasser la table.

— Je vais faire la vaisselle. Et ne me propose pas ton aide, poursuivit-il en l'arrêtant avant qu'elle puisse ouvrir la bouche. Va plutôt t'asseoir sur le canapé et regarder la télévision.

— J'ai honte de te laisser tout seul ici.

— J'ai l'habitude.

Elle acquiesça. Bien sûr. Puisqu'il n'amenait jamais de femmes ici. Ses rendez-vous amoureux se passaient ailleurs qu'à Blackwater Lake, lui avait-il un jour laissé entendre.

Malgré les conseils d'Alex, elle s'attarda dans la cuisine. Le voyant rincer sommairement les assiettes avant de les placer dans le lave-vaisselle, elle voulut ouvrir la porte de celui-ci, et se rendit alors compte de ses limites. Elle sentit l'agacement la gagner aussitôt. Reculer avec un plâtre et des béquilles se révélait bien plus difficile que d'avancer.

— Cela suffit, Ellie. Tu vas me faire le plaisir d'aller t'asseoir dans le salon et de surélever ta jambe.

— Tu es sûr que je ne peux pas t'aider ? demanda-t-elle malgré tout.

— Sûr.

Comme elle contournait maladroitement la porte du lave-vaisselle, Alex se déplaça au même moment et elle se retrouva de nouveau dans ses pattes.

— Désolée.

En voulant esquisser un pas de côté, elle vacilla sur ses jambes, et commença à perdre l'équilibre. Elle aurait été capable de se redresser, sauf qu'elle n'en eut pas besoin car les mains d'Alex vinrent se poser sur ses hanches. Et se resserrer autour de sa taille. Elle crut que c'était pour la soulever et la mettre hors de son chemin, mais ce n'est pas ce qui se produisit.

Les yeux fixés sur sa bouche, il sembla pendant quelques secondes en proie à quelque mystérieuse lutte intérieure puis il poussa un juron, pencha la tête vers elle et posa ses lèvres sur les siennes.

7.

Ellie offrit sa bouche pour permettre à Alex d'approfondir son baiser, sentant les caresses de sa langue attiser le désir qui prenait naissance au plus intime de sa chair. S'abandonnant à la fièvre du moment, elle laissa tomber les béquilles pour nouer les bras autour de son cou, et il la tint solidement en l'attirant contre lui, ce qui lui permit de sentir la réaction ô combien éloquente de son corps. Il la désirait autant qu'elle le désirait.

Rien n'avait donc changé depuis la première fois. Ça n'avait pas été un feu de paille, et cette prise de conscience l'emplissait de bonheur.

Comme il la soulevait dans ses bras, elle posa la tête sur son épaule en se délectant de sa force tandis qu'il l'emportait dans le couloir. Une fois dans sa chambre, il la posa sur la banquette au pied du lit, et entreprit de rabattre la couette.

— C'est la première fois que j'entre dans ta chambre, dit-elle.

Lors de la visite guidée à son arrivée, il s'était contenté de passer devant sans l'inviter à y entrer, et elle ne s'y était jamais aventurée d'elle-même puisque aucune relation intime ne les liait plus. Du moins le croyait-elle.

— Comment trouves-tu le décor ?

Elle regarda autour d'elle. Il était masculin, avec une armoire, une commode et des tables de chevet de bois sombre, ainsi qu'une housse de couette imprimée de motifs géométriques noirs et beiges. Au sol, du parquet de la même teinte que celle des meubles.

— Il te ressemble.

— Est-ce un compliment ou une critique ?

— A toi de voir.

Quand il eut fini d'ouvrir les couvertures, il revint vers elle.

Dans le crépuscule qui étalait ses ombres dans la chambre, elle vit ses yeux briller tels des charbons ardents. Il s'agenouilla devant elle.

— Tu peux encore partir si tu veux.

— Je ne le veux pas, murmura-t-elle.

Il lui sourit, et se pencha pour l'embrasser. Elle aimait la manière dont il posait les lèvres au coin de sa bouche puis redescendait vers son cou... Plus que tout, elle adorait les caresses que ses lèvres dispensaient sur cette zone tendre juste derrière l'oreille. Cela la faisait défaillir de plaisir.

— Alex...

Elle pencha la tête en arrière pour lui offrir son cou.

— Je voudrais te déshabiller, dit-il à voix basse.

Sa voix rauque de désir mettait son sang en ébullition.

— Qu'est-ce qui t'en empêche ?

— Ce n'est pas facile, tu es assise...

— Désolée, je ne peux plus bouger, j'ai laissé mes béquilles dans l'autre pièce. Mais en tant qu'architecte, je sais que chaque problème a sa solution.

— Oh ? Et quelle solution préconise madame l'architecte ?

— Tu n'as qu'à me placer où tu veux. Sur le lit, par exemple...

Il suivit sa suggestion, puis lui ôta son T-shirt et dégrafa son soutien-gorge, tandis qu'elle s'attaquait à sa chemise.

— Parfait, dit-il en soulignant de l'index le contour de son mamelon.

Elle caressa ses pectoraux en y déposant des baisers enflammés.

— Je te retourne le compliment.

A sa grande déception, il se redressa et s'assit pour ouvrir le tiroir de la table de nuit. Et en sortir une boîte qu'elle identifia facilement. Des préservatifs. Il faudrait qu'elle réfléchisse au fait qu'il en gardait chez lui, alors qu'il prétendait ne jamais y amener de femmes. A moins qu'il ne les ait achetés pour elle, parce qu'il prévoyait une « récidive ».

Comme il revenait vers elle, elle oublia ses questions et noua les bras autour de son cou pour s'abandonner à la magie de l'instant présent. Elle le désirait comme elle n'avait jamais désiré personne. Et c'était tout ce qui comptait pour l'heure.

Quand Ellie ouvrit les yeux, elle plongea dans ceux d'Alex qui était en train de la regarder d'un air indéchiffrable.

La scène du bateau allait-elle se répéter ? Devrait-elle quitter cette chambre et ce lit au plus vite, pour réintégrer ses quartiers ?

— Nous avons encore failli à nos résolutions, on dirait.

Elle le dévisagea plus intensément. En éprouvait-il du regret ? Son visage ne laissait rien paraître.

— Je confirme. Puisque nous semblons incapables de résister à cette attirance que nous éprouvons l'un pour l'autre, je crois qu'il est préférable que je retourne dans mon appartement. Ce sera mieux pour tous les deux.

— Et comment feras-tu pour monter et descendre ton escalier ?

— Je vais beaucoup mieux. Je sauterai à cloche-pied ou je ramperai.

— Une dure à cuire du Texas comme toi en serait bien capable. Mais tu n'es pas obligée d'en arriver là, j'ai autre chose à te proposer. Puisque nous avons manqué à notre parole une fois, il y a de grandes chances que cela se reproduise. Afin d'éviter la culpabilité et la mésestime de soi qui en découleront, pourquoi ne pas annuler notre pacte ? Et avoir une liaison à la place ? Une liaison à durée déterminée ?

Elle le regarda, interloquée. Elle n'en croyait pas ses oreilles.

— Alex, tu sais comme moi pourquoi nous ne pouvons pas coucher ensemble.

— Nous venons de le faire, et je trouve que nous nous débrouillons plutôt pas mal…

— Ne fais pas semblant de ne pas comprendre. Le chantier est notre priorité, et il est vital pour nous deux de le terminer dans les délais. Nous nous étions mis d'accord là-dessus, n'est-ce pas ? Travail et plaisir ne font pas bon ménage.

— Cela dépend. Je sais que tu as eu une très mauvaise expérience par le passé, mais j'espère que tu ne me mets pas dans le même sac que cet individu qui t'a menée en bateau. Moi, je ne suis pas marié et je ne te promets rien, que de passer de bons moments, sans aucune obligation de part et d'autre. Est-ce que les termes de l'arrangement te conviennent ?

— Eh bien…

— Quand le chantier sera terminé, notre « L.D.D. » le sera aussi, ajouta-t-il comme s'il le considérait comme un argument supplémentaire.

— Et je rentrerai à Dallas.

— Alors, de quoi as-tu peur ?

Force était de reconnaître qu'elle était tentée.

— Nous reprendrons chacun le cours de notre vie, dit-elle en réfléchissant tout haut.

— Tu vois ? Nous sommes sur la même longueur d'onde.

— Laisse-moi résumer : tu suggères que nous soyons des « amis sexuels », et que nous nous donnions du plaisir sans nous encombrer de sentiments. En d'autres termes, tu me demandes de me comporter comme un homme ?

— Euh, c'est un peu l'idée. Sans pour autant abandonner ton côté féminin. Ce serait bien dommage.

Il la fit sourire. C'était l'une des choses qu'elle aimait chez lui. Même dans les situations les plus délicates, il parvenait à la faire sourire.

Elle réfléchit. Jusqu'à présent, ses tentatives pour résister à Alex avaient lamentablement échoué ; et sa dernière relation amoureuse s'était soldée par un désastre d'intensité proportionnelle aux émotions et aux sentiments qu'elle y avait investis. Pour se sortir indemne d'une relation, il ne fallait pas aimer.

Or, il n'était pas question d'amour dans la proposition d'Alex, juste d'attirance partagée et de plaisir. Ils coucheraient ensemble jusqu'à ce que cela leur passe, puis elle rentrerait au Texas une fois le chantier terminé. Qu'avait-elle à perdre ? Par définition, les liaisons avaient une durée de vie éphémère.

— Ta chambre me plaît beaucoup, Alex, dit-elle d'un ton caressant, en se rapprochant de lui sous les draps. J'aimerais y venir plus souvent.

Alex referma son portable en résistant à l'envie de le jeter à travers la pièce du préfabriqué. L'un de ses fournisseurs venait de lui demander un délai de deux jours supplémentaires pour une livraison, mais à en juger par la colère qu'il avait piquée, on aurait dit qu'il s'agissait de deux ans.

Il secoua la tête. Pourquoi se mettait-il dans cet état alors qu'il aurait dû se sentir serein et détendu après les trois dernières nuits passées au lit avec Ellie ?

Il connaissait la réponse. Chaque fois qu'il apercevait Ellie sur le chantier, son cœur bondissait et il la dévorait du regard jusqu'à ce qu'elle disparaisse de son champ de vision. Des amis sexuels... A d'autres !

Qu'il le veuille ou non, il éprouvait des sentiments pour elle, et commençait à comprendre qu'il s'était menti, ce qui expliquait sans doute son humeur de chien.

Par la fenêtre du préfabriqué, il vit son frère s'approcher. Avec sa blouse blanche et son pantalon vert, on le voyait de loin.

La porte s'ouvrit, et Ben entra.

— Salut, grand frère.

Content de la diversion, Alex se leva pour lui donner l'accolade.

— A quoi dois-je l'honneur de la venue en ces locaux du meilleur orthopédiste de Blackwater Lake ?

— Je serais flatté si je n'étais pas le seul orthopédiste du coin ! Comme j'ai une petite pause imprévue dans ma consultation, un patient qui s'est désisté en dernière minute, j'en profite pour venir te voir.

Alex le regarda, un peu intrigué. Etrange. Depuis toutes ces semaines où il travaillait sur le chantier de Mercy Medical Clinic, il n'avait vu son frère que pour la fracture à la cheville d'Ellie et les visites de chantier.

— J'appréhendais un peu les nuisances du chantier, mais à ma grande surprise, ça n'a pas dérangé outre mesure les patients ni les médecins. Tout se passe même mieux que prévu, tu n'es pas de mon avis ?

Parfois, les gens qui ne les connaissaient pas les prenaient pour des jumeaux en raison de leur taille et de leurs yeux et cheveux de couleur presque identique, mais Alex voyait leurs différences. Ben possédait les traits de leur père, tandis qu'il tenait davantage de sa mère. Après la mort de cette dernière, il avait élevé Ben et Sydney, et assumé leur charge, jusqu'à ce qu'ils soient en âge de se débrouiller tout seuls. Son départ pour la Californie lui avait permis de retrouver son indépendance, mais, à en juger par l'empressement avec lequel il avait volé au secours d'Ellie, il se demandait à présent si ce besoin d'aider les autres n'était pas dans ses gènes.

— Alex ?

Il émergea de ses pensées. Ben attendait manifestement sa réponse, sauf qu'Alex ne se souvenait plus de la question.

— Désolé. Tu disais ?

— Les travaux avancent vite.

— On est même un peu en avance sur le calendrier.

Il toussota. Ce qui rendait sa colère encore plus inexplicable, concernant le léger retard dans la livraison de fournitures accessoires.

— Formidable. Ce n'est tout de même pas courant.

— Dans le délai indiqué sur le contrat, on prévoit toujours quelques jours pour des aléas techniques ou des conditions climatiques exécrables. Cette fois, il n'y a rien eu de tel, et j'ai en plus eu l'avantage de travailler avec un bon architecte. Ça aide.

Son frère appelait Ellie « la belle du Sud », et il la prenait pour une vamp quelque peu excentrique. Comme beaucoup, il la jugeait sur les apparences. Et se trompait complètement.

— En chemin, j'ai croisé Ellie. Elle était près des échafaudages, en train de parler aux ouvriers.

Alex regarda par la fenêtre, et n'eut aucun mal à la repérer grâce au plâtre rose.

— Elle est là-bas tous les jours, en train de les pousser au travail avec de grands sourires, de sorte qu'ils ne se rendent même pas compte de son manège. Elle plaisante avec eux, leur demande des nouvelles de leurs épouses, de leurs enfants — je ne sais pas comment elle fait pour se rappeler tous ces prénoms. Bref, elle n'a pas sa pareille pour redonner le moral aux troupes.

— Impressionnant.

Il jeta un regard surpris à Ben. Une lueur d'intérêt brillait dans ses yeux.

— Et elle le fait tout en se déplaçant sur ses béquilles qui n'ont même plus l'air de la ralentir.

— C'est Superwoman, répliqua Ben d'un ton mordant.

— Tu sembles bien admiratif, soudain. Dis donc, je te signale que tu as déjà une fiancée, poursuivit-il en ne plaisantant qu'à moitié. Comment va-t-elle, au fait ?

Alex esquissa un sourire. Incroyable. Il était jaloux.

— Camilla va très bien. Elle est très prise par l'hôtel.

— Avez-vous fixé une date pour le mariage ?

— Pas encore. On attend d'être installés dans la maison.

Pour l'avoir construite, Alex en connaissait les moindres recoins.

— Les peintres auront bientôt terminé leur travail.

— Camilla a engagé un décorateur, et ils sont en train d'étudier les nuanciers pour que les tapisseries et contours de fenêtres soient raccord avec les meubles.

Il sourit plus largement. Ben préférait de toute évidence traiter des fractures multiples que de s'occuper de décoration.

— Elle me demande sans cesse mon avis, et je le lui réponds invariablement la même chose : « Ma chérie, si ça te plaît, ça me plaira aussi ».

— Toi, tu es un homme intelligent.

— Si intelligent que j'ai remarqué que tu avais changé de sujet. Tu n'as donc pas envie de me parler de ta brillante architecte ?

— Qu'aimerais-tu savoir à son sujet ?

Il s'en voulut aussitôt. Attention. Il s'aventurait sur un terrain dangereux.

— Eh bien, comment va-t-elle ?

— Tu le sais aussi bien que moi, étant donné que tu la reçois toutes les semaines pour des visites de suivi.

— Et vous êtes-vous rapprochés, depuis qu'elle habite sous ton toit ?

Il réprima un soupir d'agacement. Surtout, ne rien lâcher, sinon toute la ville serait bientôt au courant.

— Ellie est une bonne colocataire, discrète et très propre.

— Et jolie, ce qui ne gâche rien.

— Et jolie.

Il détourna le regard. Et tellement plus.

— Elle ne se donne pas de grands airs, poursuivit-il, elle a la tête sur les épaules, et Martha m'a dit qu'elle la trouvait « très sympathique ».

— C'est un sacré compliment venant de Martha, car il n'y a pas grand-monde qui trouve grâce à ses yeux.

— A qui le dis-tu.

— Alors, tu n'as rien d'autre à me raconter ?

— Le chantier avance, et tu pourras prendre possession du bâtiment à la date indiquée, répondit-il en faisant semblant de ne pas comprendre le sens de la question.

— Bon, eh bien, je vais y aller, dit Ben, la mine dépitée. Mon prochain patient doit m'attendre.

— Merci d'être passé.

Après le départ de son frère, il sentit sa colère revenir. Pour une raison différente. En s'en tenant à ce pacte de liaison à durée limitée, de « L.D.D. » comme il l'appelait, ne risquait-il pas de passer à côté de quelque chose de plus important ?

Courageuse, volontaire dans son travail, Ellie mettrait-elle la même détermination à obtenir ce qu'elle voulait d'une relation personnelle ? Accepterait-elle de s'engager sentimentalement, si elle était intéressée par son partenaire ?

De nouveau, il eut envie de lancer son poing contre le mur. A quoi bon se perdre en conjectures stériles ? Ellie n'avait jamais montré le moindre signe qu'elle nourrissait des sentiments à son égard, et lui n'avait certainement aucune envie de donner son cœur et sa confiance à une femme, après avoir été ridiculisé et trompé comme il l'avait été.

C'était une erreur qu'il ne commettrait pas deux fois.

Si on ouvrait son cœur à une femme, elle s'en empa-
rait et vous volait en plus votre âme pour faire de vous
sa chose, pour vous posséder. Non. Jamais plus, il ne se
laisserait posséder. Par personne.

8.

Après le travail, Alex raccompagna Ellie à la maison, puis s'enferma dans son bureau pour passer des appels. Du moins, était-ce la raison qu'il lui avait donnée, sauf qu'elle avait l'impression qu'il cherchait à l'éviter. Depuis la visite du Dr McKnight sur le chantier, Alex se conduisait de manière étrange, distante. Peut-être était-il simplement fatigué.

Elle alla poser son sac dans sa chambre avant de se diriger vers la cuisine. En arrivant, elle avait vu la voiture de Martha garée dans la rue, et celle-ci se trouvait donc encore dans la maison.

Bien vu. Debout devant l'îlot, Martha préparait le dîner. Jusqu'à présent, bien qu'Alex l'eût mise en garde contre le caractère revêche de la gouvernante, celle-ci s'était toujours montrée aimable avec elle.

— Bonsoir.

— Un conseil, Ellie, dit Martha sans lever les yeux de la planche où elle taillait des légumes. Ne vous reconvertissez pas en cambrioleuse. On vous entend de loin.

— Et encore, je ne porte pas mes talons.

Elle eut un petit sourire. Elle les remettrait quand elle aurait recouvré sa mobilité complète, dans plusieurs mois, ce qui signifiait qu'elle ne serait déjà plus ici depuis longtemps. Une pensée qui l'emplit aussitôt de mélancolie.

— Vous êtes également très bruyante dans le domaine des sports en chambre…

L'allusion à peine voilée la fit virer au rouge pivoine. Pourtant, elle aurait dû s'y attendre. Martha arrivait aux aurores, et il aurait fallu qu'elle soit sourde et aveugle pour ne pas remarquer certaines choses.

— Ce n'est pas ce que vous croyez.

La gouvernante versa des morceaux de céleri dans une grande casserole, puis tourna vers elle un regard goguenard.

— Vous voulez me faire croire qu'Alex et vous, vous ne couchez pas ensemble ?

— Si. Mais ce n'est pas sérieux. C'est-à-dire que nous avons conclu un arrangement…

Elle se sentit rosir. A chaque mot, elle avait l'impression d'aggraver son cas.

— Tout sera terminé entre nous à la fin du chantier. C'est juste une liaison sans lendemain.

— Etrange. Vous ne me semblez pas le genre de femme qui couche juste pour le plaisir, sans éprouver aucun sentiment pour son partenaire.

Elle cilla. En plus de son franc-parler, Martha était d'une perspicacité redoutable. Ellie éprouvait des sentiments pour Alex, des sentiments très forts, mais elle préférait ne pas y penser. De toute façon, il était trop tard pour y remédier.

— Je préférerais parler d'autre chose.

— A votre guise, répondit simplement la gouvernante en commençant à éplucher des pommes de terre.

— Vous allez faire une salade de pommes de terre ?

— Bravo, Einstein !

Ellie retrouva son sourire. Elle ne se formalisait du ton familier, bien au contraire. Cela montrait que Martha l'avait « adoptée ».

— Puis-je vous aider ?

Pour toute réponse, Martha lui tendit l'épluche-légumes.

— Donnez-moi ces béquilles et asseyez-vous sur ce tabouret, ordonna-t-elle. Moi, je vais m'occuper des steaks.

Elle s'exécuta docilement.

— Depuis combien de temps êtes-vous au service d'Alex ?

— Depuis qu'il est revenu de Californie avec cette femme enceinte.

Elle ne disait pas « sa femme », et un pli réprobateur marquait sa bouche.

— Vous n'aimiez pas Laura ?

— Non. Je n'ai jamais éprouvé une sympathie débordante pour cette personne. Mais après qu'elle est partie en emmenant Dylan, j'ai eu envie de lui tordre le cou.

— C'est violent comme réaction. Dois-je craindre pour mon propre cou ?

— Seulement si vous avez l'intention de briser le cœur d'Alex.

— Jamais, je ne ferais cela. Je… l'estime et le respecte beaucoup trop pour cela.

Elle frémit, elle avait failli dire « Je l'aime ».

— Je vous crois.

— Tant mieux, dit-elle en jetant une pomme de terre dans le saladier. Cela fait longtemps que vous habitez à Blackwater Lake ?

— J'y suis née et j'y ai grandi. Mais vous ne me ferez pas dire mon âge, même sous la torture.

— Je n'aurai pas besoin de sortir les instruments de torture, je le connais déjà.

Par égard envers Martha, elle n'en dit pas plus.

— Je vois que le patron a vendu la mèche.

— Alors, vous connaissez Alex depuis qu'il est tout petit ?

— Oui. Sa mère était une femme bien. Ils ont tous été anéantis par sa mort. Sans doute pour tromper son chagrin, Tom McKnight s'est plongé à corps perdu dans le travail, il passait le plus clair de son temps dans son entreprise, et les enfants ne le voyaient qu'entre deux portes. C'est Alex qui a élevé son frère, tandis que je m'occupais de

Sydney qui n'était encore qu'un bébé. Comme je n'étais pas mariée et que je n'avais pas d'enfant, j'avais tout loisir de veiller sur elle et cela m'a plu, cette gamine était un amour, ajouta-t-elle, la mine attendrie. Puis Alex a pris le relais, quand sa sœur est devenue une adolescente. Il a toujours assumé ses responsabilités avec sérieux.

Elle acquiesça. Elle n'en doutait pas. La femme qu'il épouserait un jour aurait bien de la chance.

— Il a promis de me refaire ma cuisine, poursuivit Martha. Et il tiendra parole, sauf s'il accepte le chantier de ce joueur de foot millionnaire qui est récemment venu s'installer en ville.

— Votre cuisine n'est pas à votre convenance ?

— Elle est trop petite, il n'y a pas assez de range-ments. Et je la voudrais ouverte sur le salon pour pouvoir bavarder avec mes visiteurs.

Déformation professionnelle oblige, Ellie prit aussitôt un crayon et une feuille de papier qui traînait sur le comptoir, et se mit à dessiner un plan de cuisine à l'américaine.

Martha vint regarder par-dessus son épaule.

— Voilà ! C'est exactement ce que je veux.

— Ce n'est qu'une ébauche sortie de mon imagination. Pour bien faire, il faudrait prendre les mesures chez vous, et travailler à partir de là.

— Vous êtes capable de dessiner des plans de ce genre pour toute une maison ?

Ellie sourit. L'admiration se lisait dans ses yeux.

— Bien sûr. C'est mon travail.

— Eh bien. Vous avez un sacré talent. Je ne sais si Alex se rend compte de la perle qu'il a sous son toit.

Alex séparait travail et vie privée. Elle avait beau être une architecte compétente, cela ne changeait rien à la manière dont il la considérait en dehors du chantier. Même pas comme une maîtresse, ce qui supposerait un engagement sentimental. Non, elle n'était pour lui qu'une partenaire de lit.

Contrairement au bâtiment qu'elle construisait, leur relation ne reposait sur aucune fondation.

Le lendemain après-midi, son tour de chantier terminé, Ellie mit le cap vers son bureau. Les béquilles la ralentissaient à peine, et les trois marches du baraquement ne lui posaient plus de problèmes, sans qu'elle se sente pour autant capable de gravir l'escalier de sa résidence. Peut-être l'était-elle, ceci dit, et repoussait-elle inconsciemment l'échéance tant elle se sentait bien chez Alex, mais c'était une question qu'elle préférait ne pas approfondir. Elle laissa échapper un soupir. Tout allait bien, sur le plan professionnel et privé, et elle tenait à ce que cela dure. Jusqu'à son départ.

Elle était là depuis six semaines maintenant, et son travail allait bientôt se terminer. L'idée de devoir partir l'attristait, mais elle s'y résignait. Quelle excuse pourrait-elle trouver pour rester ?

Si Alex le lui demandait, bien sûr, cela changerait tout. Hélas, il ne fallait pas rêver. Il y avait plus de chances pour que la neige tombe en août.

Elle poussa la porte du préfabriqué et, la maintenant ouverte par l'épaule, entra avec ses béquilles.

— Bonsoir.

Alex leva la tête des dossiers qui encombraient son bureau.

— Tout va bien ?

— Les détecteurs de fumée et le système anti-incendie ont été installés, et un test sera pratiqué après-demain. S'il est concluant, le bâtiment sera prêt pour l'inspection des agents du ministère de la Santé. Les ouvriers ont terminé pour aujourd'hui, et ils sont rentrés chez eux.

— Parfait.

Elle se rapprocha, et vit que les papiers qu'il était en

train d'étudier ne concernaient pas l'extension du centre médical.

— Tu travailles déjà sur le prochain projet ?

— Eh oui. Il faut savoir anticiper, dans le bâtiment.

Elle croisa son regard. Agirait-il de la même manière pour elle, en passant à autre chose dès qu'elle serait partie ?

— Si ma candidature est retenue pour le chantier du complexe résidentiel, je devrai réunir une équipe d'une cinquantaine d'ouvriers. Ce n'est pas le genre de choses qui s'improvisent au dernier moment.

— As-tu d'autres chantiers en cours ?

— Celui du bord du lac. Je construis des chalets à la demande sur un terrain que je possède. Je viens de finir celui de Ben, et il paraît que sa fiancée l'adore.

— Ce n'est donc pas un lotissement commandé par la Ville ?

— Non. Les gens m'achètent leur parcelle, et font dessiner les plans à leur convenance par l'architecte de leur choix, ce qui fait qu'aucune maison ne ressemblera à sa voisine.

— C'est un projet qui m'a l'air passionnant pour un entrepreneur.

Elle se retint d'ajouter : « Et pour un architecte. »

— Oui, mais c'est loin d'être simple, dit-il, le sourcil froncé. J'ai moi-même investi beaucoup d'argent dans ce terrain, et l'enjeu est aussi bien professionnel que financier. Mais j'ai bon espoir de retomber sur mes pieds, car la plupart des gens qui ont les moyens d'acheter un logement n'attendront pas que le complexe résidentiel soit terminé, ce qui prendra au bas mot un an.

— N'y aura-t-il pas un conflit d'intérêts pour toi ?

— Pas du tout. Dans un cas, je suis propriétaire du terrain et constructeur ; et dans l'autre, je ne serai que le maître d'œuvre, à condition d'obtenir le contrat, ce qui n'est pas gagné. Cela t'intéresse-t-il de voir le chantier du lac ?

— Beaucoup.

— Alors, en route, dit-il en se levant. Vous allez avoir droit à une visite guidée personnalisée, madame l'architecte.

Un sourire aux lèvres, elle le suivit en se demandant ce qu'il entendait par « personnalisée ».

Un quart d'heure plus tard, ils se trouvaient devant le chalet de Ben et de sa fiancée. Situé face au lac, il offrait une vue magnifique avec les montagnes en arrière-plan.

— C'est un endroit merveilleux pour y fonder une famille, dit-elle. Je comprends que Camilla soit enthousiaste. Sans compter que le bâtiment s'intègre parfaitement dans l'environnement, avec ses terrasses et sa façade de bois et pierre. Bien que j'aime l'architecture moderne, je dois avouer que du verre et des éléments métalliques auraient été complètement déplacés dans un tel cadre.

— Bravo pour l'analyse. Elle me semble fort pertinente.

Ces mots lui mirent du baume au cœur. N'en déplaise à sa modestie, elle se savait avoir du talent. Hélas, un faux pas d'ordre privé avait mis un frein à sa carrière…

Et cette liaison à court terme qu'elle entretenait avec Alex n'était peut-être pas le meilleur moyen de parvenir à se remettre sur les rails. Soudain, son estomac se serra, et elle sentit la nausée monter en elle. Etait-ce le souvenir de la déroute de Dallas qui la rendait malade ?

Son portable sonna. Elle le tira de sa poche et regarda le numéro d'appel. C'était Lincoln.

— Excuse-moi, Alex. Il faut que je réponde, c'est mon frère.

Elle s'éloigna de quelques pas pour prendre la communication.

— Bonsoir, Linc.

— Salut, sœurette. J'appelle pour mon bulletin de santé quotidien.

— On va m'enlever le plâtre dans deux jours.

— Je retourne à la voiture, lança Alex à cet instant, geste à l'appui vers le parking.

Elle émit un « oui » muet à l'adresse d'Alex. Pourvu que Linc ne l'ait pas entendu.

— Qui est-ce ? demanda Linc.

Au temps pour ses espoirs.

— Qui ?

— Ne fais pas l'idiote. Il y a un homme avec toi.

— Et alors ?

— As-tu envie de m'en parler ?

Elle ne répondit pas.

— Ne me dis pas que c'est l'un de tes collègues. Ellie, reprit-il, prenant manifestement son silence pour une approbation. Est-ce la personne qui t'a conduite à l'hôpital et que tu m'avais présentée comme « une » collègue ?

— Oui, admit-elle en désespoir de cause. Il s'appelle Alex McKnight, c'est l'entrepreneur du chantier.

— Seigneur, une fois ne t'a donc pas suffi ? Je crois qu'il est temps que je vienne.

— Surtout pas. Il faut que je te laisse, Linc, répondit-elle précipitamment.

Il n'était pas question qu'il parvienne à lui faire avouer que non seulement elle avait laissé Alex s'occuper d'elle, mais qu'elle partageait en plus son toit et son lit depuis des semaines.

— Au revoir, je t'aime, ajouta-t-elle.

Et elle mit fin à la communication.

Le cœur lourd, elle regagna le 4x4. Cette conversation avec son frère lui avait ouvert les yeux. Plus elle passerait de temps chez Alex, plus la séparation serait difficile. Pour elle, car Alex, lui, avait joué cartes sur table dès le départ : il n'était pas question de sentiments en ce qui le concernait. Son bateau s'appelait *Indépendance*. N'était-ce pas suffisamment éloquent ?

Si elle avait le cœur brisé, elle ne pourrait s'en prendre

qu'à elle-même. Il avait annoncé la couleur, sans mentir ni la mener en bateau, et, cette fois, elle serait seule responsable de son malheur.

Quelques jours plus tard, elle reçut sur le chantier une visite du Dr Adam Stone et de Jill, de retour de leur voyage de noces.

Ils commencèrent par lui annoncer une mauvaise nouvelle. Ils avaient décidé de vendre leur maison du lac à un romancier fort connu, qui venait s'installer à Blackwater Lake pour y chercher l'inspiration.

— Alors, vous me jetez dehors ? demanda-t-elle, s'efforçant de prendre un ton taquin.

— L'acte de vente ne sera pas signé avant des semaines, et vous pouvez entre-temps revenir dans l'appartement de l'étage si vous le voulez. Au rythme où le chantier du centre médical avance, vous serez de toute façon partie longtemps avant que le nouvel acquéreur prenne possession des lieux. Il nous a proposé un prix bien supérieur à celui du marché, et il paie cash ; nous ne pouvions laisser passer une telle occasion.

— Ce qui signifie que vous allez avoir besoin d'un endroit où habiter, dit-elle en les regardant à tour de rôle.

— Nous avons songé à acheter une parcelle sur le terrain d'Alex au bord du lac, pour y faire construire notre maison.

Elle hocha la tête. Une nouvelle maison pour y démarrer une nouvelle vie à deux. Cela semblait logique.

— Et c'est là que vous entrez en jeu, Ellie, poursuivit Jill. Nous pensions vous soumettre quelques idées, afin que vous nous disiez ce que vous en pensez.

— Vous savez que je serais bientôt partie, et qu'il vous faudra trouver un autre architecte ?

— Nous en sommes conscients. Tout ce qu'on voudrait, c'est votre avis.

Ellie les écouta donc exposer leur projet. Ils voulaient un chalet de cinq chambres, et un grand jardin pour que C.J. puisse y jouer avec ses futurs frères et sœurs.

— Cela me semble une excellente idée, dit-elle en guise de conclusion, après avoir ajouté quelques propositions personnelles.

— Je ne regarderai pas à la dépense, dit Adam. Tout ce qui compte, c'est que ma femme et mon fils se plaisent dans notre nouvelle maison.

Elle lui sourit, émue. Il considérait déjà C.J. comme son fils. Adam était vraiment un chic type. Et elle était sûre qu'Alex le serait aussi, quand il déciderait enfin de s'engager sentimentalement avec quelqu'un.

Comme le jeune couple insistait pour qu'elle leur fasse un croquis, elle sortit du papier millimétré et une règle, et esquissa une ébauche de plan qu'elle tourna ensuite vers eux.

— Oh ! Ellie, dit Jill, manifestement très émue en observant le plan.

— Et souvenez-vous que rien n'est gravé dans le marbre. Vous pourrez changer d'avis autant de fois que vous le voudrez, avant que le chantier démarre. L'architecte avec lequel vous travaillerez vous donnera sans doute de nouvelles idées.

La porte s'ouvrit, et Alex entra.

— Je vois que les jeunes mariés sont de retour. Alors, comment c'était, Tahiti ?

— Exactement comme on l'imaginait. Le paradis.

Alex jeta un coup d'œil au plan.

— Vous cherchez à débaucher mon architecte ? demanda-t-il d'un ton léger.

— Nous aimerions bien, répondit Adam. Malheureusement, elle nous a dit de nous adresser ailleurs, car elle s'en allait bientôt. Jill et moi, nous avons décidé d'acheter l'une de tes parcelles près du lac.

— Ellie a beaucoup d'idées novatrices sur la manière

de jeter les fondations pour préserver les arbres, expliqua Jill en prenant le relais. Et d'orienter les terrasses pour avoir le maximum d'ensoleillement. En cinq minutes, elle nous a croqué ce plan qui correspond exactement à ce que l'on voudrait.

— Quel dommage qu'elle ne reste pas à Blackwater Lake, ajouta Adam en s'adressant à Alex. Tous les deux, vous feriez une belle équipe. Elle dessinerait les maisons, et tu les construirais.

En voyant la mine contrariée d'Alex, Ellie sentit son cœur se glacer. Il ne voulait pas d'elle dans son équipe, ni peut-être d'aucune autre femme.

Pour la première fois, elle était contente que le chantier se termine, et de pouvoir bientôt réintégrer ses pénates. Il fallait d'urgence qu'elle s'éloigne d'Alex avant qu'il ne lui brise le cœur.

9.

Ellie se renfonça dans son siège en soupirant d'aise.

— Alors, ça fait du bien de ne plus avoir de plâtre ? demanda Alex.

— Tu ne peux pas savoir à quel point je me sens légère ! dit-elle en remuant son pied autant que l'habitacle du 4x4 le lui permettait.

Après la journée au chantier, elle s'était rendue au cabinet du Dr McKnight qui lui avait retiré la maudite gangue de résine, non sans lui donner moult recommandations de prudence. Son mollet libéré ressemblait à une pauvre petite chose atrophiée, mais Ben lui avait dit que le muscle retrouverait vite son aspect antérieur, avec une pratique régulière de la marche. « Sans forcer », avait-il pris soin d'ajouter.

— La peau me démange toujours, mais au moins, je vais pouvoir me gratter. Ou mieux, appliquer une lotion apaisante.

— Pouvoir s'appuyer sur ses deux jambes est tout de même plus pratique, il me semble...

— A qui le dis-tu ! C'est étrange, il a suffi de quelques semaines pour en perdre l'habitude, et je me sens à présent comme un bambin qui apprend à marcher.

— Rien n'est jamais acquis dans la vie, répliqua-t-il, la mine songeuse.

Elle lui jeta un coup d'œil. Quelque chose lui disait qu'il ne faisait pas allusion qu'à ses capacités de locomotion.

— Monter et descendre l'escalier de ma résidence va me permettre de remuscler ma jambe.

Il lui rendit un rapide regard, en apparence désinvolte.

— Puisque tu es installée chez moi, pourquoi ne pas y rester jusqu'à la fin ? Toutes tes affaires sont dans mon chalet…

Elle sentit sa gorge se serrer. Jusqu'à la fin. Ces mots lui faisaient mal. De toute évidence, Alex n'avait aucune intention de modifier leur pacte. Leur liaison se terminerait à la fin du chantier, comme ils l'avaient décidé. Sauf qu'elle, en l'occurrence, aurait bien voulu revenir sur cette décision.

Surtout, ne pas lui montrer sa peine.

— Il me suffit de les reprendre, dit-elle d'un ton qu'elle espérait tout aussi détaché que le sien. Ce ne sera pas le déménagement du siècle, il n'y a qu'une valise.

— Dommage. Nous nous amusions bien, toi et moi.

— Est-ce une manière de me signifier que je vais te manquer ?

Il lui jeta un nouveau coup d'œil, avant de reporter son attention sur la route.

— Oui. Tu me manqueras quand tu seras retournée au Texas.

Elle hocha la tête, mélancolique. C'était déjà cela, mais elle voulait plus. Plus qu'il ne pouvait lui donner. La seule solution pour ne pas avoir le cœur brisé en mille morceaux lors de son départ était de trancher dans le vif. Maintenant.

— C'est gentil de me le dire, mais je crois qu'il est temps que je rentre dans mon appartement. Je t'ai suffisamment dérangé comme ça.

Un sourire ironique s'inscrivit au coin de la bouche d'Alex.

— C'est vrai. Tu as vraiment été pénible.

— Il fallait que je sois à la hauteur de la réputation des Texanes.

Elle plaisantait pour cacher son envie de pleurer.

— Ton insolence me manquera.

Elle fixa son regard sur la route. Elle, tout lui manquerait de lui, ses bras, son corps, sa chaleur, ses sourires, sa présence. Pour la première fois de sa vie, elle s'était sentie totalement à l'aise et en sécurité avec un homme. Autant se l'avouer, c'était de l'amour qu'elle éprouvait pour Alex. Un amour non partagé, de toute évidence.

Sentant les larmes affleurer à ses paupières, elle s'empressa de tourner la tête vers la vitre de la portière.

Une demi-heure plus tard, Ellie était en train de faire sa valise quand Martha entra dans la chambre.

— Alors, vous partez ? demanda la gouvernante, la bouche pincée.

— Oui. On dirait que ça vous déplaît ?

— Alex et vous, vous étiez pourtant devenus très proches…

L'air ouvertement réprobateur, Martha sortit une pile de vêtements de l'armoire pour la poser sur le lit.

— Alex m'a offert son aide quand j'en avais besoin, répondit Ellie en choisissant soigneusement ses mots. Et je lui en serai toujours reconnaissante.

— Cela lui fera une belle jambe quand vous serez partie !

Elle se mordit la lèvre pour s'empêcher de sourire. Quand Martha s'emportait, son langage avait tendance à devenir trivial.

— Je sais ce que vous pensez, Martha, mais vous vous trompez. Alex ne veut rien d'autre que mon amitié. Moi par contre… Tout ce que je peux vous dire, c'est qu'il me manquera beaucoup quand je serai rentrée au Texas et que…

Un malaise la saisit soudain, et elle dut s'asseoir sur le lit.

— Ça ne va pas ?

— Je ne sais pas. L'odeur de la nourriture me donne la nausée ces derniers temps, et je n'ai plus beaucoup d'appétit.

La gouvernante l'observa d'un air entendu.

— Vous n'avez pas remarqué l'absence de quelque chose ?

— De quoi donc ?

Elle comprit soudain ce que Martha voulait dire. Ses règles. Elle ne les avait pas eues.

— Oh ! Mon Dieu !

— Je vois que vous avez pigé.

— Je serais enceinte ?

— Ça m'en a tout l'air.

Si elle n'avait pas été assise, elle serait tombée. Pourquoi n'y avait-elle pas pensé avant ? Parce que beaucoup de choses s'étaient passées dans sa vie depuis cette nuit sur le bateau d'Alex. Il lui avait, certes, avoué que le préservatif s'était déchiré, mais les probabilités étaient si faibles que cela ait des conséquences, qu'elle ne s'était pas inquiétée. A tort.

A présent, elle savait à quoi attribuer ses nausées matinales et sa fatigue. Et l'hypersensibilité de ses seins.

— Je suis sous le choc.

— L'idée ne vous avait vraiment pas effleuré l'esprit ?

Elle la regarda, embarrassée. La voix de Martha trahissait son scepticisme.

— C'est difficile à croire, je sais. On pense que ce genre d'accident n'arrive qu'aux autres, jamais à soi-même. Je suis vraiment une idiote de ne pas avoir envisagé que je pouvais être enceinte.

— Que vous le soyez ou pas ne me regarde pas —

enceinte je veux dire, pas idiote. Le problème, c'est que l'ex d'Alex, Mme McKnight, ajouta Martha sur un ton méprisant, lui avait menti en lui faisant croire qu'il était le père de son enfant. Et il ne s'en est jamais remis. Assurez-vous qu'il s'agit bien de son enfant, puis dites-le-lui. Avant de partir.

Bien que Martha suggérât par là qu'elle aurait pu coucher avec d'autres hommes, Ellie ne se formalisa pas. La gouvernante agissait dans l'intérêt d'Alex, ce qui était tout à son honneur.

— Jamais je ne pourrais lui cacher la vérité car je… je l'aime.

Elle baissa les yeux. Voilà, c'était dit.

— Je m'en doutais, déclara Martha sans ciller. Comme Alex est un homme bien, je suis sûre qu'il fera ce qu'il faudra.

Son estomac se noua. C'était ce qu'elle craignait. Poussé par son sens du devoir, Alex voudrait régulariser la situation, sans l'aimer pour autant. Ce qu'elle ne supporterait pas.

Le lendemain soir, Ellie attendait Alex dans le bureau du préfabriqué. Ce matin, dans son appartement qu'elle avait réintégré la veille au soir, elle avait fait un test de grossesse qui s'était révélé positif. Et depuis, elle essayait de trouver les bons mots pour l'annoncer à Alex, soit sur un mode désinvolte — « J'ai un scoop : je suis enceinte » —, ou à l'aide d'une entrée en matière plus grave comme : « Tu te souviens de cette nuit sur le bateau ? » « Que dirais-tu de devenir père ? » serait également une approche possible.

Elle émit un long soupir. Inutile de se leurrer. Les trois approches étaient nulles. Il fallait juste laisser parler son cœur et ne pas trop tourner autour du pot, un peu comme lorsque l'on enlevait un sparadrap — plus vite on opérait, moins cela faisait mal. Et elle ferait suivre l'annonce par une formule du genre : « Je sais, c'est une situation inattendue, mais nous allons trouver une solution. »

A part Martha, une autre personne était également au courant. Linc. Il l'avait appelée ce matin alors qu'elle venait de faire le test de grossesse, et, perspicace comme à l'accoutumée, il avait senti dès le premier échange qu'elle lui cachait quelque chose. Comme il insistait pour savoir ce qui n'allait pas, elle le lui avait avoué avant de raccrocher rapidement pour ne pas entendre ses reproches.

Ce qui l'étonnait, c'est qu'il n'ait pas rappelé. Mais il y avait plus urgent pour l'heure.

Quand Alex entra dans le préfabriqué, elle sentit son rythme cardiaque s'accélérer dangereusement. L'heure de vérité avait sonné. Elle se leva. Mais avant qu'elle puisse prononcer un mot, un crissement de freins se fit entendre sur le parking.

Allant à la fenêtre, elle vit une voiture portant le logo d'une agence de location. En émergea un homme brun à l'allure familière.

— Oh non, pas lui !

— Qui est-ce ? demanda Alex.

— Lincoln, mon frère.

Ce dernier monta les marches, et déboula dans le préfabriqué.

— Vous êtes Alex McKnight ?

— Oui. Que puis-je pour vous ?

Le poing de Lincoln jaillit pour lui décocher un direct du droit.

— Ça, c'est pour avoir mis sa sœur enceinte !

Comme son frère semblait prendre son élan pour frapper de nouveau, elle s'interposa entre eux deux.

— Ça suffit, Linc, dit-elle en posant la main sur son torse.

— Ecarte-toi, Ellie, répliqua-t-il vivement, les yeux

brillants de colère. Ce salaud va savoir ce qu'il en coûte d'avoir abusé de toi !

— Ce n'est pas ce qui s'est passé. Je t'en supplie, calme-toi. On pourrait te poursuivre pour coups et blessures…

— A Black Hole dans le Montana, ça m'étonnerait !

Sa voix débordait de sarcasme. Et elle vit Alex serrer à son tour le poing. Cela risquait de tourner au pugilat.

— Il ne le pensait pas vraiment, dit-elle à Alex.

— Bien sûr que si, je le pensais ! dit aussitôt Linc.

Elle secoua la tête, atterrée. Au temps pour ses efforts de conciliation.

— Dans le Montana, on a la politesse de se présenter avant de cogner, dit Alex.

— Eh bien, faisons les présentations ; je m'appelle Lincoln Hart, et tu vas payer pour ce que tu as fait à ma sœur.

— Arrête ça tout de suite, Linc, dit-elle en haussant le ton. Je te répète que tu as tout faux. Et si tu tiens à provoquer Alex en combat singulier, sache que tu n'en sortiras pas vainqueur. Il a l'habitude de porter des piles de parpaings comme si c'étaient des cure-dents, alors que tu passes ton temps derrière ton bureau à parler au téléphone.

— Dis donc, Ellie, écoute un peu…

— Non, toi, écoute ! Alex pourrait te réduire en bouillie s'il le voulait, alors cesse de te ridiculiser.

— Je défends ton honneur. Laisse-moi lui fiche une bonne correction, ajouta-t-il en essayant de la pousser de côté.

— Pas question. Je tiendrai bon, et il faudra que tu me passes sur le corps, au risque de faire du mal au bébé.

— Mais, Ellie, je…

— Plus un mot.

— C'est comme ça que tu me remercies d'avoir pris le premier avion pour voler à ton secours ?

— Je ne t'avais rien demandé.

Elle tira ses clés de sa poche pour les lui tendre.

— J'habite sur Lake View Road dans la maison de Jill Beck. Demande le chemin à n'importe qui, on te l'indiquera. Tu coucheras dans ma chambre d'ami.

— N'y a-t-il pas d'hôtel dans ce patelin ?

— Le Blackwater Lake Lodge. Mais il risque d'être complet car ce patelin, comme tu dis, attire beaucoup de touristes. De toute façon, je préfère que tu loges dans mon appartement, ce qui me permettra de garder un œil sur toi.

Visiblement à contrecœur, Linc recula vers la porte.

— Je vais t'attendre chez toi. On a à discuter.

— C'est ça. A ce soir.

Dès que la porte se fut refermée, elle s'éclaircit la gorge avant de se tourner vers Alex, la peur au ventre. Elle avait passé toute la journée à essayer de trouver un moyen de lui annoncer en douceur qu'elle portait son enfant. Or, il venait de l'apprendre de la manière la plus brutale qui soit.

— Quand avais-tu l'intention de m'annoncer que tu étais enceinte ? demanda-t-il d'un ton accusateur.

— Ce soir.

— Mais ton frère le savait déjà.

— Il m'a appelée ce matin, alors que je tenais le test de grossesse entre les mains. J'étais bouleversée, j'ai craqué.

— Ton frère croit que je t'ai forcée…

— Ne t'inquiète pas de cela. Je lui expliquerai qu'il se trompe et que j'étais pleinement consentante. Alex, pour ta gouverne, le bébé est de toi.

— Je n'en ai jamais douté.

— Tant mieux. Il va falloir que tu mettes une poche de glace sur ton œil.

Il était en train de virer au noir. Comme elle tendait la main vers son visage, il s'écarta. Elle le prit comme une gifle. Il la rejetait.

— Ecoute, Alex, je ne vais pas te le répéter trente-six fois. J'ai fait le test de grossesse ce matin, et j'avais vraiment l'intention de t'en parler ce soir. Comme ce n'est pas le genre d'information que l'on annonce au téléphone ou en présence de collègues de chantier, j'attendais de me retrouver seule avec toi. Voilà. Je suis désolée que mon frère ait déboulé sans prévenir pour t'accuser des pires maux. Mais, excuse-moi de te le dire, nous n'en serions pas là, si tu avais eu des préservatifs fiables.

— Ils ne sont jamais fiables à 100 %.

— Alors, nous partageons la responsabilité de la situation. Voilà, c'est tout ce que j'ai à dire, ajouta-t-elle en prenant son sac et en se dirigeant vers la porte. Mon travail ici est terminé.

— Un instant.

— Mon frère m'attend chez moi.

— Rocky peut attendre un peu, cela lui permettra de se calmer.

— Il a traversé la moitié du pays pour moi, et je me dois d'aller le retrouver.

— Et moi, je suis le père de l'enfant que tu portes.

Elle se tourna vers lui, furieuse.

— J'espère que tu ne vas pas m'obliger à choisir entre mon frère et toi, tout de même ! Ce soir, étant donné que les esprits sont échauffés, je crois qu'il vaut mieux en rester là. Après une bonne nuit de sommeil, nous y verrons plus clair pour décider de la marche à suivre.

— C'est tout vu. Tu es enceinte, et nous allons être parents. Il n'y a qu'une chose à faire.

— Laquelle ?

— Je vais t'épouser.

Elle sentit son irritation monter d'un cran. « Je vais t'épouser. » Et pas « Nous allons nous marier ». Le choix de la formulation se passait de commentaire.

La proposition d'Alex ne la surprenait pas vraiment. C'était un homme de devoir, ainsi que l'avait souligné Martha. Jadis, il avait assumé ses responsabilités envers ses frère et sœur, et il tenait à présent à se comporter correctement, non pas en lui versant une pension alimentaire ou en jouant son rôle de père, ce qui aurait été suffisant, mais en allant jusqu'à lui passer la bague au doigt.

— Eh bien, tu ne réponds pas ? demanda-t-il.

— Je ne sais que dire.

— Oui, tout simplement.

Elle croisa son regard. Si seulement il avait souri, esquissé un geste vers elle, mais il demeurait froid et impénétrable.

Dans son esprit, une demande en mariage s'accompagnait d'une déclaration d'amour, mais Alex ne lui en faisait pas, pour la bonne raison qu'il n'éprouvait rien pour elle.

Une seule réponse s'imposait donc.

— Je ne t'épouserai pas.

— Et pourquoi ?

— Parce que tu me le demandes uniquement par obligation.

— Et qu'y a-t-il de mal à cela ? demanda-t-il en passant sa main dans ses cheveux d'un air fatigué.

— Rien. C'est une qualité admirable que de vouloir assumer ses responsabilités, mais je ne peux pas te laisser te sacrifier ainsi. Si j'acceptais, nous ne serions pas heureux, et notre bébé non plus.

— Qu'est-ce qui te fait croire que nous ne serions pas heureux ? Nous nous entendons bien, au lit comme ailleurs.

Elle secoua la tête, attristée. Il fallait un peu plus que cela pour devenir mari et femme. Elle aimait Alex, mais ces derniers mots ne faisaient que la conforter dans son refus.

— C'est très noble à toi de me proposer le mariage, tu es un homme droit et honnête. Mais…

— Mais quoi ?

— Je veux un mari qui m'ait vraiment choisie, un

homme qui soit complice, tendre, prêt à partager tous ses secrets avec moi, un partenaire dans tous les domaines, pas seulement au lit. Pas un chevalier qui vole à mon secours sur son blanc destrier, pour me proposer de régulariser la situation et m'épargner de devenir une mère célibataire.

— Tu caricatures les choses, Ellie. Nous allons avoir un enfant, et cet enfant mérite une famille.

— Il en aura une, et on n'a pas besoin d'être mariés pour cela.

Elle rajusta la bandoulière de son sac sur son épaule.

— Pense à mettre de la glace sur ton œil.

Et elle sortit avant que ses larmes ne se mettent à couler. Le mariage était une proposition généreuse, mais elle voulait davantage.

Elle voulait l'amour d'Alex McKnight.

10.

Le lendemain, Alex était d'une humeur massacrante en rentrant du travail, plus encore que lorsque Ellie avait fait sa valise pour partir. Comme il entrait dans la cuisine où Martha était en train de couper des légumes, il s'efforça de se calmer. Elle ne méritait pas de faire les frais de sa mauvaise humeur.

— Bonsoir. Qu'y a-t-il de bon pour dîner ?

Il s'étonnait de pouvoir prendre un ton aussi enjoué alors qu'il n'avait en réalité qu'une envie : envoyer son poing dans le mur.

— Du poulet piccata.

Le plat préféré d'Ellie. Cela suffit à le faire sortir de ses gonds.

— Vous savez que je n'en raffole pas, Martha.

— Ellie, si.

— Elle n'est plus là.

— Si vous sortez dîner en sa compagnie, je peux le mettre au congélateur, et vous n'aurez qu'à le manger demain.

— Je ne dînerai pas avec Ellie, ni ce soir ni demain.

La mine plus revêche que jamais, Martha se tourna vers lui.

— Si. Parce que vous avez plein de choses à vous dire, tous les deux, et qu'il vaut mieux le faire autour d'un bon plat.

Il prit une profonde inspiration, s'exhortant à la patience.

— Et à votre avis, de quoi devrions-nous discuter ?

— Elle attend un enfant de vous, non ?

— Et comment diable le savez-vous ?

— Je vous rappelle que je travaille ici de l'aube jusqu'au soir, et que j'ai des yeux et des oreilles.

Il fit une petite grimace. D'accord, elle savait des choses, mais pas tout.

— Vous pourrez garder le poulet piccata pour vous. Ellie ne risque plus de le manger. Elle est partie.

— Si vous croyez m'apprendre quelque chose ! rétorqua Martha. Je suis bien placée pour savoir qu'elle est retournée à son appartement, puisque je l'ai aidée à faire sa valise.

— Non, je veux dire qu'elle est partie pour de bon.

La surprise se lut dans les yeux de la gouvernante. Pourtant, il ne retira aucune satisfaction de lui avoir cloué le bec.

— C'est Adam Stone qui me l'a dit, poursuivit-il en radoucissant le ton. Le frère d'Ellie l'a ramenée au Texas. Elle a déposé la clé de l'appartement chez Adam et Jill en leur disant qu'elle avait terminé son travail à Blackwater Lake.

— Et qu'allez-vous faire ? demanda Martha en mettant les poings sur les hanches. Il faut vous battre pour la récupérer.

— Je n'en ai pas envie.

— Comment cela ?

Il sentit ses muscles se contracter. C'était un cri indigné.

— Ellie a agi comme Laura. Elle s'est enfuie. Mais elle porte mon enfant. Et s'il y a quelqu'un que je veux récupérer, c'est lui, pas elle.

Les lèvres de Martha se pincèrent.

— Vous avez un beau coquard. Il paraît que le frère d'Ellie ne vous a pas raté.

Un soupir lui échappa.

— Pourquoi faut-il que tout se sache dans cette ville ?

— Votre faute. La prochaine fois que vous voudrez vous battre avec quelqu'un, ne le faites pas sur un chantier de construction, au vu et au su des ouvriers.

— Nous étions dans le préfabriqué. Et Lincoln, son frère, a agi sous le coup d'un malentendu.

— Sous le coup, c'est le cas de le dire !

— Très drôle. Ce que j'essaie de vous expliquer, c'est qu'il se trompait complètement.

— Comment cela ? Vous avez bien mis sa sœur enceinte, non ?

— Oui, mais c'était un accident.

Il laissa échapper un soupir. A cause de ce maudit préservatif périmé.

Ellie avait activement participé à la conception de ce bébé. Elle avait voulu faire l'amour, autant que lui. Et elle lui manquait déjà atrocement, alors qu'elle était pourtant partie sans un mot à son intention.

— Quand on s'amuse à ce genre d'activités, il faut être prêt à en payer les conséquences.

— Qui êtes-vous pour me faire la morale ? Ma mère ?

— Elle vous dirait la même chose si elle était là, rétorqua Martha, apparemment peu impressionnée par sa colère. Ce Lincoln a voulu défendre l'honneur de sa sœur, ce qui était normal. Si un Roméo de bas étage séduisait Sydney, que feriez-vous ?

Pareil.

Il devait admettre qu'elle avait raison.

— Qu'avez-vous fait à Ellie pour qu'elle s'en aille ? reprit la gouvernante, plus vindicative que jamais.

— Rien du tout.

— Cela m'étonnerait. Cette fille s'intégrait parfaitement à Blackwater Lake, elle aimait cette ville comme si elle y était née et elle commençait à s'y faire des amis. Et elle s'en va du jour au lendemain sans dire au revoir à personne. Vous ne m'ôterez pas de l'idée qu'elle avait une bonne raison de s'en aller aussi vite, et que ça avait un rapport avec… vous.

— Si vous croyez que je me suis mal conduit envers elle, vous avez tout faux. C'est le contraire. Je lui ai demandé de m'épouser.

— Et qu'a-t-elle répondu ?

— Que c'était très noble de ma part. Et qu'elle refusait.

— Ah.

— Que suis-je censé comprendre ?

— C'est à vous de le deviner.

— Je croyais que vous aviez de l'estime pour moi, Martha. Or, vous semblez me considérer comme un sale type qui a abusé d'une femme. Il ne faudrait pas oublier que c'est moi qui signe votre chèque tous les mois.

Il se tut, peu fier de ses derniers mots.

— Mon pauvre Alex, vous mélangez tout, répliqua Martha d'un ton méprisant. De toute façon, vous ne pourriez pas vous passer de moi.

— Nul n'est indispensable.

— C'est là que vous vous trompez. Ellie l'est, pour ne citer qu'elle. C'est une fille bien, intelligente et généreuse.

Il la regarda, surpris. D'habitude, aucune de celles avec lesquelles il sortait ne trouvait grâce aux yeux de Martha. Laura lui avait inspiré ses critiques les plus sévères.

— Qu'est-ce qui vous arrive ? Ellie m'a quitté. C'est de moi que vous devriez être solidaire, pas d'elle.

— Je suis sûre qu'elle avait une raison.

— Pourquoi la défendez-vous, alors que vous n'avez jamais défendu Laura ?

— Mme McKnight n'était pas une épouse digne de ce nom, lança Martha avec du venin dans la voix. C'était… une sorcière !

— Et d'après vous, Ellie est par contre une femme pour moi ?

— Ne m'obligez pas à vous répondre. C'est à vous de savoir ce qui est bien pour vous.

Sortant une boîte en plastique du placard, elle y versa le contenu de la casserole et mit le tout au réfrigérateur. Puis, elle sortit dans le vestibule pour prendre son manteau.

Il s'appuya contre la table. Au départ, la relation avec Ellie devait être une « L.D.D. », une liaison à durée déterminée comme ils l'avaient appelée en ne plaisantant qu'à moitié, une aventure sans complications ni prise de tête à l'issue de laquelle chacun était censé reprendre le fil de sa vie. La première fois qu'il avait compris que ce ne serait pas si simple était le jour où elle avait fait sa valise pour s'en retourner dans son appartement. Cette nuit-là, elle lui avait tellement manqué qu'il en avait eu mal, et le lendemain, la maison lui avait paru terriblement vide sans elle.

Elle portait son enfant, ce qui aurait pu constituer un nouveau départ pour eux. Hélas, elle était partie, et il ne savait comment la faire revenir. A moins que...

— Au revoir, Alex, dit Martha en passant la tête à la porte. A demain.

— Non, je ne serai pas là.

— Et où serez-vous ?

— A Dallas. Il faut que je parle à Ellie.

Un sourire éclaira le rugueux visage de la gouvernante.

— A la bonne heure.

Ellie avait repris possession de sa chambre, à l'étage de la grande et belle demeure de ses parents, dans une banlieue résidentielle de Dallas.

En fait de chambre, c'était une suite avec son salon et sa salle de bains personnels. Avec des dorures et des paillettes dans le plus pur style texan, des rideaux en satin broché, des coussins en veux-tu en voilà, tout un luxe dont elle se serait bien passée. En fait, elle se demandait ce qu'elle faisait là.

A Blackwater Lake, elle s'était laissé convaincre par

son frère de rentrer au bercail, mais elle n'aurait jamais cru qu'Alex lui manquerait tant. Elle voulait le voir, lui parler, le toucher. Il avait son numéro de portable et aurait pu l'appeler, pourtant jusqu'à présent, c'était le silence radio.

Hastings et Katherine Hart savaient qu'ils allaient être grands-parents. Comme Linc n'aurait pas tardé à leur dire, elle avait pris les devants en le leur annonçant dès son arrivée l'avant-veille.

Trente ans plus tôt, sa mère avait commencé une carrière prometteuse d'actrice qu'elle avait dû interrompre à la naissance de son premier fils. Toutefois, il lui restait quelque chose de sa formation de comédienne, car Ellie avait été incapable de dire si la nouvelle de sa grossesse l'enchantait, l'excitait ou l'attristait. Sa capacité à masquer ses émotions avait dû déteindre sur son père, car il n'avait pas montré davantage de réaction.

Ils venaient de terminer de dîner et ses parents prenaient le dessert et le café dans le salon, tandis qu'assise en face d'eux dans un fauteuil, elle se contentait d'un verre de lait et de fruits. Hier, elle avait vu un obstétricien — ayant des amis haut placés dans le monde médical, les Hart avaient fait en sorte qu'elle soit reçue le jour même — qui lui avait déconseillé la caféine et tous les stimulants, et Ellie avait donc renoncé à son expresso d'après repas sans trop de difficultés. Par contre, quand Ina Wheeler, la gouvernante, lui avait apporté un bol de fruits en lieu et place du parfait au chocolat surmonté d'une boule de glace auquel ses parents avaient droit, Ellie s'était sentie lésée.

— Les fraises sont-elles à ton goût, Suellen ? demanda sa mère.

— Parfaites, répondit-elle en en empalant une sur sa fourchette en argent pour se venger.

— Quel plaisir de t'avoir à la maison !

Sa mère grignota un petit morceau de gâteau, puis s'essuya délicatement le coin des lèvres.

Agée de cinquante-huit ans, Kate, comme tous ses amis l'appelaient, en paraissait vingt de moins. Beaucoup la prenaient pour la sœur d'Ellie, étant donné qu'elles étaient de la même taille, et possédaient des yeux et des cheveux d'une couleur identique. Elles fréquentaient aussi le même salon de coiffure haut de gamme de Dallas, mais Kate arborait un carré dégradé, savamment effilé, tandis qu'Ellie préférait garder les cheveux longs.

— Tu nous as manqué, El, dit son père.

La soixantaine dynamique, il avait des yeux bleus et des cheveux gris qui, selon sa femme, ne faisaient qu'ajouter à son charme. Entre Kate et lui, ç'avait été un coup de foudre qui durait encore, mais Ellie n'avait jamais compris que sa mère laisse tomber sa carrière pour se marier et élever ses enfants.

Elle n'aurait pas à affronter un tel dilemme. En tant que mère célibataire, elle serait obligée de travailler pour subvenir aux besoins de son enfant, puisqu'elle n'avait aucune intention d'accepter l'aide de ses parents. Elle voulait qu'ils soient fiers d'elle, ce qui ne risquait pas d'arriver si elle vivait à leurs crochets.

— Ta mère et moi, nous avons réfléchi, et nous pensons que tu devrais rester chez nous.

Ce matin, elle leur avait annoncé son intention de retourner dans son appartement qui se trouvait près du siège social de Hart Industries, dans le centre-ville.

— Tu veux dire pour une semaine ou deux supplémentaires ?

— Ce pourrait être un arrangement permanent, dit sa mère en laissant couler deux morceaux de sucre de canne dans son café. Ce serait tellement amusant de transformer la chambre voisine de la tienne en nurserie !

— Vous allez être dérangés par un bébé qui pleure à longueur de journée. Sans parler de la nuit.

Elle leur lança un coup d'œil inquiet. Avec un peu de chance, cela les ferait revenir sur leur proposition.

— As-tu vu la taille de la maison ? dit son père. Ta chambre se trouve dans l'aile nord. Nous n'entendrons pas un bruit.

— Tu auras ton intimité tout en bénéficiant d'une aide à portée de main, si nécessaire.

— Je vais y réfléchir, merci.

— Ce qui signifie non, dit Kate.

Ellie la regarda plus franchement. Il n'y avait ni colère ni reproche dans son ton. Elle se bornait à constater.

— Qu'est-ce qui te permet de le dire ?

— Durant mes années d'actrice, j'ai étudié le langage du corps, et je sais encore le décrypter. Et puis, je suis ta mère et je te connais mieux que personne. Toute petite, quand tu ne voulais pas faire quelque chose, c'était ce que tu répondais. C'était ta manière à toi de te révolter, passivement, de botter en touche, et de fuir le conflit tout en t'opposant tout de même à nous.

Elle se sentit un peu mal à l'aise. Ainsi, sa mère n'avait pas été dupe. Comédienne dans l'âme, elle avait percé à jour le manège de sa fille.

Parviendrait-elle à connaître aussi bien son propre bébé ?

— Cette fois, j'ai vraiment besoin de réfléchir. C'est une décision importante.

— Je comprends, répondit Kate en échangeant un regard avec son mari. Mais je ne suis pas sûre que ce soit le cas de ton père.

— C'est vrai, dit Hasty en posant violemment sa tasse sur la table basse. Je veux juste protéger ma petite fille, ce n'est tout de même pas dur à comprendre !

Elle hocha la tête. Elle n'en voulait pas à son père de s'emporter. L'instinct parental, elle savait ce que c'était depuis que l'obstétricien l'avait examinée en lui disant que tout allait bien pour son bébé.

— Je vous remercie pour votre proposition, mais je crois qu'il est préférable pour l'heure que je rentre chez moi.

Plus vite elle apprendrait à ne compter que sur elle-même, mieux ce serait. Elle devait se guérir d'Alex, le sortir de ses pensées. Et elle devait également se libérer de la tutelle de ses parents. Ce serait difficile, mais c'était le prix à payer pour gagner son propre respect.

Avant que ses parents ne puissent réagir, la sonnette de la porte d'entrée retentit. Elle entendit le pas d'Ina dans le vestibule.

Hasty jeta un coup d'œil à sa montre.

— C'est peut-être l'un des garçons.

Linc, Cal ou Sam.

— Pourquoi sonneraient-ils ? dit sa mère. Ils ont la clé. Et il est un peu tard pour des visiteurs.

Ina revint dans la pièce. Avec sa robe grise et son tablier blanc, elle était très différente de Martha Spooner qui était toujours en jean.

— Un homme désire voir Mlle Ellie, annonça-t-elle.

— A-t-il donné son nom ? demanda Hasty.

— Alex Mc Knight.

— Le père du bébé, murmura Kate, la bouche pincée.

Hasty se leva.

— J'ai deux mots à lui dire.

Ellie se figea. Son cœur cognait à tout rompre. L'expression de son père ne lui disait rien de bon, elle l'avait déjà vue sur le visage de Linc, avant qu'il décoche son coup de poing.

Elle se leva à son tour.

— Ne le frappe pas, papa.

— Je n'en ai pas l'intention. Ton frère s'en est déjà chargé.

Ce qui ne la rassura guère.

— Je voudrais lui parler. Seule. C'est mon problème, pas le vôtre.

Ses parents l'observèrent pendant quelques instants, puis sa mère hocha la tête.

— Nous allons monter dans notre chambre, mais Ina sera dans la cuisine si tu as besoin d'aide.

— Tout se passera bien.

Elle inspira doucement. En réalité, rien n'était moins sûr. Et l'aide de ses parents ou d'Ina ne servirait à rien.

Tous trois sortirent dans le vestibule où Alex attendait au pied du double escalier. Le voir la transporta d'aise. En pantalon noir, chemise bleu ciel et veste de ville, il était fort séduisant, mais elle le préférait en jean, T-shirt et bottes de chantier. Preuve de son honneur défendu, le coquard encerclait toujours son œil.

Consciente que son père n'apprécierait guère qu'elle caresse la joue meurtrie d'Alex, elle résista à l'envie de le faire.

— Bonsoir, Alex, dit-elle en s'approchant de lui. Je te présente mes parents, Hastings et Katherine Hart.

— Ravi de vous rencontrer, monsieur et madame Hart.

Il leur tendit la main, puis la laissa retomber sur le côté en voyant que tous deux déclinaient l'offrande de paix. Son visage se durcit.

— Je suis venu voir Ellie.

— Nous le savons.

La voix de son père tremblait de colère contenue.

Plus vite elle se retrouverait seule avec Alex, mieux ce serait.

— Papa et maman vont monter dans leur chambre.

— Contraints et forcés, ajouta son père.

— Viens, Hastings.

Kate prit la main de son mari pour l'entraîner dans l'escalier de gauche qui desservait l'aile sud.

Ellie conduisit Alex dans le salon. Bien que la maison fût grande, elle savait qu'on pouvait entendre les conversations du palier de l'étage, et prit donc soin de refermer la porte.

Elle aurait voulu lui prendre la main, comme sa mère l'avait fait avec son père, mais elle n'en avait pas le droit. Leur liaison était terminée. Ils n'avaient plus rien à partager, hormis ce bébé qui grandissait en elle, et qui était sans doute la seule raison de la visite d'Alex.

Il alla se placer dos à la cheminée, et promena son regard à la ronde.

— C'est une belle maison.

— J'y ai grandi. Comment va ton œil ?

— Mieux qu'il n'en a l'air.

— Est-ce que quelqu'un a remarqué le coquard ?

— Tu plaisantes ? Toute la ville en fait ses choux gras. Mais je ne suis pas là pour te parler de cela. Tu as abandonné le chantier du centre médical.

— Faux. Mon travail était terminé.

La bouche d'Alex se crispa.

— Toujours est-il que tu es partie sans un mot. Mon ex-femme avait au moins pris la peine de m'annoncer son départ.

Elle détourna la tête. Il avait raison, mais ses mots lui faisaient mal. Il la mettait dans la même catégorie que l'épouse menteuse qui l'avait manipulé et trompé.

— J'avais mes raisons.

— Et moi, j'ai des droits.

— Si tu veux parler du bébé, sache que je te tiendrai au courant de tout ce qui le concerne. Hier, j'ai consulté un obstétricien qui m'a dit que tout se passait bien. L'accident à ma cheville et l'opération que j'ai subie avec cette anesthésie locale n'auront aucune incidence sur son développement. Le médecin m'a fait une prise de sang, et je dois le revoir bientôt.

— Content de l'apprendre.

— J'ai également vu un avocat qui va se mettre en rapport avec toi pour convenir d'un droit de visite illimité à ton intention. Jamais, je ne t'exclurai de la vie de ton enfant.

— Je ne t'en ai jamais soupçonnée.

— Le problème, c'est que je vais désormais travailler à Dallas où mes clients potentiels gravitent autour de Hart Industries, et cela t'obligera à faire le voyage depuis le Montana, chaque fois que tu voudras voir le bébé.

Elle retint un soupir. S'il l'avait aimée, ils auraient pu trouver un arrangement. Elle aurait été prête à tout pour qu'ils forment une véritable famille. Hélas, il ne l'aimait pas.

— Je comprends.

— Alors, si tu n'as rien d'autre à ajouter, je te raccompagne à la porte.

— Pas si vite. Je voudrais t'informer que j'ai l'intention d'ouvrir une succursale de McKnight Construction à Dallas.

— Ici ? Mais pourquoi ?

— Pour me rapprocher de toi et du bébé, dit-il en se passant la main dans les cheveux, visiblement plus ému qu'il ne voulait le paraître. C'est mon enfant autant que le tien, poursuivit-il. J'ai perdu un petit garçon que je croyais mon fils, et je ne tiens pas à revivre une telle épreuve. Je veux être là pour tous les moments importants de sa vie, et le reste aussi, les séances de préparation à l'accouchement, la naissance. Tout.

Elle acquiesça, le cœur serré. Il le faisait pour l'enfant. Pas pour elle. Pour l'heure, il s'intéressait à sa santé uniquement parce qu'elle portait son bébé. Seigneur, comment allait-elle faire pour le voir régulièrement et partager un enfant avec lui sans lui montrer qu'elle l'aimait ?

— Bon, je crois que, cette fois, nous nous sommes tout dit.

— Pas tout à fait. Je pense toujours que nous devrions nous marier.

— Ma réponse n'a pas varié. Si tu es venu à Dallas pour tenter de mettre ma famille de ton côté, tu as perdu ton temps.

Il se frotta la joue, juste au-dessous de l'œil au beurre noir.

— Je ne me faisais aucune illusion au sujet de ta famille. Ton frère m'a signifié de quel côté il était, de manière très percutante.

— J'ai deux autres frères.

— Je sais. Et j'ai encore autre chose à te dire, mais pas ce soir. Tu m'as l'air fatiguée.

— Je vais bien.

Un mensonge. Elle ne s'était jamais sentie aussi épuisée, et vulnérable. Il avait raison, il valait mieux arrêter là cette conversation.

— Je suppose que tu rentres dans le Montana demain ?

— Non. Je vais rester un peu dans le coin.

Elle frissonna. Et elle qui avait voulu mettre des milliers de kilomètres entre eux afin de se guérir de lui. Ce n'était pas juste.

— Je te raccompagne.

— Merci.

Dans le vestibule, elle se contenta d'ouvrir la porte sans rien dire. Comme il marquait un temps d'hésitation, elle crut qu'il allait l'embrasser, mais il ne fit que secouer la tête d'un air consterné.

— Bonne nuit, Ellie.

— Au revoir, Alex.

Après son départ, elle était appuyée contre le battant, à lutter contre ses émotions, quand ses parents la rejoignirent.

— Qu'a-t-il dit ? demanda son père. A-t-il l'intention de régulariser la situation ?

— Il veut faire partie de la vie du bébé.

Elle sentit les larmes monter dangereusement. Et donc de la sienne.

Le soutien que lui avaient proposé ses parents lui apparut soudain comme sa seule planche de salut.

— Puis-je dormir ici cette nuit ?

— Et toutes les nuits que tu voudras, ma chérie, dit sa mère en l'embrassant.

— Vous me protégerez contre lui.

— Il représente donc un danger pour toi ? dit son père, la mine perplexe. T'a-t-il menacée de quelque chose ?

— Bien sûr que non. C'est juste que devant lui, je perds tous mes moyens, et je compte sur vous deux pour le tenir à distance, et ne pas me laisser me ridiculiser.

11.

— Vraiment, mademoiselle Ellie, vous n'avez pas besoin de m'aider.

— Cela me fait plaisir, Ina.

Trois jours après la visite d'Alex, Ellie était toujours chez ses parents. Ils venaient de dîner, et elle aidait la gouvernante dans la cuisine. A Blackwater Lake, elle avait pris l'habitude de faire la vaisselle avec Alex, et cela lui manquait — Alex, plus que la vaisselle.

Pour passer du temps avec lui, revoir son sourire, elle aurait donné tout ce qu'elle avait.

Mais y penser ne servait qu'à remuer le couteau dans la plaie.

— Comment vont vos enfants, Ina ?

— Bien.

Petite brune grassouillette, Ina travaillait pour sa famille depuis une vingtaine d'années. A la mort accidentelle de son mari, elle s'était retrouvée avec quatre enfants à élever — deux garçons et deux filles — et Hastings et Katherine Hart lui avaient offert un emploi. L'une de ses filles avait l'âge d'Ellie, et elles avaient joué ensemble autrefois.

— Delaney va bien ?

— Elle est très heureuse, elle va bientôt se marier.

— C'est merveilleux.

Elle sourit à Ina. Elle le pensait vraiment, malgré la pointe de jalousie qu'elle en éprouvait.

— Pourquoi ne me l'avez-vous pas dit plus tôt ?

— Eh bien… Le moment me semblait mal choisi, mademoiselle Ellie.

— Pourquoi ?

Visiblement au supplice, Ina essuya une assiette en prenant plus de temps que nécessaire.

— Delaney attend un bébé.

Ellie hocha lentement la tête. C'était donc ça. Ina avait eu des scrupules à lui en parler en raison de la similitude des situations. La différence, de taille, c'était que Delaney allait épouser celui qui était sans doute le père de son enfant.

— Qui est l'heureux élu ? Est-ce que je le connais ?

— Votre frère Sam les avait présentés l'un à l'autre. Il s'appelle Peter Scott et travaille dans le secteur de la banque, à moins que ce ne soit la Bourse.

— Sont-ils très amoureux ?

Elle se mordit la lèvre. Elle n'avait pu s'empêcher de poser la question, cherchant à savoir s'ils se mariaient parce qu'ils en avaient vraiment envie, ou si Peter ne faisait que « régulariser la situation », pour reprendre l'expression de son père.

— Ils sont fous l'un de l'autre.

— Tant mieux. Transmettez-leur mes félicitations, et vous en méritez également puisque vous allez être grand-mère. La date du mariage est-elle fixée ?

— Pas encore. Ils viennent juste de se décider.

— Si je ne reçois pas d'invitation pour la cérémonie, je serai très vexée.

Elle s'efforça de sourire, mais le cœur n'y était pas. Alex lui avait également proposé le mariage, un mariage de convenance, pour l'enfant. Si elle avait accepté, il l'aurait considérée comme un boulet, une femme à entretenir par obligation, car elle était la mère de son enfant. Il l'en aurait méprisée, voire détestée, ce qu'elle n'aurait pu supporter.

— Quoi de neuf, sinon?

Ina rangea une pile d'assiettes dans le placard.

— Votre ami est revenu hier.

— Qui ça?

— M. McKnight. Il a parlé à vos frères Sam et Cal, puis à votre père, et il est même resté dîner.

Ellie la regarda, incrédule. Elle tombait des nues. Hier, elle avait travaillé jusque tard dans la soirée au siège social de Hart Industries où elle avait désormais un bureau, puis elle avait dîné en compagnie de Linc. A son retour, ni son père ni ses frères n'avaient fait une quelconque allusion à la visite d'Alex.

— Votre mère m'avait demandé de mettre les petits plats dans les grands.

Elle sentit la colère l'envahir. C'était de la folie. Ses parents qu'elle prenait pour de farouches ennemis d'Alex, et qui étaient censés lui servir de rempart contre lui l'avaient invité à dîner!

— De quoi ont-ils parlé?

— Je ne sais pas, répondit Ina sans la regarder. J'étais occupée à servir.

— Pas à moi, Ina! S'il vous plaît.

— Il est vrai que j'ai surpris quelques bribes de phrases, articula Ina, visiblement de plus en plus embarrassée, mais je préférerais que vous en parliez avec vos parents.

— J'aimerais bien savoir de quoi il retourne, afin de prévoir des munitions.

— Ce n'est pas une bagarre pour décrocher un contrat ni une bataille juridique. M. Hastings et Mme Kate ne veulent que votre bonheur. Et celui de leur premier petit-enfant.

— Ils ont une étrange manière de me le montrer.

— Allez leur parler. Ils sont dans le salon, je vous apporte un verre de lait.

— Merci, Ina.

Elle sortit de la cuisine à la hâte. Si elle n'avait pas été enceinte, elle aurait volontiers pris une boisson plus corsée pour l'aider à encaisser ce qu'elle venait d'apprendre.

Dans le salon, elle trouva ses parents assis côte à côte sur le canapé, en train de siroter leur café. Sur la table basse, deux assiettes vides gardaient des traces de gâteau au chocolat.

— Comment avez-vous pu ?

— Pu quoi, ma chérie ? demanda sa mère en levant les yeux de sa tasse.

— Me trahir !

— Je vois que tu es au courant de la visite d'Alex, répondit Kate, l'air parfaitement calme.

— Tu croyais vraiment pouvoir me la cacher ?

— Ne crie pas contre ta mère, Ellie, dit Hastings. Et viens t'asseoir. Nous avons des choses à te dire.

— Moi d'abord, si vous le permettez, dit-elle en restant debout. Je croyais que vous deviez me protéger contre lui !

— C'était en effet notre intention, répliqua son père en croisant les jambes, manifestement très détendu. Jusqu'à ce que tes frères nous disent ce qu'il avait fait.

Elle sentait qu'elle n'était pas au bout de ses surprises.

— Et qu'a-t-il fait ?

— Il est allé les voir à Hart Industries, pour se confronter à eux, comme un homme.

— Sans arme, ajouta sa mère.

Elle secoua la tête, amusée malgré elle. Au Texas, ce n'était pas une précision inutile.

— Et pourquoi a-t-il agi ainsi ?

— Pour leur expliquer qu'il assumait ses responsabilités. Et qu'il n'avait jamais abusé de toi.

Elle baissa les yeux. C'était la stricte vérité. Elle avait voulu appartenir à Alex dès le premier baiser, et s'il franchissait le seuil maintenant, elle savait qu'elle lui tomberait dans les bras sans hésiter. Elle l'aimait tellement qu'elle serait incapable de lui résister, ce qui expliquait pourquoi elle était venue se réfugier ici, sous la protection de ses parents. Qui avaient retourné leur veste pour faire alliance avec l'ennemi.

— Alors, Sam, Cal et Linc sont aussi passés dans le camp adverse.

Ce n'était pas une question. A présent, elle comprenait comment Alex s'était retrouvé à dîner chez ses parents auprès desquels ses frères avaient sans doute plaidé sa cause.

En plus d'être courageuse, cette confrontation avec ses frères était très habile puisqu'elle avait permis à Alex de rentrer dans les bonnes grâces de toute la famille.

— Alex est un homme bien, dit son père, je l'avais mal jugé.

— Je comptais sur toi pour me protéger, papa.

— Ecoute, Ellie, au cours de l'année passée, tu nous as suffisamment répété que tu ne voulais pas de notre ingérence dans ta vie, ni pour t'aider financièrement ni pour donner un coup de pouce à ta carrière. Quand ta mère et moi, nous t'avons déconseillé d'aller dans le Montana, tu nous as dit que tu voulais désormais voler de tes propres ailes, bref, que nous n'avions pas à nous en mêler. Alors, il faut être logique avec toi-même et assumer ton choix.

Elle cilla. Son père marquait un point. Après avoir passé des années à la considérer comme le maillon faible de la famille et à ne pas prendre ses déclarations au sérieux, il avait apparemment fini par l'écouter, et même très attentivement, puisqu'il se souvenait de ses paroles dans le moindre détail.

— Je parlais de ma vie professionnelle, pas privée.

— Tu n'as pas besoin qu'on te protège contre Alex, Ellie. C'est un homme droit, honnête, généreux, prêt à se battre pour ce qu'il croit juste.

Elle soupira. Elle connaissait ses qualités mieux que quiconque. Après son accident, il l'avait recueillie chez lui alors qu'elle n'avait nulle part où aller. Il l'avait soignée, il lui avait même lavé les cheveux !

— Comment a-t-il fait pour vous gagner à sa cause ?

— Il nous a dit qu'il t'aimait. Et je l'ai cru.

Elle le fixa, soudain perdue. Et il n'y avait pas meilleur juge que Hastings Hart.

— L'amour, ça ne résout pas tout…

Elle avait prononcé ces mots à voix basse, mais sa mère l'entendit.

— L'amour est la seule chose qui compte, ma chérie, dit Kate en posant sa tasse pour se pencher vers elle. Je sais que tu n'as jamais accepté que je renonce à ma carrière pour m'occuper de mon mari et de mes enfants. Et je sais aussi pourquoi.

— Moi, je n'en ai pas la moindre idée, mais je sens que tu vas me l'expliquer.

— Tu as grandi avec trois frères et un père qui sont des cracks dans les affaires. Tu les as vus réussir tout ce qu'ils entreprenaient, vendre, acheter, construire, engranger des millions, et perpétuer ainsi les valeurs si chères aux Hart. Et forcément, tu veux te couler dans ce moule pour que nous soyons fiers de toi.

Tremblante, elle alla s'asseoir près de sa mère. Il était temps de tomber le masque.

— C'est vrai, maman, tu as raison. Je voudrais tellement que vous soyez fiers de moi.

— Mais nous le sommes, ma chérie. Nous t'aimons. Et la plus belle réussite que tu pourrais nous offrir serait d'être heureuse.

— Ce n'est pas suffisant.

— C'est là que tu te trompes. J'ai pris la décision d'arrêter de travailler, car j'étais follement amoureuse de ton père, et que je savais que ma vie d'épouse et de mère me comblerait. Aujourd'hui, après toutes ces années, j'aime Hasty comme au premier jour, et je n'ai jamais regretté mon choix. En l'épousant, je n'ai renoncé à rien puisqu'il était tout ce que je voulais.

— Vraiment ?

— Je suis sincère, Ellie. Si tu désires une carrière, je suis sûre que tu trouveras un moyen de mener de front ta vie de mère et d'architecte. Mais le plus important est d'avoir à tes côtés un homme solide, digne de confiance.

— Il m'a demandé de l'épouser. Mais il ne m'a jamais parlé d'amour. J'étais convaincue qu'il me proposait le mariage juste par obligation.

— Il nous a assuré qu'il t'aimait, reprit sa mère. Et j'ai vu dans ses yeux qu'il ne mentait pas. Sans doute n'a-t-il pas encore osé te le dire. Si tu l'aimes, toi aussi, ne le rejette pas par orgueil. Des hommes comme Alex McKnight ne se présentent pas deux fois dans une vie. Tu as de la chance de l'avoir rencontré.

— Je ne suis pas convaincue qu'il m'aime, maman. Au départ, il ne voulait que d'une aventure sans lendemain. Avec le bébé, la donne a changé, mais pas ses sentiments à mon égard.

— Il a traversé la moitié du pays pour venir te voir, il a défié ton père et tes frères. Crois-tu qu'un homme qui n'éprouverait rien à ton égard agirait ainsi ?

— Il faut que tu lui parles, ajouta son père.

— Je l'ai déjà fait. Cela n'a rien changé.

— Lui annoncer que tu étais enceinte et que tu rentrais au Texas, je n'appelle pas cela parler.

Elle laissa errer son regard, songeuse. Cela expliquerait la froideur d'Alex, la dernière fois qu'elle lui avait « parlé ». Son père avait raison. Il était temps de se dire les choses.

— Savez-vous à quel hôtel il est descendu ?

— Tu n'es pas au courant ? demanda sa mère.

— De quoi ?

— Alex est retourné à Blackwater Lake. Etant donné

que tu refusais toujours de l'épouser, il n'a pas vu l'utilité de prolonger son séjour.

— Pour un homme soi-disant amoureux, il m'a l'air de baisser les bras bien vite.

Ses parents échangèrent un regard.

— J'avais promis à ta mère de ne jamais remettre le sujet sur le tapis, Ellie, mais il faut que je te le dise. Quand cet être adultère sans foi ni loi t'a fait perdre ton travail, tu as abandonné la partie sans rien dire, sans te défendre ni dénoncer les mensonges de ce monstre auprès de tes collègues.

— Personne ne m'aurait crue.

— Ta famille t'a crue, c'est ce qui compte. Ce que j'essaie de te faire comprendre, c'est qu'il faut se battre dans la vie pour les choses auxquelles on tient, que l'on gagne ou pas au bout du compte. Ainsi, on n'a pas de regrets.

— Comme toujours, tu as raison, Hasty, dit Kate. Cette horrible expérience t'a coûté ton travail, Ellie. Il est temps d'être solidaire de toi-même. Il y a une question que je ne t'ai pas encore posée : aimes-tu Alex ?

— Oui, maman.

— Je m'en doutais. Dans ce cas, tu n'as pas trente-six solutions. Soit, tu vas le trouver avant qu'il ne soit trop tard, pour lui avouer tes sentiments, soit tu restes sur tes positions et tu laisseras passer ta chance de bonheur. Et aucune réussite professionnelle ne pourra t'en consoler.

Sa décision fut vite prise.

— Tu as raison, dit-elle en se levant. Je vais prendre le premier avion.

Hastings Hart lui sourit.

— J'en étais sûr. Bon sang ne saurait mentir.

*
* *

En remontant la grand-rue de Blackwater Lake, Ellie eut l'impression d'être partie depuis des années, et non quelques jours.

Le paysage des montagnes et du lac l'émouvaient comme aucun autre panorama n'avait jamais su le faire. Dans l'exercice de son métier, elle prendrait grand soin de respecter cette magnifique terre du Montana et ses ressources naturelles.

A condition qu'Alex veuille bien d'elle.

L'échec était pardonnable, lui avaient dit ses parents en substance. Renoncer sans se battre était par contre rédhibitoire. Il fallait qu'elle sache si Alex partageait ses sentiments. Si ce n'était pas le cas, elle repartirait au moins la tête haute, en sachant qu'elle avait essayé.

Elle ralentit en arrivant en vue de Mercy Medical Clinic et gara sa voiture à côté du 4x4 d'Alex. La location du véhicule, le trajet depuis l'aéroport, la traversée de la ville, tout lui donnait une impression de déjà-vu. Mais pas le chantier. L'aile supplémentaire du centre médical se dressait désormais devant elle, terminée, avec ses portes et ses fenêtres, et un panneau annonçait la date de l'inauguration. Dans quatre semaines.

Par la porte de derrière, elle entra dans le bâtiment. Des menuisiers installaient les placards, et les peintres étalaient une couche de peinture jaune clair sur les murs. La salle d'attente était vide. Non, erreur, Martha Spooner était derrière le comptoir de la réception en train de bavarder avec Ginny Irwin, l'une des infirmières du centre.

Elles la saluèrent, sans surprise apparente.

— Bonjour, Ellie, dit Martha comme si elle l'avait vue le matin même.

— Contente de vous revoir, Martha. Tout va bien ?

— Pourquoi cela n'irait pas ?

— Parce que tu es dans un centre médical fréquenté par définition par des gens malades, répondit Ginny en riant. Je vous rassure, Ellie, Martha ne vient pas consulter.

Nous sommes de vieilles amies, et elle venait me chercher pour aller déjeuner.

— Et vous, Ellie, comment ça va ? demanda Martha.

— Ma cheville se remet doucement. Avec toutes les broches et vis fixées par l'orthopédiste, je craignais de déclencher les détecteurs de métaux à l'aéroport, mais même pas.

— Ben sera ravi de l'apprendre, dit Ginny.

— Je ne parlais pas de la cheville, reprit Martha, mais de vous, Ellie.

Elle acquiesça. Sous-entendu à propos du bébé. Devant une tierce personne, Martha faisait preuve de discrétion.

Toute la ville serait bientôt au courant qu'Alex et elle allaient avoir un bébé, et elle était revenue dans l'intention d'assumer. La fuite, c'était terminé.

— J'ai toujours des nausées matinales, mais l'obstétricien m'a dit que cela passerait dans quelques semaines.

Aux yeux étonnés de Ginny, elle comprit que l'infirmière n'était pas au courant. Quant à Martha, elle la regardait d'un air bougon, visiblement furieuse qu'elle ait vendu « leur » secret.

— Jill et Adam ont été déçus de votre départ. Ils comptaient sur vous pour dessiner les plans de leur nouvelle maison.

— Je vais les appeler.

— Et ma cuisine ? demanda Martha. J'espère que vous ne l'avez pas oubliée ?

— Je commence quand vous voulez.

— Bien. Celui qui sera le plus content de votre retour, c'est tout de même Alex. Il est temps qu'il réapprenne à faire confiance à la gent féminine. Tiens justement, quand on parle du loup…

Martha s'adressa à quelqu'un par-dessus son épaule.

— Bonjour, Alex. Regardez, une revenante.

Le cœur battant, Ellie se retourna. Il était là, les traits tirés, mais toujours aussi sexy en jean, T-shirt et bottes.

— Bonjour, dit-elle. J'avais l'intention de monter au bureau en sortant d'ici.

— Je t'ai vue arriver sur le parking.

— Alors, ce déjeuner, on y va, Ginny ?

Empoignant le bras de l'infirmière, Martha l'entraîna vers la sortie.

— Comment vas-tu ? demanda Ellie une fois que la porte se fut refermée derrière les deux femmes.

— Bien. Et toi ?

Elle le regarda, un peu tremblante. Sans doute parlait-il du bébé.

— Tout va bien.

— Pourquoi es-tu ici, Ellie ?

Elle prit son inspiration. Il ne tournait pas autour du pot. Et elle n'en avait pas non plus l'intention.

— Je suis ici pour terminer ce que nous avons commencé. D'une manière ou d'une autre.

— Tu ne parles pas du chantier.

— Non, bien sûr. Mes parents m'ont dit que je péchais par orgueil, et je viens donc faire amende honorable…

— Je t'écoute.

— Tout d'abord, je m'excuse de ne pas avoir respecté les règles du jeu. Nous étions convenus d'une liaison sans engagement sentimental, mais je suis tombée amoureuse de toi à mon corps défendant. Je t'aime, Alex, mais je comprendrais que tu ne veuilles pas de moi…

En un pas, il combla la distance qui les séparait, et la prit dans ses bras.

— Tu ne sais donc pas ce que je ressens pour toi ? Je te veux, à en perdre la raison. Sans toi, je me sens… incomplet.

Il la serra contre lui pour l'embrasser, et elle lui rendit son baiser avec fougue en sentant leurs cœurs battre à l'unisson.

— Je vais te reposer la question que je t'ai déjà posée deux fois, mais cette fois, je n'omettrai pas l'essentiel.

— Troisième et dernière chance, répondit-elle, souriante.

— Ce sera la bonne. Ellie, j'aimerais que tu acceptes de devenir ma femme, non parce que tu portes mon enfant, mais parce que je t'aime. Je t'aime depuis cet instant où tu as refusé de prendre un verre avec moi après le travail.

— Tu as bien caché ton jeu.

— Parce que j'avais peur des sentiments que j'éprouvais à ton égard, de ce besoin que j'avais de te protéger, de prendre soin de toi. Cette idée de liaison à durée déterminée, sans engagement de part et d'autre, n'était qu'une stratégie pour donner le change.

— Je vois.

Elle hocha la tête, très émue. En réalité, elle ne comprenait pas tout, mais ils auraient largement le temps de mettre les choses au clair.

— La vérité, c'est que je t'aime, Ellie.

— Alors, pourquoi as-tu quitté Dallas précipitamment ?

— C'était une idée de ton père. Il pensait que c'était le déclic qu'il te fallait pour entendre raison, et ta mère était d'accord.

Elle le dévisagea. Une stratégie risquée qui avait, Dieu merci, réussi. Elle était trop heureuse pour en vouloir à ses parents.

— Mes parents étaient de ton côté.

— Tes frères m'aiment bien aussi.

— Cela ne te dérangerait donc pas de venir vivre à Dallas ?

— Ma chérie, j'irais sur la lune pour te suivre. Tant que nous serons ensemble, je serai heureux.

— Et moi, tu sais ce qui me rendrait heureuse ? C'est d'être ta femme et de vivre avec toi, ici, à Blackwater Lake.

Il sourit d'un air incrédule.

— Vos désirs seront des ordres, madame l'architecte.

Et ils scellèrent leur nouveau pacte d'un fervent baiser. L'amour pour toute la vie, c'était incomparablement mieux qu'une « L.D.D »…

COLLECTION *Blanche*

Ne manquez pas, dès le 1ᵉʳ juillet

UNE INFIRMIÈRE AMOUREUSE de Carol Marinelli • N° 1178

Lizzie est aux anges : elle vient de décrocher un poste d'infirmière en chef à la très luxueuse et très réputée clinique Hunter, à Londres. Mais, dès sa première rencontre avec son nouveau patron, le Dr Leo Hunter, elle tombe malgré elle sous son charme ravageur. Exactement ce qui pouvait arriver de pire. Car ce séducteur invétéré, habitué à fréquenter les stars et à faire la une des tabloïds, n'est absolument pas un homme pour elle, elle le sait. Et pourtant… A chaque regard qu'il lui adresse, elle a l'impression de s'embraser. Comment, dans ces conditions, va-t-elle réussir à travailler à ses côtés ?

DANS LES BRAS D'UN CHIRURGIEN ÉCOSSAIS, de Scarlet Wilson

Lexi vient d'être embauchée à la clinique Hunter en tant qu'attachée de presse, et elle est déterminée à prouver qu'elle est bel et bien la meilleure pour le poste. Et, pour cela, elle a besoin de la collaboration du Dr Iain MacKenzie, le plus brillant – et surtout le plus sexy – des chirurgiens de la clinique : il en serait un excellent ambassadeur ! Ne reste plus qu'à en convaincre l'Ecossais bourru qu'est Iain… ce qui s'annonce terriblement difficile, mais n'est certainement pas ce qui sera le plus dur. La véritable difficulté sera plutôt de résister à son charme, qui, elle le sent, agit déjà sur elle…

D'INCROYABLES RETROUVAILLES, de Lucy Clark • N° 1179

Si le Dr Jane Diamond a accepté cette mutation à l'hôpital pédiatrique de sa ville natale, c'est pour une seule et unique raison : tenter de renouer le lien avec Spencer, son neveu adoré de 6 ans, le fils de sa sœur disparue. Mais d'abord, elle le sait, il lui faudra gagner la confiance du Dr Sean Brooke, le père de Spencer …et son collègue à l'hôpital. Et si ses retrouvailles avec Sean et la froideur que celui-ci lui témoigne la troublent intensément, elle refuse de se décourager : elle réussira à convaincre Sean de la laisser revenir dans la vie de Spencer. Il en va de leur bonheur… à tous les trois.

NOUVEAU DÉPART POUR LE DR ISABELLA, de Melanie Milburne

Ce remplacement temporaire dans un centre médical australien a paru à Izzy une bonne occasion de se changer les idées ; surtout après la difficile rupture amoureuse qu'elle vient d'affronter. Quoi de mieux, en effet, qu'un dépaysement total pour recommencer à zéro ? Pourtant, dès son arrivée, elle comprend que sa nouvelle vie n'aura rien de paisible : non seulement elle commet un fâcheux impair auprès de Zach Fletcher, l'officier de police de la ville, mais en plus, ce dernier fait naître en elle un trouble qui la bouleverse…

SOUS LE CHARME DU MÉDECIN REBELLE, de Lucy Ryder • N° 1180

En s'installant dans la petite ville de Crescent Lake, le Dr Cassidy Mahoney ne s'attendait vraiment pas à ce que son premier patient soit le major Samuel J. Kellan, héros local – et lui-même médecin – et encore moins à ce qu'elle doive le soigner à la prison municipale, où il a dû passer la nuit, suite à une bagarre ! Mais ce qu'elle avait encore moins prévu, c'est que dès les premiers instants de leur rencontre, cet homme si séduisant la bouleverserait de cette façon. Car, elle le sent, derrière le regard fier et l'attitude rebelle se cache une profonde blessure…

UNE MYSTÉRIEUSE INCONNUE, de Pat Warren

Lorsqu'il découvre une voiture encastrée entre deux sapins, un jour de tempête de neige, le Dr Sean Reagan n'hésite pas une seconde et vole au secours de la conductrice inconsciente. Heureusement, une fois à l'abri dans son chalet, l'inconnue – ravissante, il n'a pu s'empêcher de le remarquer – reprend peu à peu ses esprits ; mais alors que Sean, brûlant de curiosité, cherche à comprendre la raison de sa présence ici, au beau milieu de la montagne, il se rend bientôt compte, stupéfait, que la jeune femme est… amnésique.

LES AMANTS DE L'HÔPITAL EDWARDS, de Robin Gianna • N° 1181

Juste une nuit, une seule. Voilà ce que se répète Charlotte lorsqu'elle se retrouve dans les bras virils du séduisant Dr Trent Dalton, son collègue à l'hôpital qu'elle dirige. Certes, elle a pour règle de ne jamais mélanger travail et sentiments, mais le risque de complications est minime – du moins le croit-elle – : Trent s'en va bientôt, ce qui, malgré le trouble profond qu'il déclenche en elle, l'arrange parfaitement ! Elle l'ignore encore, mais elle a au contraire toutes les raisons du monde de persuader Trent de rester…

POUR L'AMOUR D'ALISON, de Pamela Britton

En se rendant dans le magnifique ranch californien de Nicholas Sheppard, Alison n'a qu'un but : convaincre ce brillant chirurgien d'abandonner sa lubie de devenir rancher, et de venir travailler pour elle. En effet – parce qu'elle-même a survécu à un terrible accident grâce à des médecins comme lui – elle est prête à tout pour qu'il accepte de la rejoindre dans sa clinique. Et rien ne la détournera de l'importante mission qu'elle s'est fixée, pas même le refus catégorique et immédiat de Nicholas. Ni le charme magnétique qu'il exerce sur elle…

Composé et édité par les

éditions HARLEQUIN

Achevé d'imprimer en mai 2014

BRODARD & TAUPIN

La Flèche
Dépôt légal : juin 2014

Imprimé en France